ORGULLO, PREJUICIO, TÚ Y YO

RACHAEL LIPPINCOTT

Orgullo, prejuicio, tú y yo

Traducción de **Ignacio Gómez Calvo**
y **Elena Macian Masip**

NUBE **DE TINTA**

Título original: *Pride and Prejudice and Pittsburgh*

Primera edición: noviembre de 2023

Publicado por acuerdo con Simon & Schuster Books for Young Readers,
un sello de Simon & Schuster Children's Publishing Division

Printed in Spain – Impreso en España

ISBN: 978-84-18050-84-8
Depósito legal: B-15.676-2023

Compuesto en Compaginem Llibres, S. L.
Impreso en Black Print CPI Ibérica
Sant Andreu de la Barca (Barcelona)

NT 5 0 8 4 8

Para Alyson y Poppy

1

AUDREY

15 de abril de 2023

—¡Si no bajas ahora mismo, estás despedida! —grita una voz desde los escalones que dan a nuestro apartamento. Pongo los ojos en blanco, me calzo mis Converse gastadas y ato los cordones con un nudo doble.

—¡A ver si te atreves, vejestorio! —respondo. Abro la puerta de golpe y me encuentro con la cabeza calva de mi padre, que me sonríe desde la entrada. Nuestro perro, Cooper, está a sus pies, meneando la cola—. Buena suerte para encontrar a alguien que esté dispuesto a trabajar gratis.

Bajo corriendo los escalones y él se da un golpecito en el reloj, enarcando una de sus pobladas cejas.

—Son las seis y un minuto. Llegas tarde.

Me saco el móvil del bolsillo de atrás y le enseño la pantalla.

—Son las seis en punto. Tu reloj va mal.

—Está bien. Puedes quedarte un día más —contesta, escondiendo una sonrisa bajo el bigote canoso.

Pasa junto a mí para subir a su habitación e irse a dormir. Le ha tocado el turno de noche.

—No te olvides de que a mediodía vienen a entregar las bebidas —me recuerda.

—Recibido. Cambio y corto.

Acaricio a Cooper en la cabeza mientras paso por la puerta lateral que conecta con El Rincón de Cameron para enfrentarme a mis obligaciones de todos los sábados por la mañana.

Mientras preparo el café, miro por la ventana que da a Penn Avenue y contemplo los edificios nuevos, los apartamentos modernos y los restaurantes de moda que han ido abriendo desde que yo era una niña subida a los hombros de mi padre. Entonces era él quien preparaba el café. Esta calle ha cambiado mucho durante los últimos dieciocho años, como tantos otros lugares de Pittsburgh.

Pero no El Rincón de Cameron, con su suelo rayado, sus estanterías hundidas y su cartel oxidado. Nuestro pedacito de Pittsburgh es exactamente el mismo de siempre, aunque sus clientes sí hayan cambiado. Los habituales vienen por el café barato y las tarjetas de rasca y gana. Los viernes por la noche aparecen los estudiantes, que se llevan montones de aperitivos y bebidas para mezclar con el alcohol. De vez en cuando asoma algún turista a preguntar cómo llegar a algún sitio o pedir alguna recomendación. Finalmente, los pijos que viven en los apartamentos sobrevalorados de las cercanías llegan de vez en cuando como último recurso, cuando se han olvidado de comprar su leche bio o su pan de cereales y están dispuestos a conformarse con leche normal y pan de molde.

No es mucho, pero para mi padre es un motivo de orgullo y felicidad. Cumplió su sueño de abrir una tienda en la calle en la que había crecido cuando una parafarmacia se quedó con el local que albergaba la tienda a la que solía ir él. Quería algo sencillo, estable y cercano para nuestra comunidad, para las personas que siempre han estado aquí y siempre lo estarán. Y ese sueño, de algún modo, se convirtió en el de toda mi familia: su amor por este lugar, por los clientes y por las horas intempestivas acabó por contagiarnos a mi madre y a mí.

Además, es fácil convencerse cuando tienes patatas fritas y refrescos gratis por trabajar en la caja registradora o reponer las estanterías. No se puede decir que no a una bolsa de Cheetos y a una Coca-Cola de cereza, al menos no cuando eres una niña que todavía no tiene sueños propios. Sin embargo, ahora intento no pensar mucho en eso.

Una vez he hecho el café, me voy adaptando poco a poco al ritmo lento pero constante de la mañana. Me siento detrás del mostrador en un taburete destartalado que mi padre compró de segunda mano, con Cooper hecho un ovillo a mis pies, y leo una nueva novela romántica entre saludo y saludo a la sucesión de caras conocidas y desconocidas que aparecen en la puerta principal. Gary, el conductor de autobuses, pasa a buscar sus dónuts de azúcar y me cuenta que ha habido un accidente en la 376 que ha ocasionado una caravana de camino al aeropuerto. Esa artista tan guay que se ha mudado encima de Vince's Pizza, que está en esta misma calle, se compra un paquete amarillo de cigarrillos American Spirit y me paga con centavos y billetes de dólar arrugados mientras intento, y fracaso una vez más, aunar el coraje para preguntarle en qué está trabajando. Un chico que no había visto nunca entra corriendo a comprar un paquete de papel higiénico, deja un billete de veinte en el mostrador y se va antes de que me dé tiempo a abrir la caja registradora.

Por fin, a las ocho en punto, las campanillas de la puerta principal anuncian la llegada de mi cliente preferido y también el más gruñón, que entra pesadamente, con los dedos huesudos aferrados a un bastón de madera.

—Buenos días, señor Montgomery —le digo, y él me dedica su saludo habitual, un gruñido, antes de ir a por su periódico.

—¿Has dibujado algo ya? —pregunta de espaldas a mí.

Se me encoge el estómago.

—Bueno… —Bajo la vista al cuaderno de bocetos que guardo desde hace años en el estante que hay debajo de la caja registradora y que ahora está cubierto de polvo—. No, todavía no.

—¿No tienes que entregarle eso a la RISD antes del 1 de mayo? —inquiere, mientras se mira el reloj de muñeca—. Ya estamos a…

—Ya lo sé, créame —lo interrumpo.

Tengo esa fecha grabada en la mente desde que, hace unos meses, la escuela de mis sueños, la Rhode Island School of Design (RISD), me puso en la lista de espera en lugar de admitirme. Me pidieron que entregase otro portfolio con cinco piezas «nuevas y distintas», ya que mis obras eran «prometedoras» pero «demasiado pasivas, carentes de confianza y de un punto de vista personal lo bastante sólido».

Si antes de esa crítica estelar pensaban que me faltaba confianza en mí misma, que se imaginen cómo me siento ahora…

Cojo la libreta y echo un vistazo a las páginas antiguas. Una ristra de caras, manos y cuerpos se mezcla ante mis ojos. Pertenecen a los clientes que han atravesado estas puertas. No sé por qué, pero ya no me parecen obras mías. Las hice hace tanto tiempo que no sé ni si me acuerdo de cómo me sentía cuando ponía un lápiz sobre el papel y tenía el ceño fruncido, los dedos llenos de callos y el pelo siempre alborotado.

Contemplo cómo poco a poco, pero de forma evidente, las páginas van dando lugar a esbozos a medio hacer, espacios vacíos y al final…

Nada. Página en blanco tras página en blanco. Una sensación de impotencia, desagradable y abrumadora, me cala hasta los huesos mientras veo que mi inspiración, mi pasión y hasta mi emoción se secan hasta desaparecer por completo.

Abro la libreta por una de las últimas páginas empezadas y veo un dibujito del verano pasado. El estilo es distinto del de los demás: un dibujito de Cooper con un bocadillo de pensamiento en el que se lee: «¡Te quiero!».

Charlie…

Hago una mueca y cierro la libreta de golpe.

¿Cómo voy a dibujar si no soy capaz ni de mirar mi cuaderno de bocetos sin pensar en él?

Nos conocimos hace tres años, en un programa de verano de la RISD a la que nuestro instituto mandaba a los mejores artistas de los dos primeros cursos. Me sentí como si fuera lo mejor que me podría haber pasado nunca. Al principio, ni siquiera tenía ganas de salir de Pittsburgh, pero cuando nuestros caminos se cruzaron y descubrí cuántas posibilidades había ahí fuera, lejos de este taburete viejo, me alegré muchísimo de haberlo hecho. Primero fue mi compañero de críticas; luego se convirtió en mi colega dibujante (y ligeramente achispado) de altas horas de la noche, y desde aquella primera y cálida noche de verano que pasamos juntos, después de un día entero en el estudio, tumbados en el césped bajo un cielo que se oscurecía poco a poco, sentí que… por fin me veían. Él tenía un año más que yo —estaba a punto de iniciar el penúltimo curso—, pero, simplemente… me entendía. Comprendía lo mucho que el arte significaba para mí. Que era una parte de mí.

O al menos eso pensaba yo.

Después de aquello, empezamos a hacerlo todo juntos. También íbamos a ir a la RISD juntos, donde todo había comenzado.

Pero la pasada primavera lo rechazaron, así que dejó el arte de lado… y me animó a hacer lo mismo. A dejar de tomármelo «tan en serio» y a centrarme en algo más práctico, como si él jamás hubiera aspirado a ello también. Tampoco ayudó que nuestros amigos estuviesen de acuerdo con él; tengo grabada la imagen de Ben, Hannah y Claire asintiendo mientras almorzábamos, como si hiciera apenas una semana no me hubiesen rogado que los dibujara. Quizá fue porque habían sido amigos de él antes, o tal vez porque en el fondo sabían que nos distanciaríamos cuando ellos se graduaran y yo me quedara en el instituto. Y aunque eso fue exactamente lo que pasó con ellos, seguí pensando que Charlie y yo sobreviviríamos a la distancia, que querría seguir viéndome, aunque ya no quisiera ver esa parte de sí mismo.

Así que, cuando por fin volvió a casa de la Universidad Estatal de Pensilvania justo antes de Halloween, no me esperaba la ruptura. Aunque, ahora que lo pienso, la tendría que haber visto venir.

Me dijo que la distancia era demasiado dura. En el fondo, no creo que se refiriera a los kilómetros.

Así que dar el paso de solicitar una plaza en la RISD después de que él me dejara me parecía... una oportunidad para demostrarle que se equivocaba. Sí, me había roto el corazón, pero si lograba entrar podría demostrarle a la chica que se quedaba hasta altas horas de la noche dibujando debajo de las mantas, a la que se escapaba al museo de arte cada vez que podía, la que había seguido dibujando aunque él le dijera que no servía de nada, que todo había merecido la pena.

Y por eso me dolió aún más comprobar que tenía razón.

Me pusieron en lista de espera más o menos un mes y medio después de que él rompiera conmigo, y, por supuesto, caí en una espiral de tristeza profunda y oscura que me hizo sentir que me iba a morir, literalmente, y que jamás volvería a experimentar la alegría y la felicidad.

O algo así. Yo qué sé.

Charlie fue mi primer amor y mi primer desamor, así que tengo derecho a dramatizar un poco.

Tal vez lo peor de todo sea que, aunque los pedazos de mi corazón roto se han vuelto a unir, más o menos, no he sido capaz de dibujar desde entonces. Los últimos meses he pasado horas delante de la hoja en blanco, con el boli suspendido en el aire, incapaz de trazar nada más complicado que un monigote. Esta vez, ni siquiera mis viejos trucos han obrado su magia. Le pido a mi padre que señale al azar algo de la casa para inspirarme, como las plantas acumuladas en el alféizar, el sofá viejo, o incluso la caja de música francesa que tenemos en la estantería del salón y que siempre me ha encantado, pero no consigo ni pasar del primer trazo. Lo dibujo una y otra vez porque nunca me parece que esté bien. No siento que esté bien.

Yo no me siento bien. La chispa que sentía cada vez que dibujaba ha desaparecido. Se ha esfumado. Me siento tan distanciada de la página que tengo delante como de Charlie, que está en la universidad. Puede que incluso más. Así que crear una obra nueva para la RISD se me antoja imposible… Y ellos me piden cinco. ¡Cinco!

Exhalo un largo suspiro mientras le paso al señor Montgomery su café de cada día, con tres terrones de azúcar, sobre el gastado mostrador amarillo.

—Supongo que me quedaré en Pittsburgh para molestarle durante el resto de mi vida.

—¿Seguro que es eso lo que quieres?

—Supongo. —Me encojo de hombros. Llegados a este punto, casi me he resignado.

Me encanta esta tiendecita esquinera, quiero a mis padres y sé que siempre puedo apuntarme a algunas clases en la universidad pública del condado y hacer otra cosa. No sería tan terrible. Pero ahora, al decirlo, no puedo negar que noto una opresión en el pecho cuando pienso en no salir jamás de detrás de este mostrador, en renunciar a mi sueño de ser artista, un sueño que nació mucho antes que Charlie y que aquel programa de verano. Tengo la sensación de que, por mucho miedo que me dé salir de esta tienda y de esta ciudad, esto nunca será suficiente para mí, como sí lo es para mi padre.

El señor Montgomery resopla.

—En mi época lo llamábamos rajarse.

—¿Cuándo? ¿A principios del siglo XIX?

Masculla algo entre dientes y me fulmina con la mirada desde debajo de sus cejas despeinadas y blancas, pero veo la sombra de su sonrisa que le asoma en las comisuras de la boca.

—Bueno, en cualquier caso… —Da un trago de café antes de rebuscar en los bolsillos hasta sacar un paquete nuevo de lápices Faber-Castell. Mis preferidos—. Por si te entran ganas.

Los deja encima del cuaderno de bocetos y coge su periódico. Yo me muerdo el interior de la mejilla con los ojos húmedos, para mi sorpresa.

—Gracias, señor Montgomery —consigo decir mientras se dirige poco a poco hacia la puerta.

Al principio, se limita a mover el bastón a modo de respuesta, pero cuando pone la mano sobre el pomo se vuelve y dice:

—La Audrey Cameron que yo conozco no dejaría que un chico le estropeara sus grandes sueños de ir a una escuela de arte. ¡Desde antes de que te quitaran los aparatos no parabas de parlotear sobre ello! —Los dos compartimos una pequeña sonrisa, porque, por supuesto, no se equivoca—. No te rindas. Si no recuperas tu chispa, ¡voy a tener que hacer algo al respecto!

Antes de que pueda preguntarle qué podría hacer él, sale a la calle, camino de la casita de Lawrenceville donde vive desde hace unos mil años, viéndonos crecer a mí y a toda la manzana. Mi padre no le ha permitido pagar por el café y el periódico desde que tengo memoria, y la razón son momentos como este. Puede que sea el cascarrabias del barrio, pero cuando mi tío murió nos trajo la cena durante una semana entera. Va a las graduaciones y los festivales de danza de los niños del barrio y, por lo que cuentan mis padres, los ayudó durante una mala racha que pasaron cuando yo iba a la escuela primaria. Y ahora, cuando ya no me queda esperanza, me ha regalado un paquete de mis lápices preferidos.

—En fin, Coop —le digo a mi perro con un largo suspiro—. Quizá me sirvan de algo.

Él me mira con adoración, con esos ojazos marrones que parecen centavos. Alargo una mano para acariciarle la cabeza peluda hasta que menea la cola con alegría.

Luego me vuelvo hacia la página en blanco y espero la llegada de la chispa.

2

LUCY

7 de junio de 1812

Es terrible tener que admitirlo pero prefiero que mi padre esté en Londres, ocupándose de sus negocios, que en casa, en Radcliffe.

Estoy habituada a la soledad; la quietud de nuestra casa me resulta casi agradable. Liberadora. Puedo leer durante el desayuno novelas que él desaprobaría, escribir mis propias canciones en el pianoforte por las tardes —en lugar de tocar los estudios y los nocturnos que se espera de las señoritas londinenses bien educadas—, y dar largos paseos por los terrenos de la propiedad cuando cae el sol, sin que él contemple con gran disgusto la suciedad del dobladillo de mis faldas cuando vuelvo.

Cuando está aquí, como ahora, la soledad persiste, pero el silencio es distinto. Es opresivo. No, atronador, tanto que tapa incluso el sonido de los cubiertos sobre los platos mientras cenamos sin mediar apenas palabra.

Antes la vida era distinta. Hace años, antes de que madre falleciera, en esta casa había vida. Se oían risas contagiosas durante la hora del té y los muebles que ella apartaba ruidosamente para enseñarme nuevos bailes. Ningún dobladillo era más valioso que una aventura en un día soleado.

Mi padre jamás nos acompañaba. La arrogancia y un desdén evidente por su parte han sido una constante desde el día en que nací. Sin embargo, lo toleraba, no por amor a ella, como he llegado a comprender, sino por el tamaño de su dote y la posición social de su familia. Ambas cuestiones nos aportaban cierto valor a ojos de un hombre que no confiere ninguna utilidad ni consideración al amor.

Ahora espera ansioso el momento de desembarazarse también de mí. Lo único que me da un lugar en esta casa es la perspectiva de mi futuro matrimonio y lo que con ello ganará él.

Nuestra ama de llaves, Martha, ha intentado llenar el vacío que dejó madre, pero aun así…

Mi padre carraspea y levanto la cabeza de golpe para mirar sus gélidos ojos azules, que me miran, entornados, desde el otro lado de la larga mesa.

—El señor Hawkins celebrará su baile anual dentro de un mes —anuncia, rompiendo el silencio atronador mientras se limpia las comisuras de la boca con una servilleta—. El señor Caldwell, a pesar de tu empeño y de su más que justificada vacilación, te ha invitado a acompañarlo, y espero de veras que aproveches esta oportunidad para cimentar su propuesta de una vez por todas.

Se me cae el alma a los pies solo de pensarlo. ¡Casarme! Y con el señor Caldwell, nada menos.

Intento imaginarme caminando hacia el altar a su lado y no logro evitar que se me encoja el estómago. El señor Caldwell es un necio, por no mencionar que me dobla la edad.

Sin embargo, es rico en extremo. Es, de hecho, el hombre más rico del condado, lo que relega a mi padre a un segundo puesto que acepta con bastante envidia. Una alianza entre ambas familias sería la joya de la corona para mi padre, no solo por lo que supondría para su posición social, sino también para sus negocios, y lo único que yo puedo hacer, lo que debo sin duda hacer, es asegurarme de que ocurra. Y un acontecimiento tan importante como el baile del señor Hawkins, el final de la temporada, sería indiscutiblemente la mejor oportunidad para ello.

No obstante, los pasados dos meses he intentado con todas mis fuerzas resistirme a los avances del señor Caldwell con la esperanza de que pierda el interés. He sido una conversadora aburrida, he dejado de bailar a mitad de un baile, quejándome de que me dolían los pies, e incluso me equivoqué en un pasaje de piano que conozco de memoria un día que mi padre lo invitó a tomar el té (y lo que logré a cambio fue una semana entera practicando esa misma pieza bajo su implacable vigilancia). Pero, a juzgar por esta invitación, parecería que mis esfuerzos fueron en vano.

Matrimonio. En este momento, por las palabras de mi padre, se perfila como algo verdaderamente inevitable. Esta vez lo ha dicho con claridad, y no con evasivas… Y no tengo más remedio que obedecer. Pues ¿cuál sería mi propósito, sino este? ¿Cuál es el propósito de ninguna mujer, sino este?

Durante toda mi vida, y sobre todo los últimos años, me han educado y preparado para este único y solitario objetivo.

Casarme bien. No por amor ni por romanticismo, como decía siempre mi madre con la esperanza de que mi destino fuese considerablemente distinto del suyo, sino para reparar una pizca del daño que causé por haber nacido mujer.

Así que asiento, como haré cuando el señor Caldwell pida mi mano, y bajo la vista hacia el plato para observar con atención las delicadas flores azules dibujadas en los bordes.

—Sí, padre. Así lo haré.

—Y como no puedo confiar en que lo logres con tus propios encantos, mañana irás a la ciudad a buscar un vestido nuevo. Te acompañará Martha. La señorita Burton te espera a las dos en punto —añade, o, mejor dicho, ordena, aunque esta exigencia no me importa. La señorita Burton abrió la tienda hace tres años y en muy poco tiempo se ha convertido en una modista muy reputada. Sus precios son razonables, sus empleadas extraordinariamente amables y su trabajo, exquisito. Por no añadir que un viaje hasta allí siempre significa unas pocas horas alejada de la soledad de Radcliffe o de la ira de mi padre—. Ella diseñará algo que llame la atención de Caldwell y que sobre todo la mantenga, ya que a ti parece costarte mucho hacerlo. —Lo observo ponerse de pie y echar un vistazo a su reloj de bolsillo antes de dirigirse a la puerta, poniendo fin a nuestra cena sin preguntarme siquiera si he terminado—. No tengo tiempo de continuar con esta discusión. Parto a Londres dentro de una semana, pero regresaré a tiempo para el baile.

Y con esas palabras se marcha, desapareciendo en el interior de su estudio. Exhalo un suspiro que había pasado, diría, toda la cena conteniendo. Martha me da un apretón en el hombro y le hace un gesto a Abigail, una de las criadas de la recocina, para que retire el plato de mi padre.

—Ojalá no regresara nunca —susurro lo suficientemente alto para que ella me oiga.

Me dedica una sonrisa comprensiva, curvando las comisuras arrugadas de la boca.

—En fin, querida, no se puede decir que sea usted la única que lo desea —responde.

Abigail asiente y sale de la sala a toda prisa, haciendo repiquetear ruidosamente la cubertería.

De no ser por mí, Martha habría abandonado Radcliffe hace mucho tiempo y habría buscado empleo en otra parte. De hecho, cuando su marido, Samuel, nuestro antiguo mayordomo, murió, estaba segura de que se marcharía.

Sin embargo, Martha es ferozmente leal a las personas a las que tiene en estima, es decir, a mi madre y a mí. Así que aquí se quedó, lo que aún me hace sentir más culpable, porque significa que mi existencia obliga a alguien tan querido como ella a seguir atrapada en este lugar.

Tal vez esa sea la única ventaja de casarme con el señor Caldwell.

Martha será libre por fin.

Después de leer los sermones de Fordyce, que son terriblemente aburridos, en el salón hasta que ha caído la noche, como se espera de mí, me retiro a la cama temprano. Sin embargo, me descubro dando vueltas y más vueltas entre las sábanas, ya que desagradables pensamientos protagonizados por el señor Caldwell me mantienen en vela. Veo su frente llena de sudor; recuerdo la terrible sensación de estar enjaulada que experimenté cuando bailamos juntos por primera vez hace dos meses, en Langford, en el baile que celebró un conocido en común. Yo creí que solo estaba siendo educada, pero no me quedó duda alguna sobre las intenciones de mi padre cuando atisbé ese brillo calculador en sus ojos, que no se despegaban de nosotros dos. Solo apartaba la vista para conversar con la hermana del señor Caldwell. Mis sospechas se confirmaron cuando lo invitó a tomar el té la semana siguiente.

Cierro el puño contra las sábanas, atrapándolas entre mis dedos. Ahora lo siento otra vez: la misma presión en el pecho. El mismo malestar. ¿Me sentiré así durante el resto de mi vida? ¿Se sienten así todas las jóvenes cuyos matrimonios escapan totalmente a su control, las que se ven obligadas a desposar a hombres a los que apenas soportan mirar?

¿Se sentía así mi madre?

Aunque nunca he experimentado ni una pizca de amor o atracción por ninguno de los hombres a los que he conocido, no puedo evitar notar una punzada de dolor ante la certeza de que jamás viviré esas sensaciones. Jamás experimentaré qué sería enamorarse de alguien. Desear a alguien.

Al final, dejo de dar vueltas y más vueltas a estos pensamientos y salgo de la cama. Prendo la vela de mi mesilla de noche y contemplo cómo la llama danza con cada exhalación, arrojando sombras retorcidas sobre las paredes. La cojo, me envuelvo en mi chal y salgo de puntillas al pasillo iluminado por la luz de la luna. La quietud que impera en la casa, salvo por los suelos que crujen bajo mis pies, ayuda a calmarme los nervios mientras recorro pasillo tras pasillo.

Termino en el ala más lejana de la casa, donde hay una pared repleta de retratos que se alarga hasta donde alcanza la vista, más allá del resplandor de la vela. Está mi padre, el padre de mi padre y el padre de este. Todos con la misma nariz aguileña, la misma postura orgullosa y los mismos ojos azules y fríos, que incluso ahora siento que me observan. Me estremezco y, tras acurrucarme bajo el chal, cruzo la puerta que hay al final del pasillo y entro en la biblioteca para contemplar el único retrato de esta casa que tengo en estima.

El de mi madre.

Alzo la vela y la luz hace que su rostro cobre vida una vez más. Observo su cabello dorado y sus pómulos marcados. Luce una cadena dorada con una perla en forma de gota que descansa sobre su delicado cuello. El marrón oscuro de sus ojos es tan distinto al color de los de mi padre, tan cálido…

Mientras miro sus rasgos, me llevo los dedos al cuello, buscando el fantasma de un collar que nunca he logrado encontrar. Siempre nos decían que nos parecíamos y, como respuesta, ella sonreía, me acariciaba el pelo y asentía.

Con todo, yo sigo viéndolo a él. En mis ojos. En las comisuras de mi boca. En mi forma de moverme.

Ni siquiera cuando abandone esta casa lograré librarme de él.

La llama de la vela que tengo en mi mano parpadea hasta que un golpe de aire que entra por la puerta abierta finalmente la apaga. Deja tras ella un rescoldo resplandeciente y una nube de humo que ondea a la luz de la luna.

Pensar que le creía cuando me decía que yo estaba destinada a casarme por amor me parece hoy una locura. Es una tontería pensar que, aun si lo encontrara, el amor podría pesar más que la obligación y las expectativas cuando, sin duda, no fue así para ella.

Lo único que se me ocurre es lo mucho que me alegra que no tenga que ver cuánto se equivocaba.

3

AUDREY

16 de abril de 2023

Los fines de semana de primavera en Pittsburgh siempre han sido mis días preferidos. Cuando pedaleo por la ciudad veo las plantas que empiezan a florecer, los ventanales abiertos en todos los restaurantes y los clientes que salen a las aceras mientras el verano pende, lleno de esperanza, en el horizonte.

Recorro las calles en mi bicicleta a toda velocidad con un auricular colgando de una oreja. La lista de reproducción que he creado esta mañana para matar el tiempo mientras me ocupaba de la caja registradora guía el ritmo de mi pedaleo mientras contemplo las vistas desde el carril bici.

Este es un paseo importante.

Estoy buscando, como hacía antes del espectáculo de los horrores que han sido los últimos meses; intentando hallar algo que me inspire lo suficiente para llenar las páginas en blanco de mi cuaderno de bocetos antes de la fecha límite de la solicitud… Sobre todo ahora que el señor Montgomery me ha regalado esos lápices tan caros.

No quiero decepcionarme de nuevo a mí misma, pero la posibilidad de decepcionarlo a él también es como el impulso que me faltaba para intentarlo de nuevo, en lugar de, como él dijo, «rajarme».

Al contemplar los colores, líneas y formas de las farolas, de los bares abarrotados y de las parejas que pasean de la mano, siento un cosquilleo fantasma en la punta de los dedos. Atisbo a una chica rubia con un alegre vestido de flores. La luz del sol parece enmarcarle a la perfección el rostro y la melena, que ondea al viento, y noto un espasmo en el dedo índice, que está sobre el manillar. Y entonces la veo: la página en blanco desplegándose ante mí. Largos trazos para cada mechón dorado, la sombra bajo su mandíbula, la forma ovalada de su...

¡Mierda!

Acciono los frenos de golpe para intentar detenerme y no chocar contra la puerta de un coche azul que se abre de golpe, pero me doy de bruces contra el cristal y la bicicleta sale disparada de debajo de mí. Me caigo al suelo y suelto un largo gemido. Cuando consigo ponerme boca arriba, me encuentro frente a un cielo azul y rosa como de algodón de azúcar.

A pesar de todo, es un atardecer bonito.

Hay formas peores de morir.

—Ay, Dios mío, ¡lo siento mucho! —exclama una voz. Una cabeza aparece en mi campo de visión. Me fijo en las facciones de una chica asiática de aspecto preocupado: lleva un arito en la nariz muy guay, el pelo decolorado y un brazo lleno de tatuajes. Noto un cosquilleo en el estómago que me resulta a la vez conocido y desconocido. En lugar de pensar en el porqué, me incorporo presionándome la barriga para acallar la sensación—. ¿Estás bien? ¿Quieres que llame a una ambulancia o...?

Niego con la cabeza. Me siento un poco mareada y magullada, pero no tanto como para ir al hospital.

Me parece que viviré para ver otro atardecer.

—No, estoy bien, estoy bien, pero... —Muevo la mano derecha hacia el lado izquierdo de mi cuerpo para enseñarle cómo debería haber abierto la puerta—. ¿Sabes cómo se abre la puerta a la holandesa? Deberías empezar a hacerlo. Si no, podrías quedarte sin la puerta del coche, tía. O sin brazo. Sobre todo en esta calle. Hay coches que...

Me interrumpo al ver a un chico blanco que sale del asiento del copiloto y viene corriendo a darle la mano a la chica que abre puertas sin mirar.

¡Es Charlie!

—¿Estás bien, Jules? —le pregunta, como si fuese ella la que ha dejado la marca de su cara en la ventanilla del conductor.

Me pongo de pie trastabilando y él se queda con unos ojos como platos al darse cuenta de quién soy. Cuando abre la boca de la sorpresa, se le mueve ese bigote tan poco favorecedor que se ha dejado crecer desde la última vez que lo vi. Como si fuese yo la que no debería estar aquí.

¿Qué está haciendo en la ciudad?

En fin, supongo que el problema no era la distancia.

—Audrey... —dice mientras los dos nos miramos a los ojos durante un largo y en absoluto extraño momento—. Estás... Esto... Sangrando.

Me señala la frente, justo encima del ojo derecho. Alargo una mano y me estremezco al tocar un corte. Cuando me la miro, hay tanta sangre que me mareo.

Pero no me marea tanto como lo que tengo delante.

Bajo la vista hacia sus manos. Tienen los dedos entrelazados, así que no tardo en unir los puntos.

Charlie está saliendo con la chica del coche. Saliendo en plan pasar página, venir a su ciudad natal para salir a cenar el domingo por la noche y atropellar a gente por deporte, en ese plan.

—Esto... ¿qué tal? —pregunto.

Me seco la mano ensangrentada en los pantalones y la pongo en mi cadera, como si no pasara nada.

—Uf... —Me mira con los ojos entornados—. Bien.

Se hace un largo silencio que se interrumpe cuando me cae una gota de sangre en el párpado. Me la seco con el dorso de la mano y me lo tomo como una señal para irme a buscar un botiquín y tal vez una madriguera profunda y cavernosa en la que meterme para no volver a salir jamás.

—Mmm, debería... —Me agacho para recoger la bici, a la que parece que le haya pasado un camión por encima—. Debería irme a casa.

—Deja que te lleve, al menos —me ofrece mi sustituta.

Jules.

Mierda. Hasta su nombre mola.

—No, no, estoy bien —contesto, pero cuando me apoyo en el manillar la rueda delantera empieza a deshincharse poco a poco.

El aire sale con un siseo durante unos diez segundos largos mientras todos evitamos mirarnos a los ojos.

—Deja que te llevemos a casa, Audrey —insiste Charlie.

Llevemos. Nosotros.

Puaj.

Abro la boca para protestar, pero, al final, mi maltrecha bicicleta y mi cuerpo dolorido pueden más que el orgullo. No tengo muchas ganas de recorrer caminando los casi tres kilómetros que me separan de mi casa.

Exhalo un largo suspiro y asiento. Jules me ayuda a meter la bicicleta en el maletero y Charlie va a un restaurante que hay al otro lado de la calle a buscar unas servilletas para la frente. Me pongo en el asiento trasero y luego la novia nueva de Charlie me pregunta adónde vamos.

—Sigue recto por Penn —respondemos los dos al unísono.

Charlie me mira. Me pongo el montón de servilletas en la frente para detener tanto la hemorragia como el contacto visual y luego, mientras el coche se dirige en silencio hacia mi casa, miro por la ventanilla.

—¿Os conocéis del instituto? —pregunta Jules alegremente, lo que me confirma que Charlie no ha sentido la necesidad de hablarle de mí.

—Algo así —replica él. Lleva la ventanilla abierta, así que el aire le alborota el pelo.

—Salíamos juntos —añado, porque estoy un poco picada, porque me he dado un golpe en la cabeza y porque, sinceramente, mi dignidad se esfumó hace unos quince minutos, cuando salí disparada por encima del manillar, así que ¿qué voy a perder si digo la verdad?

—¡Increíble! —exclama ella. Niega con la cabeza con una sonrisa—. ¡Qué casualidad!

—Ya te digo —murmuro. Me inclino hacia delante para señalar la tienda a la que, por suerte, nos estamos acercando. Aparca en un sitio que hay justo enfrente.

Bajamos todos, recojo mi bici y entonces nos encontramos de pie en la acera, los tres igual de incómodos. «¿Por qué no se van?», pienso. Estoy a punto de cruzar la calle sin mirar para que me atropelle otro coche y acabe con mi sufrimiento.

—De ahora en adelante abriré la puerta a la holandesa —dice Jules con una sonrisa mientras Charlie le pone un brazo sobre los hombros—. Y si al final vas al hospital, o algo así, dímelo para que pague la factura.

—Vale. Si voy le mandaré un mensaje a Charlie. —Me río al decirlo, con la esperanza de rebajar un poco la tensión con el chiste, porque él sabe mejor que nadie que soy demasiado cabezota para ir al hospital.

Pero él se mira los pies avergonzado.

—Ya no tengo tu número —confiesa, y yo hago el mayor esfuerzo conocido por no poner los ojos en blanco.

Es muy propio de él. Todo o nada. El arte, la escuela de arte, yo…

Ahora mismo, con ese bigotito ridículo, siento que por fin puedo verlo tal como es, sin el filtro brillante y maleable de los recuerdos.

Y siento que… en fin…

Que lo he superado.

—Bueno, la que tiene que mandar la factura del hospital soy yo —replico, incapaz de disimular que estoy molesta—. A no ser que tengáis pensado recorrer todo Pittsburgh masacrando a la gente, en cuyo caso los últimos cuatro números son 2357.

Jules suelta una risita monísima que me pone de los nervios. Charlie abre la boca para decir algo, pero después de abrirla y cerrarla más o menos una docena de veces, como si fuera un pez de colores, lo único que suelta es una larga exhalación.

—En fin, voy a… —Señalo El Rincón de Cameron y me doy la vuelta. Lo único que quiero es entrar y terminar con esto—. Adiós.

Me las arreglo para entrar con la bici. La campanillas de la puerta repican mientras me peleo contra el felpudo negro de la entrada. A través del cristal, veo que Charlie y Jules se besuquean y se funden el uno contra el otro antes de meterse en el coche y marcharse. Supongo que ya no se acuerdan ni de mí ni de mi bicicleta abollada.

Estoy tan concentrada en ellos que casi me da un infarto cuando mi madre suelta un chillido excesivamente dramático y viene corriendo.

—¡Ay, cariño! ¿Qué te ha pasado? —pregunta, mientras me aprieta los mofletes, mirándome preocupada.

—La novia nueva de Charlie me ha atropellado.

—¿A propósito?

—No —admito. Una sonrisa asoma a los labios de mi madre—. Y en realidad me ha dado un golpe con la puerta.

—Hay que ver. La gente tiene que aprender a abrir el coche a la holandesa. ¡Vaya cabeza traes! —exclama mientras estudia el corte—. ¿Crees que podría ser un traumatismo? Deberíamos ir al hospital y...

—Mamá, ya vale. Estoy bien. —Me suelto y me cruzo de brazos con testarudez.

—Bueno, pero al menos déjame curarte el corte, ¿vale? —Me acaricia la mejilla, se vuelve y grita—: ¡Louis! ¡Mueve el culo y baja al mostrador! ¡Tengo que operar de urgencias!

Pongo los ojos en blanco, pero no puedo evitar sonreír. Cuando yo era pequeña, mi madre trabajaba como enfermera en el hospital pediátrico que hay en esta misma calle. Se retiró cuando empecé la escuela primaria para ayudar a mi padre, que iba muy cargado de trabajo, y para que pudiéramos pasar más tiempo en familia después de que sus turnos laborales hubieran coincidido durante años. Las discusiones que se oían a través de las paredes de nuestro apartamento diminuto se terminaron y, de algún modo, esta tiendecita se convirtió también en su sueño. Las únicas curas que hace ahora son para nosotros dos y para algún que otro niño del vecindario que aparece con un rascón en el codo o la rodilla porque sabe que la señora Cameron lo puede ayudar.

A veces me pregunto, teniendo en cuenta que esta tiendecita resultó suficiente para mi madre, si podría encontrar la manera de lograr que fuese suficiente también para mí. Suficiente de verdad. Sin embargo, hay una vocecilla en el fondo de mi mente que insiste en que nunca lo será.

—Bueno... —dice mi madre, mientras me desinfecta el corte con un algodón mojado en alcohol—. ¿Era guapa?

—Mamá... —protesto. Estoy sentada en la encimera de la cocina de casa y pataleo contra las puertas de los armaritos para intentar distraerme del dolor. Sé que no se refiere a eso, pero no tengo ganas de pensar en esas mariposas inesperadas que he sentido al verla, así que no me enrollo mucho—. Sí que lo era. Llevaba un piercing en la nariz y tatuajes. Parecía buena tía. —Cuando quita el algodón, cambio de tema y la miro de reojo—. Pero Charlie se ha dejado bigote.

Ahoga un grito de horror.

—¡Oh, no! En esa cara no creo que quede bien un bigote. —Me echo a reír y ella rebusca en nuestro botiquín desordenado, pero enseguida me mira con las cejas enarcadas y una expresión maternal—. Pero ¿estás bien? ¿Después de haber vuelto a verlo? ¿Y con otra persona?

Me encojo de hombros, pero ahora que el momento incómodo ha quedado atrás puedo confirmar la conclusión a la que he llegado en la puerta de la tienda. Esa punzada de dolor que sentía al pensar en el fin de nuestros casi tres años juntos se ha convertido en un dolorcillo apagado y distante.

—¿Sabes qué? Por sorprendente que sea... creo que sí.

Creo que pensaba que estaría deshecha. Que debía estarlo. No obstante, después de ver quién es, en lugar de pensar en esa versión ficticia de él a la que me he agarrado los últimos meses, siento como si por fin hubiese cerrado esa etapa de mi vida.

—Seguro que el bigote ha tenido algo que ver —comenta con una carcajada. Me enseña una tirita con dibujos de *Barrio Sésamo* tan tiesa que me parece que debe de haber estado en el botiquín desde que yo llevaba pañales—. ¿Y no has pensado en rehacer tu vida y conocer a alguien nuevo? Dentro de nada es el baile de fin de curso.

Suelto un gemido.

—Ni hablar.

—¡Podría ser divertido! —insiste, mientras quita el plástico casi desintegrado de la tirita y me la pega en la frente.

32

—Para ti es fácil decirlo —la chincho para desviarme del tema—. Tú te casaste con tu amorcito del instituto.

Sin embargo, aunque haya cerrado esa etapa, haberme encontrado con Charlie, junto a esas páginas de mi cuaderno de bocetos que se empeñan en seguir en blanco, me hace sentir todavía más segura de que por el momento no tengo ganas de dar ese paso, y menos aún hoy día, cuando sé que lo único que me ha aguardado hasta ahora al otro lado han sido listas de espera, rechazos y un corazón roto. Quizá que me golpeen con la puerta de un coche ha sido la llamada de atención que necesitaba para darme cuenta.

—Ay, cariño… Tu padre no ha sido nunca un «amorcito» —dice mientras me estruja las mejillas otra vez—. Pero tú sí. Charlie se ha perdido una verdadera joya. —Me da un beso en la frente y luego tira las servilletas ensangrentadas y se lava las manos—. Además, tu abuela siempre decía que un clavo saca otro clavo…

—¡Mamá!

—¡Es broma! —se defiende, salpicándome de agua. Me seco las gotitas del brazo y las dos nos echamos a reír—. Mira, tú haz lo que te apetezca, ¿vale? Sal con alguien, dibuja, vete de Pittsburgh, quédate aquí… El mundo te está esperando, cariño, y cuando sea el momento adecuado encontrarás a una persona guapa a la que besar y algo por lo que merezca la pena llenar las páginas de tu cuaderno de bocetos. Estoy segura.

Hago una mueca.

—La fecha de entrega es dentro de dos semanas. Y mira cómo ha terminado el paseo en bici por la ciudad para encontrar inspiración. —Señalo la tirita vieja que llevo en la frente—. Parece una señal. Como si tuviera que… que renunciar a la RISD y ya está.

—Ya lo veremos, ¿vale? Aunque no llegues a la fecha de entrega, quizá puedes volver a solicitar plaza después de un trimestre en la universidad pública. O tal vez encuentres otros sueños, por ejemplo, no sé… ¡Irte a recorrer Europa de mochilera! Oye, si yo me he podido enamorar de esa tienducha de ahí abajo, cualquier cosa es posible.

Bajo de la encimera y, mientras se seca las manos, le doy un abrazo que necesitaba tanto como respirar. No creo que tenga las agallas de abandonar la seguridad de esta casa y esta tiendecita, así que mucho menos para hacer ninguna de esas cosas. Con todo, que ella crea que algún día lo haré, que el señor Montgomery crea que algún día lo haré, me hace sentir un poco mejor. Aunque ahora mismo yo no confíe en ello.

—Pero, por ahora… —añade mi madre mientras me da unos golpecitos en los brazos—. Creo que deberíamos robar un par de sándwiches de helado del congelador y contárselo a tu padre.

—Yo quiero dos —contesto, mientras bajamos las escaleras—. Para curar el golpe de la cabeza.

4

LUCY

8 de junio de 1812

Al día siguiente, de camino a la ciudad, exhalo un largo suspiro, agradecida por liberarme del yugo de mi padre durante un ratito, aunque su presencia parezca estar siempre al acecho, como si no se pudiese escapar del todo de él. Sé que ahora mismo debe de estar en su despacho en Radcliffe, mirando la hora en su reloj de bolsillo para controlar atentamente la duración de mi viaje y asegurarse de que no se me ocurra ir a ninguna otra parte.

Miro a Martha, que va sentada delante de mí. La ha mandado conmigo para que me vigile y le informe. Se enfurecería si supiera que me deja sola a menudo para irse a hacer algunas diligencias mientras yo disfruto de esos momentos robados para mí misma.

Contemplo los edificios de piedra a través del cristal del carruaje y, mientras observo a la gente que pasea por el camino de tierra, no puedo evitar morderme el labio inferior. El caluroso día de verano les impone un ritmo letárgico, pero sus carcajadas y voces joviales colman el aire a pesar del calor, lo que me provoca una punzada de envidia que me atraviesa las entrañas.

Imagino cómo sería ser uno de ellos; estar ahí fuera en lugar de aquí, atrapada en un carruaje que me lleva a elegir el vestido que sellará mi destino como la futura señora Caldwell. Imagino cómo sería poder pasear por la ciudad, viajar a París o estudiar piano en un conservatorio. Por un momento fugaz, imagino que este carruaje me está llevando precisamente a eso, que recorre la calle de una ciudad muy distinta a esta, lejos de Radcliffe, donde puedo hacer lo que guste en lugar de lo que debo.

Niego con la cabeza y mi ensoñación se desvanece en esta realidad inevitable cuando los caballos se detienen frente a la tienda.

—¿La veo luego en el carruaje? —pregunta Martha antes de marcharse a hacer sus diligencias.

Asiento y, con un largo suspiro, salgo y abro mi sombrilla para protegerme del sol. Subo rápidamente los pocos escalones que me separan de la puerta de madera, donde la señorita Burton acude a toda prisa a recibirme en cuanto abro.

—Señorita Sinclair, es un placer verla. ¿Cómo se encuentra? —pregunta con una pequeña reverencia, que le devuelvo de inmediato.

—Muy bien —respondo con más convicción de la que en realidad siento. Entonces reparo en las pronunciadas ojeras que enmarcan sus ojos castaños. Supongo que la noticia del baile que se celebrará este mes se habrá extendido rápidamente. Las habladurías sobre lo que ofrecerá el acontecimiento más importante de esta temporada deben de oírse por todas partes—. ¿Y usted? Apuesto a que últimamente está muy ocupada.

—Sí, sí —contesta, frotándose las manos mientras entramos—. Pero siempre tengo tiempo para usted, señorita Sinclair. ¡Siempre!

Me siento en la butaca de rayas que ya conozco. Me traen una taza de té mientras ella me muestra todo un abanico de bocetos, líneas hermosas sobre papel gastado. Nunca he sido una buena artista, a pesar de las numerosas lecciones de pintura a las que mi padre me obligó a asistir, pero siempre he amado el arte y admirado profundamente a aquellos que son capaces de llenar una página en blanco de sentido, como la señorita Burton.

El primer dibujo que llama mi atención es un vestido de seda sencillo y menos voluminoso, un diseño que recuerdo de hace tres temporadas. Tenía unos bordados florales preciosos en el dobladillo que… que, sin duda, no servirán para impresionar al señor Caldwell.

Así pues, me veo obligada a rechazarlo en favor de uno que sí lo impresione. Algo nuevo y caro, algo que llame la atención, que demuestre no solo la riqueza de mi padre, sino mi conocimiento de las tendencias actuales.

Me fijo en uno de sus dibujos más recientes: cintura alta con mangas ligeramente abullonadas y un escote amplio en forma de uve. Aunque es precioso, sin duda alguna, y está muy a la moda, no es… un estilo que me agrade.

Pero no estoy aquí por mí. Y un vestido como ese desde luego estaría a la altura de las expectativas del señor Caldwell.

Vuelvo al boceto anterior y acaricio los bordados llenos de detalles.

—¿Sería posible añadírselos?

Ella asiente.

—Por supuesto.

Un toque sutil y pequeño que siento como parte de mí puede coexistir junto a las mangas abullonadas y la cintura alta. Es un tipo de arreglo que una modista tan talentosa como la señorita Burton será capaz de hacer y que resulte aún más bello que en mi imaginación. Me aferro a esa posibilidad.

—¿Qué color tenía usted en mente? ¿Quizá un tono pastel?

La señorita Burton hace un gesto con la mano y una de sus asistentes acude a toda prisa con muestras de telas. Mis ojos se detienen al instante en una lila, pero la modista coge una azul, la sostiene ante mi rostro para compararla con mi color de piel y asiente.

—Oh, este quedaría muy bonito. ¡Y le resaltaría los ojos!

Asiento a mi vez. El color lila desaparece de mi vista y, con él, mi opinión sobre el asunto.

Tras seleccionar algunos lazos y terminar el diseño, empieza a tomarme las medidas.

—Me ha dicho una conocida que el señor Caldwell está esperando el próximo baile con gran entusiasmo, a sabiendas de que usted asistirá —comenta, con una sonrisita cómplice mientras me mide los hombros. Dos de sus asistentes estiran el cuello para mirarnos, interesadas.

Aparto la vista, molesta por el recordatorio, pero cuando me encuentro con mi mirada gélida a través del espejo, me recuerda tanto a la de mi padre que suavizo mi expresión de inmediato.

—¿De veras? —respondo educadamente, pero marcando cierta distancia con el tema.

Nunca he sido muy amiga de los chismes, pero la señorita Burton no está libre de pecado. Aunque, para ella, reunir información y enterarse de todas las noticias debe de ser casi inintencionado, ya que el ambiente acogedor de su tienda, combinado con el despliegue de clientas, probablemente propicia que las conversaciones discurran por sí solas.

Pero yo no quiero ser el tema de conversación, ni por asomo, y aún menos en este aspecto.

—¡Y tanto! Su mismísima prima, la señorita Notley, que vino justo ayer, me contó lo mucho que le había alegrado que hubiese aceptado usted la invitación.

En fin, supongo que eso es bueno, teniendo en cuenta cuál es el objetivo de mi presencia aquí. De todos modos, la inevitabilidad que emana de este asunto hace que se me encoja el estómago en lugar de que me dé un vuelco el corazón.

Como no le brindo más información sobre mis intenciones, terminamos con la toma de medidas en silencio. Cuanto más me encierro en mis pensamientos, más siento el inusual impulso de cometer algún pequeño acto de rebelión. Algo que, aunque solo sea un segundo, me haga sentir que disfruto de una pizca de independencia, que tengo algo que decir sobre mi propia vida, por poco que sea, antes de que sea demasiado tarde.

Contemplo el dibujo del vestido de seda que ha llamado mi atención al principio. Me siento tentada de añadirlo al pedido en ese lila que tanto deseaba y al que he debido renunciar. Imagino la perplejidad de mi padre cuando aparezca en nuestra puerta sin que él haya dado su aprobación.

—¿Le interesa algo más, señorita Sinclair? —pregunta la señorita Burton cuando me descubre mirando el boceto.

Aunque lo más probable es que para entonces ya esté prometida con el señor Caldwell, aunque toda mi vida, todo mi futuro, vayan a estar del todo controlados y cuidadosamente construidos por mi padre, podría tener este vestido escondido en un rincón de mi armario, como un recordatorio de aquella nimiedad que pude elegir libremente.

Antes de que me dé tiempo a detenerme, asiento con el corazón latiéndome desbocado.

—Quiero este vestido —contesto, mientras alargo una mano para señalarlo—. En el lila que me enseñó antes.

—¿Lo incluyo en el recibo para su padre?

—Por separado, si es posible —respondo de forma despreocupada, intentando que mi voz suene firme. Mi boca se curva en la primera sonrisa sincera en lo que me parecen semanas—. Y que me lo entreguen después del baile, tal vez.

Asiente y le indica con un gesto a una de sus asistentes que lo añada a los libros de contabilidad antes de acompañarme a la puerta.

—Como siempre, un placer, señorita Sinclair —se despide con una sonrisa cálida—. Su vestido para el baile se le entregará dentro de dos semanas, con tiempo de sobra para los arreglos, si así lo desea.

—Muchas gracias, señorita Burton. Apenas puedo esperar —miento e inclino la cabeza antes de salir. Casi bajo de un salto los escalones, tan perdida en mi espontáneo e inusual acto de rebelión que por poco me choco contra alguien.

—¡Lucy! —exclama una voz conocida. Levanto la vista y me encuentro con mi amiga Grace Prewitt, que me sujeta de los hombros para evitar que me caiga.

O, mejor dicho, mi amiga Grace Harding, y no Prewitt. La primavera pasada se casó con un dependiente, el señor Simon Harding. Al ser la más joven de su familia fue un acuerdo más que respetable, y aún más agradable teniendo en cuenta que se había enamorado del caballero. Desde entonces son tantas las cosas que he deseado preguntarle sobre el amor y el matrimonio… Pero como mi padre ha estado en casa y desaprueba abiertamente que me relacione con ella, no he tenido aún la oportunidad.

A presar de que su padre es un respetado marchante al que el mío le ha comprado gran cantidad de valiosas obras de arte, libros raros y antigüedades de valor incalculable, se niega a ver a los Prewitt como sus iguales. Grace y yo nos conocimos hace alrededor de una década, un día que su padre vino a Radcliffe para dejar un par de cuadros y ella lo acompañó, y forjamos una amistad al instante. En cuanto pudimos, nos escapamos a corretear por los campos y hacer saltar piedras en el estanque. Esa noche mi padre me dejó muy claro lo que opinaba de ella, pero este frente en concreto ha sido mi única rebelión hasta el día de hoy: he desobedecido sus deseos por completo y he mantenido y alimentado esta amistad a sus espaldas durante todo este tiempo.

—¡Grace! —la saludo mientras nos cogemos de las manos—. ¿Cómo estás?

—Oh, maravillosamente. —Se le nota. Está radiante; con la melena oscura cuidadosamente recogida y los ojos brillantes. Veo que mira detrás de mí, a la tienda de la señorita Burton—. ¿Has venido a comprarte un vestido para el baile?

Asiento con una mueca.

—Mi padre me ha encomendado que encuentre uno que me asegure que la propuesta de matrimonio del señor Caldwell tenga lugar allí.

—¡Estará de broma! —exclama con el rostro deformado del disgusto—. De entre tantos solteros, ¿ha tenido que elegir al señor Caldwell?

—Ah, pero no hay soltero tan rico como él —respondo enarcando una ceja.

—Sea lo rico que sea, jamás he conocido a un hombre más desagradable.

Me inclino hacia delante con complicidad y miro a los lados antes de, en voz baja, contestar:

—En realidad, creo que ninguna de nosotras dos lo hemos hecho.

Nuestras sonrisas dan paso a sendas carcajadas. Me estrecha la mano y añade:

—Pues entonces tienes que venir a casa a tomar el té antes de que eso ocurra.

Asiento.

—Mi padre se marcha a Londres dentro de una semana. ¿Entonces, tal vez?

—Por supuesto. Dentro de una semana. —Alza una mano para recolocarme la sombrilla—. Mejor que regreses a Radcliffe cuanto antes, no sea que mande una partida de búsqueda. ¡Te escribiré pronto!

—Ha sido un placer verte —me despido y le estrecho la mano una vez más antes de que mi criado me ayude a subir al carruaje. Martha ya me está esperando en él.

Mientras nos marchamos, miro por la ventana y veo a Simon saliendo de la sombrerería. Se acerca a Grace, que le da el brazo con confianza antes de echar a andar calle abajo, deshaciéndose ambos en sonrisas y miradas de adoración.

Nunca he estado enamorada, y ahora sé que jamás lo estaré, pero, santo Dios, Grace y Simon Harding me hacen desearlo con todas mis fuerzas, aunque fuese solo durante un momento fugaz como este.

5

AUDREY

22 de abril de 2023

Una semana más tarde, mi cuaderno de bocetos sigue en blanco.

Desde que me estampé contra la puerta del coche de la novia de Charlie me he rendido oficialmente en lo que respecta a la fecha de entrega, aunque tal vez en lo relacionado con el arte todavía no. Pero quitarle presión al asunto no ha bastado para que la cosa cambie. Y tampoco el golpe en la frente y una buena dosis de humillación de la de toda la vida.

Lo he intentado casi todo. Vídeos de YouTube, *time lapses* de gente dibujando en TikTok, incluso mirar colecciones de arte en internet, que es lo que estoy haciendo ahora.

Muevo la pierna de arriba abajo, nerviosa, mientras miro una colección de retratos de la Inglaterra de la Regencia desde detrás de la caja registradora. Recuerdo que cuando era más pequeña vi una exposición en el Museo Carnegie que me inspiró un montón. Siempre me he sentido identificada con ese estilo, que con una simplicidad muy realista cuenta las historias de la gente a la que retrata de una forma que yo siempre he querido canalizar a través del arte. Antes pintaba y dibujaba solo retratos, hasta que Charlie me animó a «diversificar» mi estilo, a hacerlo más único, moderno y atractivo, a probar el arte abstracto e inclinarme más hacia lo que estaba de moda. Mi solicitud a la RISD estaba inspirada en esas sugerencias que me hizo durante años, así que quizá merezca la pena volver a mis raíces.

El primer retrato es de un viejo con un uniforme azul marino y un banda roja. Los colores son vivos, las sombras oscuras, el pelo... es claramente una peluca. Paso al siguiente. Dos hermanas frente a un árbol con vestidos de color pastel y las cabezas juntas. Las sombras de la piel son tan impresionantes que hago zoom para verlas mejor y suelto un silbido. Pero, claro... Si no puedo ni empezar, ¿cómo voy a ser capaz de hacer eso?

Doy un traguito de café y paso a la siguiente imagen justo al oír el tintineo de las campanillas de la puerta. Levanto la vista una fracción de segundo y veo que es el señor Montgomery, que entra pesadamente.

—Buenos días, señor Montgomery —lo saludo, a lo que él responde con su gruñido habitual.

Empiezo a servirle su café. Cojo un vaso y empiezo a llenarlo, pero mis ojos se olvidan de supervisar el movimiento. Están fijos en la pantalla de mi móvil, que muestra el retrato de una mujer con una melena dorada y unos ojos castaños cálidos que luce un vestido verde salvia. Hay algo en su rostro que te invita; los colores son muy cálidos y...

—Mierda. —Hago una mueca cuando el café ardiendo se me derrama sobre la piel y me abrasa. Sacudo la mano y siseo hasta que el dolor remite.

—¿Qué miras tanto en ese móvil? —pregunta el señor Montgomery entornando los ojos vidriosos. Me mira fijamente desde delante de la caja registradora.

—Es que... —me interrumpo, me encojo de hombros y le enseño la pantalla mientras deslizo su café rebosante con cuidado por el mostrador—. Buscaba un poco de inspiración.

—¿Para tu solicitud?

Niego con la cabeza.

—No, yo… —vacilo—. No la voy a enviar. Creo que tengo que resignarme.

—Mmm… —Asiente y frunce un poco el ceño, pero no insiste—. ¿Cómo va la cabeza?

La noticia del accidente no tardó en viajar por nuestro rincón de Pittsburg. No ha sido humillante ni nada.

—¡Muy bien! Cruzarme con Charlie ha sido el recordatorio perfecto de que el amor es una estafa y que no debería volver a arriesgarme nunca más. —Pongo los ojos en blanco—. Aunque descubrir que lo tengo superado no ha estado mal.

—Y dicen que el romanticismo no ha muerto… —gruñe mientras se agacha para coger su periódico.

—¿Qué sabe usted de romanticismo, señor Montgomery?

El hombre resopla y pone los brazos en jarras, enfadado.

—Pues mucho. Y también sé mucho de ti, Audrey. Lo que estás buscando no está aquí.

—¿Y dónde lo voy a encontrar? —pregunto, obligándome a levantar la vista.

Señala la calle, donde pasa zumbando un autobús interestatal rojo.

—Ahí fuera. En el mundo real.

Se hace un largo silencio, mientras pienso en eso de «mundo real».

—Uf… No, gracias. —Me vuelvo para mirarle y él me devuelve el gesto con una de sus pobladas cejas levantadas—. La última vez que conocí a alguien en el mundo real y nos metimos de lleno en una relación me hicieron trizas el corazón. Por no hablar que la escuela de mis sueños me haya puesto en lista de espera y mi capacidad de crear arte se haya ido al garete.

Él se encoge de hombros.

—El corazón también se te hace trizas cuando no te arriesgas, porque lo único que tienes asegurado así es perderte cosas. Y no me refiero solo al amor.

Me muerdo el labio y vuelvo a mirar Pittsburgh a través de la ventana, ese mundo que la mayoría de los días no me parece lo bastante grande. Cuando termine el instituto, me quedaré atrapada en una rutina interminable consistente en preparar café, reponer estanterías y sentarme detrás de la caja registradora, distrayéndome con novelas románticas, listas de reproducción y el móvil.

—Solo porque te hayan hecho daño una vez no significa que vaya a volver a pasar si encuentras a la persona adecuada —continúa—. Siempre se dice que el amor llega cuando menos te lo esperas, y en muchos casos es cierto… El amor verdadero, la inspiración verdadera, tu próxima obra maestra… ¡Puede que todo eso te esté esperando ahí fuera! —Me echo a reír y vuelvo a mirarlo a los ojos. Los suyos están arrugados por las comisuras, pero no tardan en ponerse serios y pensativos—. Hay algo que sí te puedo asegurar sin ningún tipo de duda: no lo encontrarás si te quedas aquí escondida.

¿Quién iba a pensar que precisamente el señor Montgomery me regalaría unos lápices una semana y una sesión de terapia a la siguiente? Pero, por suerte, no espera una respuesta que no tengo y continúa, recuperando su expresión enfurruñada de siempre:

—Bueno, en cualquier caso, me alegro de que hayas superado lo del tal Charlie. Siempre te imaginé con alguien que… te inspirara un poco más.

—¿Ahora es mi casamentero?

—Algo así —contesta. Mira la pantalla de mi teléfono, que todavía aparece iluminada con ese retrato, y adopta una expresión de curiosidad. Empieza a rebuscar en uno de sus bolsillos—. Se acabó eso de esconderse, chica.

Esboza una media sonrisa, me guiña un ojo y me sorprende lanzándome una moneda de veinticinco centavos, que supone más o menos 1,25 dólares menos de lo que cuesta el café por el que nunca paga, pero, en fin, lo que cuenta es la intención.

Observo cómo surca los aires casi a cámara lenta, girando sobre sí mismo. El metal resplandece bajo las luces fluorescentes que hay sobre la caja registradora.

Alargo una mano para cogerlo, pero en cuanto me cae sobre la palma... todo se vuelve negro.

6

LUCY

15 de junio de 1812

Echo un vistazo al reloj en cuanto mi padre aparta la vista. La mañana está pasando más lenta de lo que jamás creí posible. Tamborileo sobre mis muslos una melodía de piano que estoy ansiosa por tocar en cuanto por fin se marche, esta misma tarde, cuando termine de pontificar sobre lo que espera de mí.

—Espero que dediques este tiempo a prepararte minuciosamente para lo que está por llegar. Estoy convencido de que el señor Caldwell te invitará a visitar su casa durante mi ausencia, tal como yo mismo le he sugerido, y necesito que me asegures que aprovecharás al máximo esa oportunidad de impresionarlo antes del baile.

Dos criados pasan frente a la puerta de la salita con su baúl, lo que indica que mi libertad está cada vez más cerca.

—¡Lucy! —me regaña cogiéndome con fuerza del antebrazo y silenciando la melodía que emanaba de mis dedos—. ¿Me has entendido?

—Sí, señor —respondo con toda la sinceridad de la que soy capaz. Sin embargo, no puedo evitar clavarme las uñas en las palmas de las manos cuando sus ojos fríos estudian mi rostro.

—Su carruaje está listo, señor Sinclair—anuncia Martha desde la puerta.

Por fortuna, cuando nos levantamos, me suelta. Miro a nuestra ama de llaves a los ojos al pasar y me fijo en que tiene el ceño fruncido de ira.

Lo sigo hasta el carruaje, pero él entra sin pronunciar palabra alguna. Poco después, la gravilla empieza a crujir con el paso de las ruedas, que dejan tras de sí una nube de polvo, pero yo me quedo donde estoy y observo cómo se aleja poco a poco por el camino, cada vez más lejos, hasta que desaparece por completo. Cierro los ojos con fuerza y respiro hondo.

Se ha marchado.

Cuando los abro, todo me resulta más liviano. Más brillante. El verdor de la hierba, el azul del cielo, el sol que resplandece sobre mi piel...

Antes de tomar conciencia de lo que hago, estoy brincando y luego corriendo por los terrenos, acariciando la hierba alta con las puntas de los dedos y riendo. El dobladillo de mis faldas está más sucio cada segundo que pasa, pero no me importa comportarme como una tonta. ¡No me importa! Durante unas exquisitas semanas, antes de su regreso, antes de que mi destino con el señor Caldwell esté sellado, seré libre, total, completa y absolutamente...

Me detengo de golpe, sorprendida al ver una forma que hay delante de mí, en el centro del campo, un bulto negro, blanco y gris.

Doy un respingo, horrorizada, al comprender que no se trata de un objeto.

Es un cuerpo.

Una muchacha.

Me da la sensación de que el corazón se me va a escapar por la boca, pero corro junto a ella y me agacho.

¡Aún respira!

—Gracias al cielo —murmuro, alargando una mano para tocarle el hombro.

No obstante, de nuevo ahogo un grito, sorprendida. El tejido que hay bajo mis dedos es… distinto a nada que haya tocado antes.

La observo y no tardo en darme cuenta de que la tela no es lo único distinto.

¡Jamás había visto ropajes como esos!

¿Va en ropa interior?

Aparto la mano y me la llevo al pecho.

Bajo lo que parece una extraña chaqueta, lleva una especie de camisola que deja al descubierto varios centímetros de su piel.

Y eso no es todo.

¡Viste pantalones de hombre! El color es un negro descolorido y tienen un roto en la rodilla. Además, esos zapatos tan extraños, que no son ni botas ni zapatos de tacón, están manchados de pintura. Por no hablar de esas cuerdas… No sé muy bien qué pensar de todo esto.

De repente, suelta un grave gemido y la miro a la cara. La melena castaña está desparramada por la hierba, alrededor de su cabeza. Entreabre los gruesos labios ligeramente mientras parpadea poco a poco. Largas pestañas enmarcan unos cálidos ojos de color avellana que recorren mi rostro antes de detenerse en los míos.

—¿Se encuentra bien? —le pregunto mientras se incorpora, frotándose la cabeza y mirando a su alrededor con los ojos entornados.

—Pero ¿dónde…? —murmura para sí.

—Debe de haberse desmayado —le digo.

Me mira de nuevo y frunce las cejas oscuras, confundida. Veo un pequeño corte encima de la derecha, pero, sea lo que sea lo que la ha dejado inconsciente, no parece ser la causa, pues ya ha empezado a curarse.

—No me he desmayado. Yo… —Ese acento no es de por aquí. De hecho, parece americano. Se asemeja al de los Field, aquella familia de Nueva York tan bulliciosa que conocí en el baile del señor Stanton hace apenas un año. En lugar de terminar la frase, alza una mano y despliega los largos dedos para revelar una moneda plateada bastante inusual en el centro de la palma—. ¿Estoy muerta? —se interroga en voz alta—. ¿Cómo he llegado hasta aquí?

—No, no está muerta —respondo, resolviendo al menos una de sus dudas, aunque siento mucha curiosidad por la otra.

La observo mientras sus ojos abandonan la moneda y se dirigen a mí, recorriendo todo mi atuendo. Me aliso la falda por instinto justo cuando ella esboza una sonrisa, revelando unos dientes increíblemente blancos y alineados.

—Pero ¿qué narices es esto? ¿Una recreación?

«Qué narices». Hago una mueca ante la falta de educación y frunzo el ceño.

—¿Disculpe?

—Ya sabes… —Se saca un paquetito rosa del bolsillo de los pantalones en el que, inexplicablemente, se lee Trident en gruesas letras blancas y me señala con él—. Esa ropa que llevas puesta.

—¿Yo? —pregunto.

La observo desenvolver un cuadradito metálico del paquete y sacar una especie de ladrillo. Se lo mete en la boca y empieza a masticar ruidosamente. Al ver mi expresión de curiosidad, me ofrece el paquete y desliza uno de los cuadraditos con el pulgar.

Como no quiero ser maleducada, cojo uno y lo desenvuelvo para revelar ese pequeño… ¿caramelo? Me lo meto en la boca con cautela. El sabor es notablemente dulce, pero la consistencia no se parece a nada que haya probado nunca. La textura es casi esponjosa.

Cuando me lo trago, frunce el ceño. Yo imito su gesto, ya que no es nada fácil de tragar.

—¿Acabas de…? —Niega con la cabeza, se pone de pie y se sacude la ropa—. En fin, es la última vez que te doy un chicle.

¿«Chicle»?

La observo palpar la hierba, alrededor de donde yacía, en busca de algo.

—¿Dónde estoy? —pregunta de nuevo.

—En Radcliffe, la propiedad de mi familia.

Una sonrisa divertida se le dibuja en el rostro, como si acabase de decir algo muy gracioso.

—¿Y qué año es en esta propiedad?

—Estamos en 1812.

Prorrumpe en carcajadas justo cuando encuentra lo que estaba buscando, una cajita rectangular que ahora sostiene en la mano.

—Así que 1812… —repite—. Se te da muy bien. Estás muy comprometida con tu actuación.

—¿A qué se refiere con «actuación»? —inquiero, mientras me yergo, quedando cara a cara con ella por vez primera.

Es unos veinte centímetros más alta que yo, así que he de estirar el cuello para mirarla a los ojos. Me cruzo de brazos, pues empiezo a sentirme molesta. Ha entrado sin permiso en mi propiedad, con ese atuendo tan absolutamente escandaloso, y además de interrumpir mis primeros y dulces momentos de libertad, ¡se comporta como si la extraña en esta situación fuese yo!

Enarca una ceja y me señala con el dedo.

—El disfraz, el acento, la frasecita de «Radcliffe, la propiedad de mi familia» —responde imitando mi voz.

—No comprendo lo que quieres decir, y lo cierto es que no aprecio el tono con el que…

—Ya —me interrumpe.

Alza la cajita rectangular al cielo y empieza a caminar en círculos. ¿Estará loca, quizá? No me extrañaría, ¡lleva unos pantalones y una camisola en público!

Observo su rostro mientras se pasea de un lado a otro, murmurando entre dientes para sí misma. Y entonces reparo en que la caja que lleva en la mano... casi resplandece. En la parte delantera hay una pintura de un perro de un realismo más que notable.

—¡No hay cobertura! —protesta con un suspiro de frustración deteniéndose delante de mí—. ¿Tienes teléfono en casa?

Frunzo el ceño.

—¿Teléfono?

—Sí, ya sabes. —Levanta la cajita rectangular, que brilla tanto que me veo obligada a entrecerrar los párpados—. Un teléfono.

Como no doy muestras de reconocer el objeto, me mira con los ojos entornados y pregunta:

—¿Eres amish?

—Si soy ¿qué?

—¡Y yo qué sé! No sabes lo que es un teléfono, te has tragado el chicle, mira cómo vas vestida y ¡crees que estamos en 1812!

—Porque estamos en 1812 —replico con voz firme, y ella se vuelve a echar a reír, aunque esta vez parece menos sincera—. ¿Por qué te hace tanta gracia?

—Porque no es posible.

Pongo los ojos en blanco y la cojo del brazo. Estoy impaciente por poner fin a este disparate y volver a lo que me ocupaba. Tiro de ella campo traviesa en dirección a la casa. La miro de reojo y veo que, cuando subimos la colina y Radcliffe aparece en el horizonte, pone unos ojos como platos. Varios sirvientes se vuelven para mirarnos cuando pasamos junto a ellos; la confusión queda patente en sus rasgos al ver que me acompaña una chica rarísima. De todos modos, prosigo: recorro el camino de gravilla y subo los escalones hasta que encuentro a Martha, que es quien nos abre la puerta.

—Hola, querida, ¿se encuentra…?

—Martha —la interrumpo soltando el brazo de la chica—. ¿En qué año estamos? —El ama de llaves parece haber visto un fantasma: sus ojos azules casi se salen de las órbitas al ver el atuendo de la chica—. ¿Martha?

Niega con la cabeza, recuperando la compostura.

—En 1812, por supuesto.

—¿Y sabes qué es un…? —Me vuelvo para mirar a la muchacha—. ¿Cuál era la palabra? ¿«Teléfono»? —La chica asiente, pero esa sonrisa confiada desaparece de su rostro por primera vez—. ¿Sabes qué es un teléfono?

—Un… —Martha se interrumpe y una expresión de total perplejidad nubla todos sus rasgos—. ¿Un qué?

—¿Lo ves? —Me cruzo de brazos. La chica y yo nos miramos a los ojos mientras Martha empieza a rodearla, alborotada.

—¿Se ha perdido, querida? ¿Se encuentra mal? Oh, santo Dios, caminando por ahí en calzones y ropa interior… Estoy segura de que podemos encontrar algo para que…

En ese momento, el señor Thompson, uno de los criados, asoma por la entrada en dirección a las cocinas. Martha alarga un brazo a toda prisa, cierra la chaqueta de la chica e intenta cubrirla con su propio cuerpo.

—¡Señor Thompson! —lo llamo. Él se vuelve y se inclina rápidamente.

—¿Sí, señorita?

—¿En qué año estamos?

—Estamos en… —Pese a los fútiles y modestos esfuerzos de Martha, repara en los pantalones y se queda en silencio durante cinco… diez… ¡quince segundos! Este señor roza los sesenta años, así que no me sorprendería que esto bastara para mandarlo al otro barrio. Por fortuna, no es así—. Sí… Estamos en 1812, señorita Sinclair.

Me giro para mirar a la muchacha, que se muerde nerviosa el labio inferior mientras intenta comprender lo que acaba de escuchar.

Pero ¿qué podía esperarse si no?

Al fin, alza una mano y mira de nuevo la moneda plateada. Tras contemplarla unos instantes, cierra el puño con fuerza, cierra los ojos y echa la cabeza hacia atrás.

—Pero ¿qué narices ha hecho?

7

AUDREY

15 de junio de 1812

Me pitan los oídos, y mientras me guía por una escalinata de mármol y un pasillo, intento buscar alguna señal, por pequeña que sea, que me diga que todo esto no es más que un terrible malentendido. O un chiste malo.

Busco algún enchufe en la pared, alguna lámpara, algún cable... pero no hay nada. Ni un par de Adidas tiradas en una esquina o el suave zumbido del aire acondicionado.

Todo parece moverse a cámara lenta. Me empuja a un sofá de rayas muy ornamentado. Miro a mi alrededor y me fijo en la chimenea, el piano bañado en oro que hay en una esquina y los cuadros del periodo Regencia en la pared, demasiado convincentes para ser réplicas. Al final, mis ojos se detienen en la chica que me ha encontrado en el campo, que me mira con los ojos azules y el ceño fruncido.

Está moviendo la boca, pero no logro entender qué dice, porque estoy ofuscada con lo que ya ha dicho: lo estoy reproduciendo en mi mente una y otra vez, en bucle.

«1812. 1812. 1812».

«¿Cómo es posible? Cómo ha...?».

La mujer mayor me pone una cajita de plata debajo de la nariz y juraría que veo al mismísimo Jesucristo cuando un olor acre y químico me devuelve de una bofetada a la realidad, electrizándome hasta el cráneo.

—Pero ¿qué…? —Me aparto de las dos—. ¿Qué narices es eso?

—Sales de amoniaco, querida —contesta como si fuese lo más normal del mundo.

—¡¿Sales de amoniaco?! —Se me escapa un gemido.

Cojo un libro de la mesita que hay al lado del sofá y lo abro para mirar la fecha: «1807».

Santo Dios.

Lo cierro de golpe. Tengo el estómago revuelto.

Me pongo de pie. Necesito volver a casa. Con mi madre y con mi padre. Con Cooper. Necesito volver a Pittsburgh. A 2023.

¡El campo! Es el lugar donde he llegado, así que es el único lugar al que tiene sentido ir.

Paso corriendo junto a ellas y noto que intentan cogerme de los brazos, pero salgo disparada de la sala y recorro el pasillo hasta que por fin encuentro la puerta principal. Oigo la voz de la chica, que me llama y me pide que pare, pero no puedo.

Tengo que salir de aquí como sea.

Recorro el camino por el que hemos venido mientras la larga hierba me acaricia los tobillos y una serie de imágenes se sucede ante mis ojos. Veo las caras sonrientes de mis padres, la caja registradora que tenía delante hace un momento, el edredón de rayas de mi cama.

Mi hogar.

Me detengo al llegar al lugar donde la forma de mi cuerpo sigue marcada en la hierba. Me tumbo justo ahí, mientras mi pecho sube y baja con violencia, y cierro los ojos con fuerza, visualizando las imágenes de mi casa, pero no ocurre nada.

—Vamos… —suplico con la voz entrecortada. Agarro con fuerza la moneda, tanta que me clavo las uñas en la palma de la mano—. ¡Por favor!

Nada.

Abro la mano y miro la cara de George Washington.

—¡Creo que ya vale de aventuras! —le digo, recordando la conversación que mantenía con el señor Montgomery—. ¡Me ha quedado claro! Y, vale, irme de Pittsburgh en lugar de esconderme en la tienda de mis padres es una cosa, pero ¿no es esto un poco excesivo?

La lanzo al aire como ha hecho él mientras deseo una y otra vez volver atrás.

Pero nada funciona.

Sigo aquí. Atrapada. Mirando el cielo azul sin nubes, en un campo, ¡en 1812!

—Pero ¿qué te ocurre?

Me vuelvo y veo a la chica de antes, que se abre paso enfadada a través de la hierba. Tiene las mejillas coloradas, pero no se le ha salido ni un solo mechón de pelo del recogido, lo que es bastante impresionante.

No puedo más que echarme a reír y llorar al mismo tiempo. Me incorporo y me seco las lágrimas con el dorso de la mano.

—Ese es el problema. ¡No tengo ni idea!

Ella frunce el ceño.

—Menudo susto le has dado a la pobre Martha cuando te has ido corriendo de ese modo.

—¿La señora de las sales de amoniaco? —Recuerdo a la mujer y su cajita plateada de la muerte.

Asiente y, con cierta vacilación, se acaba sentando en la hierba a mi lado, con la espalda más tiesa que un palo.

—Empecemos con algo más sencillo, pues. ¿Cómo te llamas?

—Audrey. ¿Y tú?

—Lucy —responde, ofreciéndome un pañuelo bordado para que me limpie los mocos. En una de las esquinas están bordadas las iniciales «L. S.»—. Lucy Sinclair.

Me suena la nariz como si me fuera la vida en ello, así que no me sorprende que, cuando se lo intento devolver, me diga con un gesto que me lo quede.

—Lucy, yo… —Entorno los ojos para protegerme del sol—. Yo no soy de aquí. —Dicho lo cual me quedo en silencio, porque no tengo ni idea de cómo explicárselo.

—Bueno, puedo ayudarte a regresar al lugar de donde vienes. ¿Quizá después de tomar el té? Llamaré a mi criado y él…

Resoplo debido a la absurdez de la situación.

—¿Tu criado? ¿Y puede llevarme de vuelta al año 2023?

—Yo no…

—¡Vengo del futuro! ¡De dentro de más de doscientos años! Así que, a no ser que tu criado sepa cómo viajar por el tiempo y el espacio, me temo que no voy a poder volver a casa.

Trago saliva, a pesar del nudo que tengo en la garganta, y veo cómo entrecierra los ojos azules, que se han tornado ligeramente fríos ante la ridiculez que acabo de decir.

—Eso no es posible.

—Ya, eso pensaba yo hasta que me he despertado en tu propiedad, me has dicho que estábamos en 1812 y Martha me ha hecho bajar a la tierra a base de sales de amoniaco.

Está impertérrita, así que cojo mi cartera y le enseño el carnet de conducir que mi padre me obligó a sacarme por si tenía que ir corriendo al supermercado de la calle Treinta y cinco a comprar patatas o refrescos para la tienda. («No puedes cargar cuatro cajas de refresco por las colinas de Lawrenceville en bicicleta. Créeme, lo he intentado»).

Doy un golpecito en el plástico mientras ella lo toma con poca firmeza.

—Esa es mi fecha de nacimiento. El 11 de diciembre de ¡2005!

Rasca el plástico con el índice, mirándome primero a mí y luego la foto de carnet poco favorecedora.

—¿Es una pintura? Es tan…

—Una fotografía. Es… ¿Cómo te lo explico? Supongo que es algo que puede capturar cualquier momento del tiempo: tú, yo, este campo… Cualquier cosa. —Saco mi móvil y abro la galería de fotos para enseñarle instantáneas de Cooper, de mis padres y de algunos atardeceres—. ¿Ves?

Me paro en un *time lapse* que saqué desde la ventana de mi cuarto, que está encima de la tienda, y le pongo el móvil en las manos. Ella entorna los ojos por el brillo de la pantalla, pero entonces…

Empalidece casi al instante y pone unos ojos como platos al ver cómo la imagen cambia y se mueve. Penn Ave cobra vida en la palma de su mano, con los coches que entran y salen del plano y los paseantes que parpadean, por no mencionar que hay electricidad en todas partes.

Se queda desencajada y el teléfono se le resbala de la mano, aunque lo atrapo antes de que caiga al suelo.

—Pero ¿qué…? ¿Cómo…?

Lo alzo para grabarla unos segundos.

—Supongo que es como un cuadro en movimiento, pero… distinto. —Ahoga un grito cuando le doy la vuelta y lo reproduzco—. Es como capturar las imágenes de un espejo, o un recuerdo.

Me mira a los ojos y ambas permanecemos en silencio un largo momento.

—¿Cómo has…?

—¿Llegado hasta aquí? —Termino la pregunta por ella y me encojo de hombros. Me guardo el teléfono en el bolsillo con una mano y abro la otra para enseñarle la moneda del señor Montgomery y las marcas en forma de media luna que han dejado mis uñas en la piel—. No tengo ni idea. Estaba sentada detrás de la caja registradora en la tienda de mis padres, hablando con el señor Montgomery, me lanzó esto y…

—Lanzo la moneda al aire y la cojo—. ¡Puf! Estabas aquí, así vestida, despertándome.

Lucy coge la moneda de mi mano, rozándome suavemente con los dedos. Observo cómo la inspecciona, pasando la uña por las hendiduras.

—¿Y cómo regresarás?

—Yo… —Niego con la cabeza. Noto una frialdad que se adueña de mi pecho al mirar los vastos campos de hierba. Mis pensamientos siguen reverberando en mis oídos—. Pues ese es el problema, ¿no? No tengo ni idea de por qué estoy aquí, así que tampoco sé cómo volver.

«Sé mucho de ti, Audrey. Lo que estás buscando no está aquí», oigo su voz.

Bueno, pues 1812 tampoco me parece tan prometedor. A ver, ¿qué tiene que ver una señorita remilgada que parece sacada de una novela de Jane Austen y que está, literalmente, dos siglos en el pasado con lo que el señor Montgomery decía sobre mi futuro?

Me muerdo el interior de la mejilla, a ver si así consigo contener las lágrimas de frustración.

—¿Y si no puedo volver? ¿Y si me quedo aquí atrapada para siempre? ¿Y mis padres? ¿Y Cooper? ¿Dónde voy a dormir?

Unos dedos suaves me rodean el brazo, ayudándome a no perder el control.

—Audrey. —La miro—. Encontraremos una solución. Descubriremos por qué estás aquí exactamente y cómo devolverte a casa. Te lo prometo. —Asiento a modo de agradecimiento, todavía intentando recuperar la compostura—. Mientras tanto, puedo responder a una de tus preguntas. Eres más que bienvenida en Radcliffe. Puedes quedarte conmigo, tenemos espacio de sobra.

—¿De verdad?

Asiente y me sonríe para tranquilizarme. Observo cómo se pone de pie y se sacude la falda… Todos sus movimientos son calculados y contenidos. Precisos.

—Ciertamente.

Me tiende la mano y se la cojo, deslizando los dedos en su suave palma. Tira de mí para ayudarme y las dos empezamos a caminar despacio hacia la casa, hacia el lugar donde estaré atrapada en el futuro próximo. He de aceptarlo.

—Dicho esto, me gustaría mucho que intentaras abstenerte de salir corriendo del salón como has hecho antes. No sé si el corazón de Martha podrá soportar tantas emociones. Por aquí no vivimos muchas.

Le sonrío.

—Dile a Martha que mientras mantenga sus sales de amoniaco lejos de mí, tenemos un trato.

Lucy enarca una ceja, pero me sorprende un poquito cuando veo que se muerde el labio, como si estuviera intentando no echarse a reír.

8

LUCY

15 de junio de 1812

Audrey contempla horrorizada el orinal de lo que ahora es su habitación, con los ojos avellana abiertos como platos.

—Absolutamente no —dice.

—Es solo por si necesitas aliviarte durante la noche.

Gime mientras camina en círculos diminutos y tensos por toda la habitación.

—También está el *bourdaloue* si lo…

Alza una mano para acallarme.

—Lucy, te lo juro por Dios, me iré corriendo al campo otra vez.

La cojo del brazo y tiro de ella hacia el pasillo antes de que tenga la oportunidad de hacerlo. Martha y Abigail pasan por nuestro lado con sábanas limpias y plumeros para dejar la habitación lista para ella.

—Vamos, permite que te enseñe el resto de la casa.

Mientras recorremos el pasillo en dirección a la biblioteca, contempla los retratos de las paredes con la boca abierta.

—Es el mismo tipo en fondos distintos —murmura. Finalmente, señala la expresión agria de mi padre al final. Un escalofrío me recorre la espalda al mirarlo a los ojos—. A ese parece que le hayan metido un palo por el culo.

—Ese —contesto mientras abro la puerta de la biblioteca— es mi padre.

Audrey se sonroja casi al instante.

—Ay, Dios, ¡lo siento mucho! No lo...

La acallo con un gesto y la apremio a entrar. Me ha sorprendido comprobar que sí tiene cierto decoro. He de reconocer que no sé muy bien qué significa su apreciación, pero, por su reacción, deduzco que es más que adecuada.

—Tal vez yo diría algo incluso peor —replico. Me tapo la boca de inmediato, sorprendida por lo que se me acaba de escapar.

Ella me dirige una mirada interrogante, pero, por fortuna, no insiste más.

—Esto es la biblioteca —le explico, intentando dejar mi inesperado desliz en el olvido.

Señalo las paredes repletas de libros y contemplo a Audrey alargar los dedos para acariciar el lomo de los volúmenes con gran curiosidad. Echa la cabeza hacia atrás mientras recorre las estanterías con la mirada, apreciándolo todo poco a poco.

—¿Cuántos has leído? —me pregunta.

—Todos —respondo, siguiendo su mirada a través de los volúmenes de historia, ciencia, política, geografía, matemáticas y poesía. Cientos y cientos de libros.

—¡¿Todos?!

Me encojo de hombros.

—Paso mucho tiempo sola.

Durante años los libros me han hecho compañía, puesto que mi padre no me ha permitido tener ninguna otra. Al menos ninguna más allá de las que él mismo escogía, movido por sus propósitos de avanzar en sus negocios o su posición social. Salvo por los momentos robados con Grace, lo único que se me ha permitido han sido meriendas o cenas aburridas con acompañantes aún más aburridos si cabe, y la compañía de los libros es sin duda mejor.

—¿Qué es lo que más te gusta leer de todo lo que hay aquí? —me pregunta, señalando los libros.

—Mmm… Supongo que los que versan sobre etiqueta. O los sermones —miento. Es lo que mi padre querría escuchar, independientemente de la verdad.

Audrey me mira sorprendida, con una mano quieta sobre la estantería.

—Eso suena un poco… aburrido. —Me muerdo el labio, consciente de que no puedo mostrarme de acuerdo con una afirmación tan atroz y contundente, por cierta que sea—. A mí me gustan las novelas románticas —añade de forma despreocupada.

Me quedo de piedra ante esta admisión, ante la respuesta que yo he debido contener y que ella ha manifestado con tanta facilidad. Las novelas románticas siempre han sido mis lecturas preferidas. A mi madre le encantaban y a menudo me las leía, pero, tras su muerte, no me sorprendió que mi padre me las prohibiera. Afirmó que no era adecuado que una señorita bien educada leyera tales libros, y que la noción del amor e insensateces semejantes estaban muy por debajo de otras materias a las que debía dedicar mi tiempo, mi estudio y mi reflexión. Fue el primer signo de que las esperanzas que mi madre albergaba para mi vida jamás se harían realidad.

—¿Qué? —pregunta, al reparar en mi cambio de expresión.

—¿Quieres…? —Vacilo. Miro atrás, hacia la puerta cerrada, y al final la emoción puede conmigo—. ¿Quieres ver una cosa?

Apenas ha contestado que sí y ya la estoy conduciendo hacia una esquina de la sala, donde, con cuidado, levanto un tablón suelto del suelo. Debajo hay unos veinte volúmenes que he conseguido traerme a escondidas de mis viajes a la ciudad, con las cubiertas gastadas de haberlos leído una y otra vez.

—¡Qué pasada! —exclama Audrey sacando unas pocas, aunque no sé qué es lo que se ha pasado. Limpia el polvo para leer los títulos—. Un escondite secreto.

—Mi padre se enfurecería si supiera que guardo esto aquí —admito, mientras cojo mi copia notablemente gastada de *Romeo y Julieta*—. Pero yo... Me encanta leer estos libros, escapar a estas historias, fingir que soy otra persona... Alguien de una tierra lejana que puede ser la heroína de su propia historia. Es...

Me interrumpo y me sonrojo al darme cuenta de las palabras que acaban de escapar de entre mis labios, pero, sin embargo, me siento bien tras compartir un pedacito real y propio de mí sin sufrir las consecuencias. Al fin y al cabo, Audrey no tardará en marcharse.

—Es reconfortante —termina ella con una sonrisa cálida mientras hojea la segunda novela de Frances Burney—. A mí también me gustan por eso.

La observo un momento fugaz. Sus palabras me hacen sentir reconocida. He de admitir que sentía cierto recelo, y tal vez también irritación, porque alguien interrumpiera mis últimas semanas de libertad, pero... quizá no sea tan malo que esté aquí.

—Alguien de una tierra lejana —repite en voz baja y luego suelta una suave carcajada—. Como yo.

No puedo evitar mirarla con atención. Entorno los ojos e inspecciono su atuendo, su forma de sentarse y cómo ladea la cabeza al leer las primeras líneas del libro que tiene en las manos. Es... fascinante. Lo que dice, cómo lo dice, cómo se mueve... Miles de preguntas sobre el futuro burbujean en mi interior. ¿Cómo serán los libros allí? ¿Por qué sus ropas tienen ese aspecto? No obstante... No querría ser maleducada.

Y hablando de preguntas que se deben evitar, en ese momento veo que empieza a mirar detrás de mí, hacia el lugar donde cuelga el retrato de mi madre. Le arrebato el libro a toda prisa, antes de que me pregunte sobre ella.

—Deberíamos bajar a cenar —anuncio en una voz mucho más alta de lo habitual.

A Audrey le ruge el estómago, así que no creo que haya reparado en mi poco educada manera de cambiar de tema. Dejo el libro junto a los demás y coloco el tablón, pensando en mi padre y lo mucho que le contrariaría saber de su existencia.

Pero nunca lo sabrá, porque escondo estos libros sobre amor y pasión justo aquí, debajo del retrato de mi madre, consciente de que es el único lugar en el que jamás los encontrará.

9

AUDREY

15 de junio de 1812

Por la noche, me paso casi una hora dando vueltas en la cama, hasta que decido quedarme despierta y contemplar las formas apenas descifrables de la enorme habitación de invitados que han dispuesto para mí.

Está tan oscuro… y silencioso.

Y bueno… La verdad es que me da miedo.

Hasta hace un rato, esta situación empezaba a parecerme incluso una aventura. ¡He cenado pato! ¡Y estaba rico! Y he bebido té de una tacita muy elegante, me he asomado a algunas de las otras habitaciones y me he hecho con un candelabro lleno de adornos para inspeccionar las pinturas de la pared de la salita.

Además, Martha me ha dejado echar un vistazo a su latita de sales de amoniaco, aunque solo con mirar una vez su contenido he tenido recuerdos de guerra y casi estrés postraumático.

Pero ahora, en el silencio y la quietud de la noche, con este camisón que me ha prestado Lucy, y que pica, siento de nuevo este miedo inevitable, auténtico pánico por el hecho alucinante de que estoy aquí de verdad. En 1812. Sin forma de volver a casa.

Echo de menos oír las voces de mis padres a través de las paredes. Echo de menos los fuertes ronquidos de Cooper y que ocupe demasiado espacio en mi cama. Echo de menos mi habitación, mis pinturas, mis polaroids, mis libros y el montón de ropa sucia de la esquina. Echo de menos el resplandor de las farolas de Penn Ave que se cuela a través de las persianas, el sonido de los coches que pasan junto a la ventana de mi cuarto a altas horas de la noche y las sirenas lejanas que aúllan en la distancia.

Aquí, tumbada en una cama de cuatro postes gigante pero incómoda, lo único que me acompaña es un silencio ensordecedor. Casi puedo oír hasta cómo me crece el pelo.

Pero ¿cómo ha hecho esto el señor Montgomery, que es tan poca cosa? ¡¿Y por qué?!

Si esto fuese una película, me habrían mandado aquí con algún propósito especial, para aprender una gran lección o para cumplir una misión de las que te cambian la vida.

¿Será eso? ¿Estoy aquí para vivir una gran aventura que me enseñará la respuesta para salir de la rutina en la que estoy metida, como los personajes de esos libros que Lucy guarda debajo de un tablón en la biblioteca?

Simplemente no entiendo cómo voy a hallar esa respuesta en 1812. Teniendo en cuenta los corsés y las novelas románticas escondidas, no me parece ni la época ni el lugar para que una mujer llegue a ser dueña de sí misma.

Cuanto más lo pienso, más siento que estoy perdiendo la cabeza. La necesidad de hablar con la única persona que sabe lo que me está pasando me abruma. Lucy, la señoritinga remilgada. Es la única con quien puedo contar, ya que las personas que quiero y que conozco tardarán dos siglos en nacer.

Suelto un largo gemido y por fin me incorporo, cojo mi almohada y una manta, y cruzo la habitación de puntillas. Cuando abro, la puerta chirría ruidosamente y revela tras ella el pasillo vacío, un agujero negro sin electricidad. Paso dos puertas hasta llegar a la de Lucy y toco con suavidad, mordiéndome el labio.

Unos segundos después, su voz me invita a entrar.

—¿Audrey? —pregunta mientras asomo. Tiene en la mano una cerilla que crepita con la que enciende la vela que tiene en su mesilla de noche—. ¿Qué ocurre?

—Nada, es solo que… —Me encojo de hombros, termino de entrar y dejo que la puerta se cierre tras de mí—. No podía dormir. Está demasiado… silencioso.

Ella ladea ligeramente la cabeza y me mira con los ojos azules llenos de curiosidad. Su pelo dorado, que antes llevaba recogido, cae como una cascada por su cara hasta la almohada. Es mucho más largo de lo que pensaba.

—¿No hay silencio en el lugar de donde vienes?

Cruzo la habitación y me siento en el suelo, junto a su cama, envolviéndome en la manta. Ya me encuentro un poco mejor.

—No —respondo, obligándome a dedicarle una pequeña sonrisa—. Vivo en la ciudad. En Pittsburgh. No sé si habrás oído hablar de ella. —Ella responde que sí. Al parecer, sabe más de geografía que la mayoría de los adolescentes estadounidenses—. Hay de todo menos silencio, y no solo porque los ronquidos de mi perro sean altísimos. Aunque tengo que reconocer que parece un avión despegando. —Lucy frunce el ceño, confundida, y reparo en que no tiene ni idea de lo que es un avión. Me corrijo—. Sus ronquidos parecen… truenos. —Ella asiente—. ¿Puedo… puedo quedarme aquí un ratito? —Señalo la habitación—. Solo para oír los sonidos de otra persona, en lugar de tanto silencio. Es… reconfortante.

—Sí —contesta Lucy tras una larga pausa—. Puedes quedarte todo el tiempo que necesites.

Me tumbo y las dos nos miramos. Sus rasgos suaves irradian calidez bajo la luz de la vela.

—¿Cómo es el futuro? —pregunta al cabo de un rato.

—Bueno, tenemos coches, un medio de transporte con el que llegas a todas partes mucho más rápido que a caballo o en un carruaje. Y también aviones, que recorren distancias más grandes incluso más rápido. Flotan en el cielo, como los pájaros, más o menos.

—¡¿En el cielo?! —exclama Lucy, incrédula.

Asiento.

—Y también tenemos internet, donde puedes encontrar información sobre cualquier cosa, buena, mala o... desagradable. —Creo que, a estas alturas, horrorizarse con algo que has visto en Google es casi un rito de paso—. Y todo tipo de tecnología. Teléfonos móviles, como el que te he enseñado, que sirven para contactar con cualquier persona del mundo. Y también tenemos la televisión, que sirve para ver... mmm... espectáculos, actuaciones y noticias desde el sofá de tu casa.

Me mira con un gesto pensativo mientras intenta comprender toda la información. Me pregunto si se interesará más por la televisión y enseguida pienso en algunos programas que le podrían gustar... ¿*Masterchef*, quizá? ¿*The Crown*? ¿*Downton Abbey*? ¡Ah, claro! ¡*Los Bridgerton*! Sin embargo, se interesa por una cuestión más personal.

—¿Y tú? ¿A qué te dedicas en el futuro?

La pregunta del millón de dólares.

Tal vez, la pregunta clave. Lo que he de averiguar.

Reflexiono un poco antes de responder, pero no consigo encajar las piezas, así que suelto un discurso sin mucho sentido:

—No sé. Por ahora, trabajo en la tienda de mis padres, tengo un perro que se llama Cooper, voy a clase y...

—¿A clase? ¿La universidad? —Pone los ojos como platos.

—Bueno, yo todavía voy al instituto, pero sí, en el futuro, las chicas van a la universidad. Puedes hacer todo eso siempre que estés dispuesta a contraer un montón de deudas. Puedes ser médica, científica o profesora. —Hago una pausa y añado—: O artista. Lo que quieras, la verdad. —Esboza una sonrisa de oreja a oreja y no puedo evitar devolvérsela—. ¡Y podemos llevar calzones! —digo, recordando la palabra que ha usado Martha.

Lucy se echa a reír y por primera vez desde que he llegado siento que me relajo un poquito. Es como si no estuviese completamente sola, una sensación que experimento a menudo, incluso en 2023, desde que Charlie y nuestros —o, mejor dicho, sus— amigos se graduaron.

—¿Y tus padres? —pregunta—. ¿Te dan permiso para hacer todo eso?

—Sí. —Noto una punzada de tristeza al pensar en ellos—. Me apoyarían quisiera lo que quisiese. La verdad es que creo que se mostrarían más disgustados si no persiguiera mis sueños. —Vacilo un poco al comprender cuánta verdad hay en esas palabras. Recuerdo cuando mi madre, en el baño, me animó a solicitar una plaza en la RISD el año que viene aunque yo me hubiese rendido del todo. No quería que lo tirara todo por la borda, por mucho que yo dijera que estaba decidida a darme por vencida—. Creo que… —Exhalo una larga bocanada de aire—. Creo que, del futuro, lo que más echo de menos son mis padres. Creo que ellos son lo mejor de 2023.

Lucy se mueve para verme mejor la cara.

—Estás muy unida a ellos.

Asiento.

—Siempre nos hemos llevado muy bien. Vivimos encima de la tienda, en un apartamento pequeño y destartalado, pero… me chifla.

Me encanta pasar las mañanas con mi padre detrás del mostrador, aprender recetas familiares con mi madre en nuestra cocina diminuta e ir a los partidos de los Pirates, aunque sean malísimos, porque las entradas son baratas. Me encanta nuestro sofá raído pero cómodo, las ventanas viejas abiertas durante las noches de verano y reírnos viendo alguna serie de Netflix. Siempre me han apoyado, pero lo han hecho todavía más desde que rompí con Charlie y todos mis amigos se graduaron el año pasado. Son la constante cuando todo lo demás fracasa o desaparece.

¿Por qué no puedo tener suficiente con eso para siempre? Debería ser así. Quiero que sea así, que me baste con tener a mis padres a mi lado, con esa tiendecita, que es un lugar seguro. Ahora mismo daría cualquier cosa por estar allí. ¿Por qué no puedo borrar las dificultades y olvidarme de ese sueño que no quiere hacerse realidad? No creo que el señor Montgomery se refiriera a eso, pero quizá sea lo que debo aprender aquí.

Me muerdo el interior de la mejilla para contener las lágrimas, que están a punto de escaparse, y suelto una carcajada amarga.

—Y pensar que estaba preocupada por irme a la universidad. Ahora estoy, literalmente, a dos siglos de ellos.

Lucy me observa unos segundos.

—Parece bonito —comenta—. Lo de estar tan unida a ellos, quiero decir.

—¿Tú no tienes buena relación con tus padres?

Se echa a reír.

—Para serte franca, creo que para mi padre soy una cruz. Prefiero, con mucha diferencia, los días en los que está ausente, como ahora. Son los únicos momentos en los que soy libre de hacer lo que me plazca.

Apenas ha pronunciado las palabras cuando aprieta los labios con fuerza, como si se arrepintiese de lo que acaba de decir. No llevo aquí mucho tiempo, pero parece algo que le ocurre a menudo.

Recuerdo ese retrato del pasillo, en el que aparecía ese hombre de aspecto enfadado, con gran parte de sus rasgos muy distintos a los de ella.

—¿Y tu madre?

—Murió —responde. Su mirada se endurece y veo, por fin, una sombra de parecido con ese hombre—. De unas fiebres, hace siete inviernos.

—Lo siento mucho.

—Nosotras dos sí… sí estábamos unidas. Mucho. —Su voz se va apagando hasta enmudecer.

Durante un rato, ninguna de las dos dice nada. Lucy es la que rompe por fin el silencio, pero no es para continuar la conversación.

—Deberíamos ir a dormir —dice. Señala con la cabeza la mitad vacía de su cama y añade—: No tienes por qué dormir en el suelo si no quieres.

En cuanto me lo ofrece, salto a su lado y me acurruco bajo las mantas soltando un suspiro de satisfacción. Quince minutos en el suelo y ya me dolían las caderas.

Ella reprime una carcajada, rueda en la cama para apagar la vela de un soplido y la habitación se queda a oscuras.

Me preparo para el azote del pánico, para la pesadumbre del silencio del siglo xix, pero esta vez el sonido de su respiración me hace compañía, acompasándose y ralentizándose mientras se queda dormida. Solo por un instante, si cierro los ojos con fuerza, me basta para fingir que estoy en casa.

10

LUCY

16 de junio de 1812

A la mañana siguiente, cuando despierto, lo primero que veo
es a Audrey hecha un ovillo bajo la manta, con el pelo oscuro
desperdigado por la almohada y los labios entreabiertos.

Solo con verla siento una punzada de júbilo.

No solo por el hecho de que sea real, sino porque haberle
permitido que se quede aquí, en casa de mi padre, cuando sé
que él, sin duda, no lo haría, es un enorme acto de rebeldía.
Más grave incluso que el de mi vestido.

No puedo negar que, en mis escasos momentos de libertad, me he permitido ciertas licencias: visitas secretas a casa de
Grace, alargar un par de minutos mis recados por la ciudad,
leer libros que él desaprobaría, ensuciar mis enaguas…

Pero ¿esto?

Esto es totalmente distinto. Es la última aventura que tanto deseaba antes de que todo cambie.

Tal vez su presencia debería inquietarme. Es una completa
desconocida; ¡ni siquiera pertenece a mi época! Pero no es así.
No podría sentirme más tranquila, sobre todo después de la
conversación de anoche sobre Pittsburgh y las mujeres que
persiguen sus sueños, y sobre todo lo que el futuro tiene para
ofrecer. Como si no fuese inadecuado o insensato que desee

ser algo más que una hija abnegada o la esposa de un hombre rico. Me siento menos… sola.

Aunque yo no pueda gozar de esas oportunidades ni de la familia que ella tiene, al menos estas últimas semanas de libertad junto a un alma afín serán interesantes, como poco.

Siempre que no desaparezca tan rápido como apareció, claro está.

Aparto la vista de su rostro en cuanto empieza a moverse y me pongo boca arriba.

—Buenos días —saluda con la voz ronca.

—Buenos días. —Me peino el pelo con la mano y la miro—. Hoy visitaremos a mi amiga Grace. Necesitarás algo que ponerte, además de tus calzones.

—Estoy segura de que Grace es muy maja, pero… —Se apoya en un codo—. ¿No debería tratar de encontrar la forma de volver a casa?

Me encojo de hombros, tratando de hacer caso omiso a que se me inquieta un poco el corazón al oír sus palabras.

—Por supuesto. Pero doy por hecho que si te han enviado aquí es por algún propósito, así que tal vez la única forma de descubrirlo sea, diría yo… —Señalo todo lo que nos rodea— estar aquí. —Ella asiente con aire pensativo—. Tal vez entonces la respuesta llegue a ti.

—Tiene sentido —contesta. Sale de la cama y se estira, alzando sus largos brazos hacia el techo—. ¿Tienes algo de mi talla?

Aparto las mantas y salgo de la cama. La rodeo para llegar hasta ella y estiro un poco el cuello para mirarla a los ojos.

Mmm… Mi ropa le quedará corta, no hay lugar a dudas.

—Ya sé.

La cojo de la mano: he tenido una idea. Salgo de la habitación y la guío por el rellano hasta la última puerta, justo antes del pasillo que lleva a la biblioteca. Cuando entramos, nos recibe una nube de polvo.

Audrey tose y me suelta la mano para sacudirla delante de su cara mientras nos dirigimos al centro de la habitación.

—¿Qué es todo esto?

—Muebles viejos, cuadros, esto y lo otro.

Son objetos pasados de moda, cuadros que mi padre ha reemplazado por otros más caros que le ha comprado al señor Prewitt y un almacén de esculturas, libros y objetos de valor. Y, lo más importante, en un armario que hay junto a la ventana están las viejas ropas de mi madre.

Abro las puertas y le muestro el océano de coloridos vestidos, zapatos, sombreros, capas y chaquetas. Audrey se asoma desde detrás de mí, rozando mis hombros ligeramente con los suyos.

—Todos estos vestidos son… Eran —me corrijo— de mi madre. Era un poco más alta que yo, así que deberían quedarte mucho mejor que cualquiera de mis vestidos. Puede que tengamos que ir a la ciudad para que les hagan algunos pequeños arreglos, siempre que no saltes al futuro de un momento a otro. Pero con uno de estos, sin duda, te bastará para ir a casa de Grace.

Recuerdo a mi madre vestida con estas ropas, flotando por la pista de baile enfundada en hermosas telas lilas, y los vestidos de diario de flores que llevaba cuando caminábamos por los terrenos o pasábamos el rato en el salón. Recuerdo también la gruesa pelliza con la que me arropaba cuando volvíamos a casa en carruaje y hacía fresco.

Era siempre tan cálida, llena de vida y segura de sí misma… No sé cómo lo hacía, siendo mi padre horrorosamente opuesto a ella. Y sé que aquellos destellos de sus rasgos que yo también poseía fueron imposibles de mantener una vez aquí atrapada, sola con él.

Perdida en mis recuerdos, tiro de las mangas de un vestido verde claro, uno de mis favoritos.

—¿Seguro que no te molesta que yo lleve su ropa? —pregunta Audrey, insegura.

Aparto la vista de los vestidos e intento con todas mis fuerzas cambiar de tema.

—Ya no los lleva nadie, ¿no?

Ya no.

El pasado es pasado, y cuanto más me aleje de él y de las esperanzas imposibles de mi madre de que yo gozara de una vida imposible, mejor.

Audrey se queda en silencio, así que intento quitarle importancia.

—Le pediré a Martha que mande a alguien para que te ayude a vestirte mientras yo hago lo propio.

—¿Para que me ayude a…? —Enmudece cuando saco un corsé del armario—. Ah. —Ya lo ha entendido—. Bueno, no creo que sea necesario, seguro que puedo yo…

—Créeme. Vas a necesitar ayuda.

Se lo pongo en las manos y me marcho de la habitación, dejando tras de mí un rastro de polvo y de reminiscencias no deseadas. No quiero vivir ni en el pasado ni en el futuro; quiero vivir aquí… En el ahora.

En esta aventura actual, en la que, por una vez, soy yo quien tiene el control.

11

AUDREY

16 de junio de 1812

En mi vida he visto tantas capas de ropa.

Ni siquiera durante el vórtice polar que afectó a Pittsburgh hace unos años.

Desplazo repetidamente la vista del enorme montón de prendas a Abigail, la chica menuda y enjuta que le pone nombre a todo enfrente de mí.

—Bueno, tenemos esta cosa que parece un camisón —digo, mientras empiezo a señalar cada objeto.

—Blusa camisera.

—Un estrujacostillas.

—Corsé.

—Un vestido para poner encima de la cosa que parece un camisón.

—Enaguas enteras.

—Y, para rematar, este baberito.

—Camiseta.

Y todo eso antes del vestido, que pesa tanto al descolgarlo de la percha que ahora entiendo por qué Lucy me dijo que necesitaría que alguien me ayudase a ponérmelo.

—¿No es un poco… excesivo? —pregunto, pero ella se encoge de hombros dedicándome una sonrisa de desconcierto.

—¿No llevan...? —Su voz se va apagando, y me mira entornando los ojos—. ¿No llevan nada de esto en Estados Unidos?

—Oh, claro que sí, solo que... menos capas, con otros nombres. Algunas no llevamos corsés —miento.

Lucy y yo hemos decidido que seguramente es mejor no decirle a todo el mundo de dónde vengo.

Aunque da igual, de todas formas tampoco es que se lo fuesen a creer.

Para Abigail, yo soy la hija de uno de los socios del padre de Lucy y estoy aquí de viaje.

Satisfecha con mi explicación, ella sonríe y dice:

—El invierno aquí es aún peor. Hay que llevar medias de lana y demás.

Pues gracias a Dios que no es invierno.

Dejo escapar una larga exhalación y le lanzo el corsé.

—Vale. Acabemos con esto de una vez.

Resulta que vestirme con la ayuda de alguien es tan incómodo como cabía esperar. Le mando a Abigail que mire hacia la pared mientras me quito la ropa hasta quedarme como Dios me trajo al mundo y me enfundo la blusa camisera, dando gracias al Señor por la ropa interior moderna y los sujetadores como no lo había hecho antes.

Mientras ella me ayuda a apretarme el corsé tirando de las cintas laboriosamente entrelazadas, rezo a la mismísima Jane Austen para que me dé fuerzas.

—A lo mejor... un poco... más de espacio para respirar —propongo con voz entrecortada.

—Si está muy flojo —replica ella, pero me hace caso de manera que mis pulmones puedan dilatarse y contraerse del todo, aunque sigo teniendo las tetas prácticamente alrededor del cuello.

Con suerte, tal vez hoy no la palme, cosa que estaría bien porque ¿hay hospitales aquí? Sacudo la cabeza, no queriendo pensar en la ausencia de medicina moderna y, qué sé yo... la tisis.

—Antes estas apretaban mucho más, ¿sabe? —comenta Abigail pasando a las enaguas—. Estaban hechas de barbas de ballena.

Pues considerando que lo más apretado que me he puesto antes de esto fue un sujetador de realce de Victoria's Secret en el baile de invierno de noveno, no me gustaría saber lo que era eso.

—¿Ah, sí? En Estados Unidos utilizábamos... barbas de tiburón —afirmo, porque, según parece, se me da fatal mentir. Y apenas han pasado veinticuatro horas.

Cuando hemos terminado con la ropa interior, me miro al espejo vestida prácticamente con un perchero entero.

—Me siento como si tuviera más capas que una cebolla.

Abigail se ríe del comentario sacudiendo la cabeza y le caen unos mechones de cabello pelirrojo encendido sobre la cara mientras me ayuda finalmente a ponerme el vestido verde claro.

Cuando ha terminado de abotonarlo y de atar la parte trasera de manera que todas las capas queden tapadas, me doy cuenta de que, en general... estoy bastante guapa.

Me vuelvo hacia un lado y el otro, inspeccionando mi aspecto en el espejo cubierto de polvo mientras la tela susurra suave y elegantemente contra el suelo de madera.

Quizá Lucy tenga razón. Quizá debo intentar integrarme en 1812. A ver, estoy aquí por un motivo, ¿no? Y no voy a negar que ahora mismo me siento sorprendentemente genial. Como si fuese Keira Knightley en un drama de época, a punto de mirar por una ventana con cara triste o de derramar una lágrima en un carruaje traqueteante.

—¡Mira qué bien! ¡Gracias, Abigail! —exclamo una vez que he dejado de presumir, girando sobre los talones y dirigiéndome a la puerta—. El desayuno me llama.

Abigail me agarra el brazo señalando el nido de pelo que me cae sobre los hombros.

—Todavía no.

Me quejo cuando ella me lleva de vuelta por el pasillo al cuarto de huéspedes y me hace sentarme frente a un tocador. Como si el hecho de que alguien me ayude a arreglarme y me sirva no fuese ya bastante incómodo.

Procuro no hacer muecas, pero resulta que cepilla el pelo con la misma delicadeza que la señora Lowry que vive al lado de casa. Mi madre le pagó para que me peinase y me maquillase para el baile de final de curso del año pasado, y me estuvo doliendo el cuero cabelludo una semana.

—¿Y esto…? —digo, intentando aparentar serenidad y sin preguntarme para nada cuántos mechones de pelo me quedarán en la cabeza después de este suplicio—. ¿Se hace todos los días? ¿El pelo y la ropa y…?

Abigail asiente con la cabeza.

Bien. Estupendo. Genial.

Pues como vuelva a Pittsburgh antes de finales de semana, no me quedará ningún pelo que la señora Lowry pueda torturar para el baile de graduación.

12

LUCY

16 de junio de 1812

—Estate quieta —digo, poniendo una mano en el brazo de Audrey mientras el carruaje da sacudidas.

—Perdona, no estoy acostumbrada a que me asfixie la ropa —contesta ella tirando de los lados de su vestido, con las mejillas coloradas por lo que supongo es una combinación del calor de la tarde y la vestimenta a la que yo he llegado a habituarme.

A pesar de su malestar, está muy guapa. Ha elegido el vestido verde claro, color que realza el más mínimo matiz de sus ojos de color avellana, y sus pómulos altos y sus labios gruesos destacan más aún con el pelo recogido. A simple vista, nadie adivinaría que viene de otra época.

Abro el abanico y lo agito en dirección a ella hasta que su expresión se suaviza ligerísimamente de alivio.

—Bueno, ¿dónde es la movida de hoy? —pregunta.

Frunzo el ceño.

—¿Por qué habría que mover algo?

—No, me refiero… —Deja escapar un suspiro de decepción—. A casa de Grace, ¿no? ¿Es allí adonde vamos?

—Sí. Te voy a presentar a una de mis mejores amigas, Grace Harding. —Miro por la ventanilla mientras el carruaje reduce la marcha al aproximarnos a una pintoresca casa de ladrillo—. Cuando la conozcas, procura no usar ninguna de tus… palabras raras del futuro. Como «movida». Después de la reverencia, simplemente di que estás encantada de conocerla.

—¿Reverencia? —susurra Audrey.

Giro rápido la cabeza para mirarla y detengo el abanico en el aire.

—¿Acaso vosotros no…?

—¡No!

—Tú… —Se me apaga la voz mientras me exprimo los sesos buscando una solución—. Tú imita a Grace.

Audrey asiente con la cabeza y se mueve nerviosa en su asiento cuando paramos.

—Y mejor que no…

—¿Hable mucho? —sugiere ella, y asiento con la cabeza.

Grace es de lo más encantadora, pero me extrañaría mucho que se creyera o entendiera que Audrey viene del futuro, concretamente de dentro de doscientos años. Dudo que yo lo hiciese si no me la hubiese encontrado en el prado y hubiese visto la prueba con mis propios ojos. Y aunque supongo que también podríamos enseñársela a ella, no tiene sentido meter a nadie más en esto cuando no tenemos ni idea de por qué está aquí ni cuánto tiempo se quedará.

Un lacayo abre la puerta, y Audrey me lanza otra mirada de preocupación antes de que yo tienda la mano al sirviente y sea apeada rápidamente del carruaje. Un instante después, ella se reúne conmigo mucho menos elegantemente, dando con su hombro contra el mío.

—Tranqui, Audrey —murmura para sí mientras nos dirigimos a la casa—. Tranqui.

Sonrío para mis adentros y levanto el brazo para llamar a la puerta. Un momento más tarde, la ama de llaves de Grace, la señora Dowding, aparece para recibirnos.

—¡Ah! ¡Señorita Sinclair! Pase, pase. Oh, veo que ha traído visita. Pondré otra taza para el té.

—Sí, espero que no sea molestia.

—Ninguna molestia —replica la señora Dowding, llevándonos al salón.

Grace se levanta de repente cuando entramos.

—¡Lucy! Deberías haberme dicho que traías a una amiga.

—Yo… sí. Perdóname. Ha sido cosa de última hora. Te presento a Audrey Cameron. Va a quedarse conmigo en Radcliffe… un tiempo. —Desvío rápido la vista a Audrey—. Su padre es socio del mío.

—Audrey —dice Grace con una sonrisa enorme, haciendo una reverencia—. Encantada de conocerte.

Muy a mi pesar, descubro que estoy conteniendo el aliento.

—Encantada de conocerte —repite Audrey como un loro, haciendo una reverencia bastante forzada y torpe pero pasable.

—¡Eres estadounidense! —exclama Grace, mientras las tres nos sentamos y la señora Dowding entra en el salón con una bandeja de té.

—Sí, lo soy, ejem… —vacila, tamborileando con los dedos en el brazo de su silla—. Estoy de viaje.

—Qué emocionante. ¿Y qué te parece esto?

—Está siendo toda una experiencia. Me siento como si estuviese en otro mundo.

Grace ríe, y lanzo una mirada fulminante en dirección a Audrey, que me corresponde con una sonrisa bastante pícara.

—¿De verdad es tan distinto? —pregunta Grace.

—Oh —dice Audrey bebiendo un sorbo largo y lento de la taza de té que la señora Dowding le ha dado—. No te lo imaginas.

Resisto el impulso de echarle la tetera entera por la cabeza.

—Bueno, Grace, ¿cómo le van los negocios a tu padre?

Seguro que el buen tiempo ha sido propicio para sus viajes —tercio intentando cambiar de tema.

Afortunadamente, Grace muerde el anzuelo, y Audrey bebe el té en silencio y echa un vistazo a la estancia mientras nosotras hablamos de la estatua de un caballo de tamaño real que el padre de Grace ha adquirido para un duque que vive en Londres, de la rosaleda que Simon ha plantado junto a su casa y, por último, de mi vestido nuevo para el próximo baile, que debería llegar pronto.

—Estarás preciosa —asevera Grace, sonriéndome.

—Sí, bueno, espero que, con suerte, sirva para conseguir la propuesta de matrimonio que tan desesperadamente desea mi padre.

A Grace se le descompone el rostro, las facciones surcadas de compasión, pero una tos fuerte de Audrey nos hace mirarla a las dos.

—Perdón, es que… se me ha quedado algo atascado en la garganta. —Su mirada se cruza con la mía—. ¿Te vas a casar? ¿No eres un poco… joven?

—Para nada —murmuro contra la taza de té—. Grace tenía diecisiete años cuando se casó. Yo cumplí dieciocho el otoño pasado.

¿Se casa más tarde la gente en el futuro? Cielos, ¿por qué no me han mandado a mí allí?

Audrey se muerde el labio, tal vez para evitar decir algo más.

—Pero, Lucy… —repone Grace, exasperada como cada vez que hemos hablado del asunto—. ¿De verdad no queda otra opción? ¿No puedes hacer otra cosa? Yo pensaba que después de la vez que tocaste mal adrede aquel pasaje de piano, él se desanimaría. Es decir, que él…

—No pasa nada —digo con brusquedad, totalmente resignada a mi destino, y Grace titubea, sorprendida del cambio con respecto a nuestras anteriores conversaciones. Pero no pienso perder el tiempo ni hacerme más daño esperando otra cosa—. Tampoco es que vaya a aparecer un partido mejor en las próximas semanas.

Ni desde el punto de vista romántico ni desde el económico, de hecho. Aunque mi padre tampoco me dejaría aspirar a la primera opción si se presentase.

Grace parece a punto de decir algo más cuando el sonido de unos pasos que se acercan resuena ruidosamente en el pasillo, y unos murmullos y risas la interrumpen mientras las tres desviamos la atención a la puerta.

El pomo gira, y Simon entra seguido de un caballero extraordinariamente apuesto: alto, con el pelo moreno y unos chispeantes ojos azules con los que su corbata combina a la perfección. Grace y yo nos levantamos, y por suerte Audrey nos imita.

—¡Lucy! Cuánto me alegro de verte.

—Yo también, Simon —respondo, mientras él empuja a su amigo hacia delante.

—Solo entrábamos a despedirnos de Grace antes de marcharnos a la ciudad. Este es un viejo compañero de universidad, el señor Matthew Shepherd. Acaba de mudarse a Whitton Park.

Él se inclina, yo hago una reverencia, e intercambiamos los cumplidos de rigor mientras estudio sus facciones. Nariz larga y fina. Mandíbula fuerte. Cejas morenas pobladas. De repente me parece que sé lo que Grace había estado a punto de decir.

Por un breve instante me imagino que lo conozco en un mundo en el que el señor Caldwell y mi padre no existen. Busco una sensación, algo, como en los libros que he leído, pero, como siempre, no llega.

Y entonces observo cómo su atención se centra en Audrey.

—Les presento a los dos a mi buena amiga Audrey Cameron —digo, acordándome de los modales.

Clavo los dientes inferiores en el labio al ver cómo Audrey ejecuta una reverencia atroz; la falta de un referente al que imitar resulta un problema. Un tenue rubor asoma a sus mejillas cuando su mirada se cruza con la del señor Shepherd.

—Perdón, en Estados Unidos no... hacemos reverencias.

—¿Y qué hacen cuando conocen a alguien? —pregunta él, a quien no parece molestarle en lo más mínimo.

—Nos damos la mano —contesta Audrey, y el señor Shepherd da un pasito adelante y le ofrece resueltamente la mano derecha.

Observo cómo ella estira el brazo e introduce las puntas de los dedos en la mano de él, en un gesto reservado aquí exclusivamente a nuestros más allegados.

Y entiendo por qué.

Hay una intimidad palpable en el momento, pues ninguno de los dos lleva guantes, y en los labios del señor Shepherd se dibuja una sonrisa encantadora que Audrey devuelve tímidamente.

—Bueno, Matthew, será mejor que nos vayamos —dice Simon, carraspeando. Audrey retira la mano, y veo cómo el señor Shepherd flexiona los dedos, abiertos y luego cerrados, como si tratase de conservar la sensación de su roce, mientras Simon continúa—: Señorita Cameron, encantado de conocerla.

—Sí —asiente el señor Shepherd—. Encantado. —Desvía rápido la mirada a mis ojos por cortesía—. De conocerlas a las dos.

Se retiran, y la puerta apenas se ha cerrado cuando Grace me dedica una sonrisa de entusiasmo como si no acabase de presenciar la misma escena que yo.

—Gana cinco mil al año. En mi opinión, es un partidazo.

Mi querida amiga… Sigue buscando una solución que no existe.

—Oh, Grace —replico tristemente mientras me vuelvo a sentar—. El señor Caldwell gana el doble.

13

AUDREY

16 de junio de 1812

De vuelta en Radcliffe después del té, me tumbo en el sofá de rayas del salón, un gesto que Lucy se cuida especialmente de señalarme que es «muy impropio de una dama».

No le hago caso porque tengo la sensación de que el corsé me va a arrancar la parte de abajo de las tetas o a partirme una costilla en cualquier otra postura.

O las dos cosas, considerando la suerte que tengo.

Las aceptaría ambas si con eso pudiese volver al sitio del que vengo.

En casa de Grace me esforcé de verdad por integrarme en 1812. Conocí a un chico mono, me enteré de que Lucy va a casarse, bebí té en un bonito salón, pero nada captaba mi atención. Mientras ellas hablaban de estatuas de caballos y rosaledas, yo solo podía pensar en películas sobre viajes en el tiempo y en cómo los personajes conseguían regresar a su época.

Cuando volvimos de casa de Grace, antes de que yo acabase despatarrada en esta postura tan impropia de una dama, convencí a Lucy para que me tirase la moneda como el señor Montgomery había hecho el día anterior en la tienda, pero acabamos pasándonosla durante diez minutos en lugar de lograr que me transportase por el continuo espacio-tiempo.

Luego probé a hacer como en *Una cuestión de tiempo* y me encerré en un armario mientras Lucy se quedaba mirando con cara confundida. Cerré los ojos con fuerza y me imaginé que volvía a estar en mi cuarto, acurrucada en la cama, como hacía cuando tenía pesadillas de niña, pero…

Es evidente que sigo aquí.

Incluso le pregunté a Lucy si había piedras gigantes en la finca con la intención de ponerme en plan *Outlander*, pero ella se limitó a mirarme y a poner los ojos en blanco.

Eso significa… que Lucy debe de tener razón. Estoy aquí por un motivo. Y por lo visto no ha bastado con zambullirme en el estilo de vida de este lugar y esta época durante un día para tener idea de qué se trata.

Contemplo la elaborada araña de luces del centro de la sala, con unos brazos dorados que se extienden hacia fuera, muy distintos de los fluorescentes de la tienda de mis padres. Aun con todo su esplendor, siento morriña, y al apartar la vista veo a Lucy sentada al piano del rincón, con el sol de media tarde iluminándole el cabello rubio.

—El señor Shepherd es muy guapo —dice de pasada, mientras empieza a tocar una melodía suave y ligera pero sorprendentemente compleja.

—Sí, lo es —asiento. Desde luego yo *swipearía* a la derecha. Tenía unos ojos increíblemente azules. ¿Y la mandíbula? Esculpida por los dioses. Por no hablar de que parecía que medía realmente un metro ochenta y siete en lugar de un metro ochenta redondeando para arriba—. ¿Te gusta?

—Me voy a casar —dice ella con el mismo entusiasmo que un alumno de secundaria que se entera de que tiene un examen de matemáticas—. Además, fue muy evidente que tú le interesas más.

Dejo escapar un gemido al incorporarme, ligeramente aturdida debido al calor y a las dieciocho capas de ropa que llevo puestas. Mataría por una botella de Brisk fresquita de la nevera y un poco de aire acondicionado.

—Sería bastante absurdo que me enamorase de alguien de otra época —contesto.

¿Verdad? No es que el señor Montgomery no hiciese alusiones al amor, pero ¿por qué la «persona adecuada» sería alguien con quien nunca podré estar en la vida real?

Me levanto y cruzo el salón antes de sentarme en la banqueta al lado de ella. Lucy se aparta para hacerme sitio, y observo cómo sus finas y largas manos se mueven suavemente por las teclas, muy impresionada con la música que toca.

—Eres muy buena pianista.

—Soy pasable —dice, y eleva sus ojos azules para mirar los míos. Son incluso más azules que los del señor Shepherd, más llamativos pero también... más penetrantes. Como si pudiese ver más de mi persona de lo que yo quiero que vea—. ¿Tocas?

La música se interrumpe, y ella levanta las manos del piano haciendo un gesto como si esperase que yo me revelara como una nueva Beethoven.

—Bueno, no soy Lang Lang, pero algo sé —respondo, y Lucy me lanza una mirada ya familiar que dice a gritos: «¿DE QUÉ HABLAS?».

No me doy por aludida y estiro los brazos, pongo el pulgar en la tecla de do central haciendo grandes aspavientos, me aclaro la garganta y entonces...

Toco la versión más torpe y estridente de «Chopsticks» conocida por el hombre, que recuerdo vagamente del recital de piano que di en la guardería. Las teclas suenan ruidosamente bajo las puntas de mis dedos, un desastre agravado por el par de notas que toco claramente mal.

Lucy ríe, estira el brazo para poner la mano sobre la mía e interrumpe mi interpretación después de solo unos compases.

—Nunca había oído esa canción, pero ha sido…

Sonrío.

—¿Horroroso?

—Sí.

Las dos reímos mientras ella retoma la melodía de antes, que fluye de debajo de las puntas de sus dedos.

—¿Te gusta la música? —le pregunto, y ella asiente con la cabeza.

—Creo que es lo que más me gusta. Incluso más que leer. Es donde todo…

—Tiene sentido —nos sorprendemos diciendo a la vez, e intercambiamos una sonrisa de complicidad.

Yo opino lo mismo del arte. Dibujar y pintar.

O al menos lo opinaba.

Supongo que por eso los últimos meses han sido especialmente horribles.

No solo por lo de Charlie y la ruptura, sino porque con ello perdí lo que siempre me daba paz y plenitud.

Y no sé cómo recuperarlo.

—¡Oh! Si te gusta la música… —digo, levantándome de un salto, y me acerco corriendo al sofá para buscar el bolsito de seda que Lucy me dio por la mañana antes de irnos.

Cuando vuelvo y saco el móvil, descubro que la carga ya está por debajo del treinta por ciento.

Tampoco es que haya nadie vivo con quien pueda ponerme en contacto. No existe ninguna línea de atención telefónica para personas «atrapadas en el pasado». He intentado llamar a mi madre, pero por lo visto nuestra tarifa telefónica no incluye llamadas al presente.

Procuro no pensar en el hecho de que pronto ni siquiera podré ver fotos de mi hogar; la idea me revienta. Me he estado aferrando al consuelo temporal de ver a Cooper en la pantalla de inicio, pero sé que si yo fuese de 1812 y alguien me enseñase un cuadro de Picasso o de Van Gogh o de Frida Kahlo, me dejaría alucinada en el mejor sentido de la palabra, de modo que abro Spotify, busco una de mis listas de reproducción descargadas, «canciones para ponerte tierna», y me desplazo a la parte de abajo, donde está la música clásica moderna que escucho mientras estudio. Me da la impresión de que si le pongo a St. Vincent de buenas a primeras le dará un infarto, o de que un *riff* cañero de guitarra hará entrar corriendo a Martha con sus sales aromáticas, de manera que le doy al Play en «Rivers Flows In You», de Yiruma, pensando que será una buena forma de empezar, y observo cómo ella abre mucho sus ojos azules.

—¿Cómo?

Se arrima a mí, impaciente por echar un vistazo, y le doy el móvil.

—Cualquier canción del mundo en tu bolsillo. Oh, perdón, ridículo —añado, empleando la palabra que ella me ha enseñado para referirse al bolsito de seda.

—Es… increíble —dice, sujetándolo contra el oído y escuchando asombrada el resto de la canción.

Estudio su cara al sol de la tarde a medida que cambia con la música, mientras la luz se refleja en sus largas pestañas y su delicada nariz proyecta una sombra en su mejilla.

Y conforme la música anima su cara, tengo la sensación de que la entiendo un poco mejor. A pesar de mis ganas de irme… es genial estar aquí, en este instante, cara a cara con una chica de hace doscientos años. Es genial tener tanto en común con alguien aparentemente tan distinto.

Cuando la canción termina, ella alarga las manos y empieza a tocar la melodía al piano como si fuese una de sus favoritas de siempre y no la hubiese oído por primera vez hace solo cinco segundos.

Escuchamos unas cuantas más. Algunas las conoce, como el Aria para la cuerda de sol, de Bach, que vio interpretar una vez en Londres con su padre, y algo de Mozart, que ella acompaña al piano. Pero poco a poco le pongo canciones más modernas. «Moon Song», de Phoebe Bridgers, que sorprendentemente le encanta, y luego «Los Ageless», de St. Vincent, a la que aprenderá a tomarle gusto si vamos a ser amigas.

—¿Qué es eso? —pregunta.

—Una guitarra eléctrica —respondo, pero ella frunce el entrecejo—. Como… una guitarra con rayos.

Ella asiente con la cabeza, como si eso tuviese algún sentido, y escucha con expresión ceñuda. Hace comentarios sobre las melodías, la armonía y la disonancia, tocando algunas notas al piano y moviendo la cabeza al ritmo de la música, pero no entiendo sus palabras aunque es una mis canciones favoritas.

Cuando la canción se va apagando, me sonríe.

—Es muy… diferente. Pero en el buen sentido. Sería fascinante estudiar música así. Tocar música así. Creo… creo que me gustaría el futuro.

Asiento con la cabeza y río mientras sigo descendiendo por la lista.

—Yo también creo que te gustaría. —Entonces pienso en las bombas atómicas y los seguros médicos y, no sé… el cambio climático—. Bueno… casi todo. Yo iría a verte tocar.

Cuando encuentro mi canción favorita, la pulso para reproducirla.

Desde los primeros compases rítmicos de «I Wanna Dance With Somebody», de Whitney Houston, estoy de pie contoneándome por la habitación como si me encontrase otra vez en casa con mi madre, y todo se vuelve un poco más alegre. Es la canción que ella siempre me ponía para animarme cuando estaba deprimida en secundaria, o los días radiantes de sol cuando todavía llevaba pañales, o cuando las dos estamos diseccionando una comedia romántica que acabamos de ver mientras cenamos pizza un viernes por la noche. Es su favorita desde 1987, cuando su padre la llevó a un concierto en el Civic Arena, y es como si me la hubiese pasado a mí. Una especie de reliquia de familia, como…

Como la tienda, supongo.

—Me encanta esta canción —declaro, dando vueltas para ahuyentar los pensamientos enrevesados.

Me vuelvo y veo que Lucy me mira desde la banqueta del piano, parpadeando confundida.

Me acerco a ella dando brincos, le agarro las manos y la levanto de un tirón.

—Vamos —digo cuando ella se queda allí, tiesa como un palo, totalmente inmóvil.

—No sé los pasos —se queja, y suelto un bufido.

—¡No hay pasos! Tú solo…

Meneo un poco los hombros mientras ella se cruza de brazos escandalizada.

—Es impropio…

—De una dama —la interrumpo poniendo los ojos en blanco—. Sí, sí. Pues no te comportes como una dama para variar. Me he pasado todo el día en tu mundo. Ahora te toca a ti probar algo del mío. Tu padre no está aquí. Saca esa parte de ti que esconde novelas románticas debajo de un tablón suelto del…

Lucy abre mucho los ojos y me tapa la boca con la mano para hacerme callar.

—Audrey.

Sonrío, apartándole la mano de mi boca, le agarro la otra y la hago girar hasta que se le escapa una risa.

Sin prisa pero sin pausa sus hombros empiezan a soltarse y una sonrisa aparece en sus labios mientras meneamos las caderas y movemos los pies, dando vueltas por la habitación al ritmo de la música.

Y, de repente, ya no es la chica remilgada y formal por la que yo la tenía, la imagen de una dama de 1812 que he estudiado en libros de historia o novelas. Bueno… no solo eso. Es una chica que puede tocar una melodía de oído. Es una chica que esconde libros románticos debajo de las tablas del suelo. Es una chica que puede bailar una canción de Whitney Houston cuando deja de sentir la presión de las expectativas de su padre por una puñetera milésima de segundo. Es de verdad.

Ahora está tan absorta que tiene los ojos cerrados, sintiendo la música. Yo, a mi vez, cierro los míos apretándolos, y estoy aquí pero de pronto también estoy en mi hogar en cierto modo. Estoy bailando y riendo con Lucy, pero juro que oigo la voz de mi madre, huelo su receta secreta de salsa de pizza, noto la áspera alfombra de la sala de estar entre los dedos de los pies.

Supongo que si alguna vez vuelvo, si alguna vez estoy preparada para irme de casa por voluntad propia en lugar de por medio de una moneda mágica, siempre me quedará eso para sentir que Pittsburgh y mi madre no están muy lejos, la seguridad de la tienda y de nuestro piso contenida dentro de una canción.

La música termina, y nos desplomamos en el sofá, sin aliento, con una sonrisa en la cara. Aprieto el móvil contra el corazón y cuando la miro veo que su cabello rubio sigue sorprendentemente impecable, mientras que yo tengo la cara entera llena de mechones que se han soltado del recogido que Abigail consiguió hacerme antes.

—Reconócelo —digo, dándole un codazo—. Ha sido divertido.

Ella sonríe y niega con la cabeza, pero luego me lanza una mirada de reojo.

—Puede que un poco.

Desplaza la vista a una butaca del rincón, y casi al instante veo cómo su comportamiento cambia, su espalda se endereza, sus manos alisan la falda, como si una presencia invisible guiase sus actos.

—Pero no volverá a pasar.

Me dispongo a guardar el móvil en el bolso, pero entonces me doy cuenta de que la pantalla está totalmente a oscuras y de que la batería se ha agotado.

—Mierda —murmuro, poniéndome derecha y manteniendo pulsado el botón de encendido mientras me invade una oleada de inquietud. Hay algo en ello que me hace sentir realmente desamparada—. Sí, seguro que no volverá a pasar.

Se acabó el bonito fondo de Coop. Se acabó Whitney Houston. Se acabaron los viejos mensajes de texto y de voz. Ya no me queda nada con lo que acordarme de mi hogar, salvo los recuerdos almacenados en mi cabeza mientras esté aquí atrapada.

Al meter el móvil ahora inútil en el bolso, rozo con las puntas de los dedos la moneda de veinticinco centavos que me dio el señor Montgomery depositada en el fondo y la saco para mirarla por millonésima vez. Pero frunzo el entrecejo cuando reparo en algo inesperado. Algo en lo que no me había fijado en ese millón de ojeadas.

Debajo de la cabeza de George Washington no hay un año. En su lugar hay un número: veinticuatro.

—¿Eh? —digo en voz alta, mostrándosela a Lucy—. Aquí debería poner el año, pero no sale.

—¿Veinticuatro? —pregunta ella, inclinándose hacia delante para leerlo—. ¿Te dice algo ese número?

Niego con la cabeza.

—No que yo sepa.

Miro la moneda con el ceño fruncido preguntándome qué puede significar, deseando una vez más poder coger el móvil ya muerto y llamar a la única persona que podría responder a ese enigma.

14

LUCY

16 de junio de 1812

Ya es de noche y estoy tumbada boca arriba siguiendo con la mirada la luz parpadeante de la vela que se agita en el techo de mis aposentos cuando Audrey empieza a tararear una de las canciones de antes, con los ojos clavados en la moneda de un cuarto de dólar. Muy a mi pesar, yo tarareo también unos compases.

Casi no puedo creerme las cosas que han pasado los dos últimos días, desde encontrarme a Audrey en el prado hasta saber del futuro, pasando por escuchar música que el resto del mundo no oirá hasta dentro de dos siglos.

Es maravilloso tener por fin a una compañera en esta casa grande y vacía. Alguien con quien ocupar mis últimos días de libertad.

Aunque reconozco que después de bailar juntas esta tarde, a una parte de mí casi ha empezado a molestarle su presencia aquí. Es como si Audrey me sacase sin apenas esfuerzo de la pulcra cajita en la que tan cuidadosa y diligentemente yo me había metido, y me dejase a mi aire. Pero cada secreto del futuro, cada baile peculiar en el salón, cada minuto aparentemente alegre que ella pasa aquí está empañado por una tristeza de fondo.

Y es que pronto mi padre regresará. Pronto me casaré con el señor Caldwell. Más pronto aún puede que Audrey desaparezca sin dejar rastro. Estos solo son atisbos de una vida que jamás podré vivir, y no puedo evitar preguntarme si es peor saber lo que podría pasar en otro lugar y otra época, o no haberlo experimentado en absoluto.

Estoy tan absorta en mis pensamientos que no me doy cuenta de que Audrey ha dejado de tararear hasta que oigo su voz.

—¿Las veinticuatro horas del día? ¿Veinticuatro cosas que tengo que hacer? Veinticuatro… ¿qué?

Deja escapar un suspiro de frustración y golpea con la mano el colchón con un ruido sordo bajando la moneda. Permanece en silencio un largo rato, con la mirada fija en el techo, antes de girar la cabeza hacia mí como si se hubiese acordado de algo.

—¿Quién es el señor Caldwell? ¡No me puedo creer que tengas un prometido y no hayas dicho nada!

Hago una mueca antes de poder evitarlo.

—Todavía no, pero es el caballero con el que mi padre quiere que me case. Tiene una mansión espléndida no muy lejos de aquí, en la ciudad de al lado.

Ella ríe.

—Bueno, a lo mejor no debes dedicarte a escribir esas novelas románticas que tanto te gustan si hablas así del hombre con el que vas a casarte. ¿Te gusta? ¿Está bueno? —pregunta Audrey, mientras se da la vuelta y se apoya en un brazo, con la mejilla posada en la mano.

Alzo la vista, desconcertada.

—¿Cómo quieres que sepa si está bien de salud?

—No, me refiero a si es guapo. Como el señor Shepherd.

—Ah. —Niego con la cabeza cuando la figura huesuda y la nariz fina y puntiaguda del señor Caldwell me vienen a la mente—. Qué va. No está nada bueno ni en apariencia ni en personalidad. Y es bastante más mayor que yo.

—Puaj. Qué asco.

Coincido calladamente con ella, aunque conozco a muchas chicas que se han emparejado con hombres parecidos.

—¿Por qué vas a casarte con él si no te gusta?

Suelto una carcajada.

—Supongo que porque ninguna de esas cosas importa tanto como el deber. Las expectativas. Él es el hombre más rico de todo el condado, y eso significa que será una gran unión que mejorará de manera considerable las perspectivas de negocio de mi padre. Así son las cosas… Es lo que se espera de las mujeres. Que nos casemos bien, que intentemos no ser una carga y que tengamos hijos que no tengan que pasar por lo mismo. Es así de simple.

Trato de mostrarme firme y decidida, pues no deseo revelar ni admitir lo mucho que me ha costado aceptar esas cosas en el pasado.

—Eso es ridículo —dice ella, categóricamente—. En el futuro, de donde yo vengo, la mayoría de la gente se casa por amor. No siempre sale bien, y a veces acabas con el corazón destrozado, pero tú puedes decidir, no solo el hombre.

«Amor».

Es como si las palabras de mi madre volviesen a la superficie cuando yo pensaba que había conseguido enterrarlas.

—Sí, pues yo no vivo en el futuro. —Miro sus ojos oscuros a la tenue luz de la vela—. Yo vivo aquí. En 1812. Donde las cosas son así. Además, tener el corazón destrozado no parece especialmente tentador.

Audrey asiente con la cabeza.

—Sí, en eso tienes razón. A lo mejor eso es algo positivo. Por extraño que parezca, puede que tengas suerte de no tener que decidir.

Ella deja escapar un largo suspiro, como si hablase por experiencia, y... a pesar de lo que he dicho, no me parece ningún consuelo.

—Una vez alguien me dijo que no arriesgarse tiene una gran pega, porque te vas a perder cosas, pero quizá también tiene un lado bueno si puedes ahorrarte el sufrimiento. —Observo cómo ella frunce el entrecejo pensativa, considerando lo que acaba de decir. Finalmente, niega con la cabeza, discrepando—. Pero... no si no puedes elegirlo por ti misma. O sea, si no sabes lo que te estás perdiendo, tampoco puedes saber si el riesgo vale la pena. Porque a veces, cuando deseas algo mucho, el riesgo vale la pena. Incluso te da igual sufrir y que todo se vaya al garete porque, bueno... a lo mejor no acaba mal. Al menos antes yo creía eso.

Me pregunto cómo sería eso.

Desear algo tanto, en el amor o en cualquier cosa, como para arriesgarlo todo.

—En fin —dice, encogiéndose de hombros—, supongo que solo me gustaría que... no tuvieras que hacerlo. Que pudieras decidir qué arriesgar o no arriesgar por ti misma.

Me quedo callada porque, en el fondo, más allá de lo inevitable de la situación, supongo que a mí también me gustaría no tener que hacerlo. Me pregunto cómo sería, qué escogería yo, si pudiese elegir en el amor.

¿Valdría la pena el riesgo?

¿Sería lo bastante valiente cuando ni siquiera soy capaz de arriesgarme a sufrir la ira de mi padre por unos libros?

A decir verdad, no lo sé. Y nunca lo sabré.

Nos quedamos mirando un largo rato durante el que ninguna de las dos dice nada.

Finalmente, ella entorna los ojos, pensativa.

—Creo... —empieza a decir—. Creo que un sorbo de un Sprite fresquito de McDonald's te mataría.

Suspiro, pues no tengo la más mínima idea de qué habla. Aun así, me hace sentir… más animada. Contengo la risa cuando la vela se apaga con un susurro apenas audible y a nuestro alrededor la habitación se queda a oscuras.

15

AUDREY

17 de junio de 1812

A la mañana siguiente, después de haber dormido, para mi sorpresa, toda la noche, cuando me despierto y por fin abro los ojos, Lucy es lo primero que veo.

Sigue profundamente dormida, con expresión serena, lo bastante cerca de mí para que pueda ver la peca que tiene justo debajo del ojo derecho a través de unos mechones sueltos de pelo rubio.

Me embarga el inesperado deseo de alargar la mano y apartar los mechones, de recogérselos detrás de la oreja. Curvo los dedos de la palma al imaginarlo.

En cambio, me aparto de ella dándome la vuelta y me pongo boca arriba.

Creo que me estoy empezando a sentir extrañamente a gusto en 1812.

Salgo con sigilo de la cama y recojo del suelo el bolso que Lucy me dio, está al lado del montón de mantas que dejé la primera noche. Vuelvo bajo las sábanas, saco el móvil y mantengo pulsado el botón lateral con la esperanza de que los cielos me concedan una chispa de energía. Lo justo para ver una de mis fotos más recientes y recordarme a mí misma dónde está mi sitio.

Me imagino el álbum de fotos. Coop tumbado en su cama en el salón. Mi madre y mi padre riendo en la terraza de la Round Corner Cantina hace unos días cuando fuimos a la hora feliz de los tacos. Incluso una captura de pantalla de la fecha de entrega de mis creaciones, con última oportunidad de presentar la inscripción en negrita.

Ya he renunciado a la esperanza de entrar en la RISD, pero es distinto no poder presentar ninguna propuesta desde 1812, aunque pudiese crear por arte de magia algo nuevo y original mejor que lo que ya he presentado.

Da miedo pensar en que el tiempo avanza, y muy pronto esa fecha límite pasará, y luego llegará el baile y la graduación y mi cumpleaños y Año Nuevo, y puede que mi vida entera en el presente. Si no vuelvo, habrá un gran agujero en el que yo simplemente... dejé de existir.

Sin embargo, estando aquí me he dado cuenta de que en muchos sentidos dejé de existir después de la ruptura y la lista de espera. Trabajar en la tienda e ir al instituto, lo mismo una y otra vez. Estar sentada detrás de la caja registradora, viendo cómo mis amigos se convertían en conocidos después de irse a la universidad, viendo que los dibujos no llegaban, viendo que la vida seguía sin mí al otro lado de la ventana.

Si acaso, este viajecito me ha apartado bastante de esa rutina. Y, en muchos aspectos, resulta bastante agradable. Hacer una amiga nueva. Conocer a nuevas personas, perspectivas, comidas y prendas de vestir. Siento que ya no tengo el piloto automático puesto.

No obstante, por lo menos cuando me aburría nadie podía hacerme daño. Ahora no tengo ni idea de qué pasará. Me entran náuseas al pensar en mis padres. Qué preocupados deben de estar, papá preguntándole a todos los clientes que entran en la tienda, y mamá haciendo carteles con ese papel de impresión rosa para las ocasiones especiales que guarda en el armario del recibidor.

Abandono la tentativa de resucitar el móvil y cierro los ojos apretándolos, procurando no perder los papeles. Guardo el móvil en el bolso, agarro la moneda de la mesilla de noche y la paso de un lado a otro entre el pulgar y el índice, centrando la vista en el número situado debajo de la cabeza de George Washington.

«Un momento».

Ya no pone veinticuatro.

Ahora pone veintitrés.

Es como… «Madre mía».

—¡Es una cuenta atrás! —grito, lanzando la almohada a Lucy.

Ella abre los ojos de golpe y se cae de la cama al suelo, chillando.

Cuando asoma la cabeza, tiene los ojos entornados y me mira con cara de pocos amigos, frotándose el codo con una mano.

—Perdón —digo, con una sonrisa tímida.

Ella se vuelve a meter en la cama refunfuñando para sí, pero rápidamente la curiosidad le puede.

—¿Una cuenta atrás? —repite, y le doy la moneda mostrándole el número que aparece en la parte de abajo.

—Ayer ponía veinticuatro, ¿no? Pero ahora…

—Veintitrés —completa ella asintiendo con la cabeza, al tiempo que se frota el ojo derecho con aire soñoliento, percatándose de adónde quiero ir a parar—. ¿Y qué pasa dentro de veintitrés días? Seguro que hace referencia a cuándo volverás a tu casa. ¿No es una buena noticia?

—Eso o es el tiempo que tengo para averiguar por qué me han mandado aquí. A lo mejor significa que si no cumplo una misión para entonces, no podré volver —murmuro—. Pero ¿qué tengo que hacer?

Vacilo, mientras rememoro los dos últimos días por enésima vez, cuando la moneda me cayó en la palma de la mano y todo se oscureció. Los momentos que tuvieron lugar justo antes de ese instante y la conversación que sostuve con el señor Montgomery.

La renuncia a cumplir la fecha de entrega, la búsqueda de inspiración artística, «el mundo real» y Charlie y...

«Siempre te imaginé con alguien que... te inspirara un poco más».

—Madre mía, Lucy. —Le agarro el brazo—. ¿Te acuerdas del viejo del que te hablé? ¿El que viene todas las mañanas a la tienda de mis padres? ¿El señor Montgomery? El día que me mandó aquí estábamos hablando de que hay que arriesgarse, de la inspiración y del amor, como hicimos anoche.

Me detengo y le quito la moneda.

—Creo que él piensa que todo está relacionado. Creo que por eso me ha mandado aquí. Para sacarme de mi zona de confort. Para obligarme a afrontar la situación. Cree que si lo hago, podría encontrar el amor verdadero, y eso podría ayudarme a recuperar la auténtica inspiración o algo por el estilo. Así que, por la razón que sea, esa persona debe de estar aquí. Ahora. En 1812.

Alguien distinto de Charlie. Sinceramente, no se me ocurre nadie más distinto que alguien de 1812.

—¿Y crees que esa cuenta atrás puede ser el tiempo que tienes para dar con ella? —plantea Lucy.

—Creo... que sí.

Entonces me asaltan las dudas al recordar los pensamientos del otro día. ¿Qué pasa cuando encuentre a esa persona aquí? ¿Acabaré... otra vez con el corazón roto cuando me vaya?

Dejo escapar un largo suspiro al darme cuenta de cómo debe de sonar todo eso.

—¿Te parece, no sé, ridículo?

Ella se queda callada un momento, procesando la información.

—Creo que no. Te has visto transportada al pasado, así que te aseguro que «ridículo» no es la primera palabra que me viene a la mente para referirme a algo relacionado con tu situación —dice, y desvío la vista otra vez a la moneda.

—¿Qué crees que pasará si no lo consigo? —susurro, pensando en Charlie, lo que supuso encontrar el amor la primera vez. Cómo resultó mucho peor perderlo que lo maravilloso que fue descubrirlo.

—¿Y si lo consigues? —pregunta Lucy.

Levanto la vista y veo que la comisura de su boca se curva hacia arriba y aparece un hoyuelo.

—En todo caso, parece bastante… emocionante. Como un libro romántico con final feliz garantizado. —Se arrima a mí en la cama—. Dices que ese señor Montgomery te tiene aprecio. Entonces él no querría que fracasaras, ¿no? ¿Te fías de él?

Pienso en ese viejo cascarrabias y en que han sido más las mañanas que lo he visto que las que no lo he visto. Me ha ayudado muchas veces a lo largo de mi vida. He valorado su opinión desde que era niña, y nunca me ha aconsejado mal.

Asiento con la cabeza, un poco más tranquila.

—Puede que no tanto, porque me mandó aquí sin avisarme. Pero sí. Me fío de él.

—Entonces todo saldrá bien. Debe de haberte mandado concretamente doscientos años atrás en el tiempo porque aquí tienes una oportunidad de encontrar el amor. Puedes dar el salto, Audrey, pero todo apunta a que triunfarás aunque todavía no sepamos cómo. Como persona que se va a casar con el señor Caldwell y que nunca encontrará el amor, ¡siento que tienes que aprovechar la oportunidad de novela que se te presenta! ¡Por las dos!

Expresado de esa forma, sí parece emocionante. A ver, él no me habría mandado aquí solo para que me diese un batacazo.

Me dejo caer de espaldas en la cama y finalmente río entusiasmada.

—¡Voy a vivir un momento en plan *Los Bridgerton*!

Veo asomarse la familiar cara ceñuda de confusión.

—No preguntes.

Después de pasarme casi toda la mañana vistiéndome para no salir de casa, bajamos a desayunar.

Tengo que reconocer una cosa de 1812: la comida está buenísima.

Mi habitual taza de Cheerios y mi café de la tienda no tienen ni punto de comparación con el té, los bollos, los huevos y, sobre todo, la tarta de miel con la que me han recibido las dos últimas mañanas.

Lucy arruga la nariz cuando levanta la vista del libro que está leyendo y me ve prácticamente inhalándolo todo.

—Si quieres ganarte el amor de un pretendiente, vamos a tener que prepararte para la alta sociedad en lugar de esconderte aquí. Etiqueta, baile, modales. —Me apunta con un tenedor, empleando un tono autoritario—. Los codos fuera de la mesa, la espalda erguida.

Hago lo que ella me manda, y el corsé me ayuda a mantener una buena postura.

—Tú puedes ser mi maestra, ¿verdad? —digo, con la boca llena, y Lucy palidece al pensarlo.

—Dios mío. Tienes mucho que aprender. ¡Una cena solo ya es un mundo! —Abre mucho los ojos, que le brillan mientras piensa, y deja el libro en la mesa—. La forma de sentarse, la conversación, el uso de los cubiertos.

Rio, y ella me mira arqueando las cejas.

—Empecemos por la risa. Bajito. Que apenas pase de una sonrisa. Solo… educada y alegre, sugerente…

—Vale, puedes enseñarme qué tenedor tengo que usar, cómo tengo que bailar o lo que sea, pero es ridículo. No pienso ser alguien que no soy. Y menos cuando pretendo encontrar el amor.

Ella sonríe contra la taza de té al tiempo que hace un gesto de negación.

—No debería extrañarme. La verdad es que no creo que la idea de «ser yo misma» me haya pasado alguna vez por la cabeza a la hora de hacer vida social. —Baja la voz mientras vuelve a colocar la taza en el platillo—. Sinceramente, no creo que nadie estuviera interesado en que fuera yo misma.

Abro la boca para decir algo, para confesarle que la Lucy que más me ha gustado es la que más se ha abierto, la que más ha sido ella misma, pero pasa rápidamente a los consejos básicos del uso de la servilleta y los cubiertos, y pierdo la oportunidad.

Después de desayunar vamos al salón, donde Lucy me enseña los principios más elementales. ¿Quién iba a decir que para saludar a alguien hacía falta un tutorial entero? Sin embargo, no puedo negar que con un objetivo real y algunas indicaciones para desenvolverme aquí, aprender a hacer reverencias de verdad en lugar de lo que hice ayer en casa de Grace es un poco más interesante.

—Los pies en forma de uve —dice ella, levantando ligeramente la falda para que yo pueda imitarla—. Una pierna hacia delante, luego hacia atrás y luego… agáchate.

Me observa dando vueltas alrededor de mí mientras hago reverencias una y otra vez ejercitando el cuádriceps izquierdo.

—Haz un movimiento más amplio cuando desplaces la pierna hacia atrás.

Muevo la pierna hacia atrás demasiado rápido y por poco derribo a Lucy. Ella se agarra rápido a mi cintura con las manos para mantener el equilibrio por las dos.

—Más despacio. Más suave. No hay por qué correr.

Se detiene delante de mí mientras yo me agacho y estira otra vez el brazo de manera que las puntas de sus dedos se deslizan por mi mejilla y su pulgar me inclina suavemente la cabeza hacia abajo.

—Baja la cabeza.

Aparta la mano mientras yo hago una reverencia más, con la cabeza bajada, moviendo despacio la pierna, nerviosísima solo con la preparación de esta aventura.

—Sí. ¡Lo has hecho perfectamente, Audrey!

Sonrío como si los Steelers de Pittsburgh hubiesen ganado la Super Bowl.

Hogar y amor verdadero, allá voy. Prácticamente puedo saborear la bolsa de Doritos de bienvenida.

Lucy pasa a hablar de cómo causar una primera impresión positiva, la etiqueta de los saludos y el decoro esperado, pero ese tema es un muermo y entiendo por qué en las películas se ventilan ese momento con un montaje de imágenes. Me pregunto qué canción sonaría de fondo en el nuestro.

Martha asoma la cabeza para ver si necesitamos algo cuando Lucy está explicando qué decir y cómo decirlo.

—Martha, ¿qué le aconsejarías a Audrey para causar una primera impresión favorable? —dice Lucy.

—Bueno —contesta ella con un resoplido, poniéndose la mano en la cintura—. Yo diría que no andar por ahí en ropa interior y pantalones ya es un magnífico comienzo.

Rompo a reír mientras el ama de llaves se apoya en el marco de la puerta y escucha cómo Lucy continúa:

—Cuando conozcas a alguien, debe hacerse una presentación. Un caballero debe presentarse a una dama, y una perso-

112

na de categoría inferior debe ser presentada a una de categoría superior. Los hombres que te cortejen pueden solicitar una presentación a través de un contacto común, y de ti dependerá si decides ser presentada y conocer a esa persona.

—Entonces ¿puedo... decir que no si no quiero hablar con él?

—Se puede considerar de mala educación, sobre todo si se trata de un hombre ceremonioso, pero sí, puedes hacerlo. Si aún no lo conoces, puedes negarte a que te lo presenten.

Martha suelta una risita desde la puerta.

—Diga que no todo lo que pueda, querida —me aconseja—. Desde luego a mí se me ocurre un hombre al que preferiría que Lucy no hubiera conocido.

Las dos se intercambian una mirada cómplice, y aunque me sabe mal por mi amiga, siento el ligero alivio de que no me podrán obligar a charlar o casarme con alguien como el señor Caldwell. No puedo evitar preguntarme cuántos como él hay por aquí. Eso no puede ser lo que el señor Montgomery desea para mí.

Lucy se acerca al sofá y prosigue hablando sobre cómo tomar asiento correctamente y cómo estar sentada, porque por lo visto reclinarse y despatarrarse está castigado con la pena de muerte, y se me ponen los ojos vidriosos. Me distraigo al pensar en la moneda de veinticinco centavos, guardada arriba en el bolso.

—Audrey.

La voz de Lucy me trae de vuelta al salón; me está mirando con el ceño fruncido.

—Perdona, estaba... —Me siento en el sofá al lado de ella, tratando de imitar cómo sus dedos se ahuecan contra la tela de su vestido para mantenerlo liso—. Aunque consiga aprender todo esto, ¿qué pasa si... no me enamoro? ¿Y si no conecto con nadie? O, peor aún, ¿y si... me equivoco?

Omito las palabras «otra vez». Yo pensaba que sabía lo que era el amor, y acabé como acabé.

Ella no dice nada durante un largo rato, con expresión pensativa.

Me gusta eso de ella, que siempre se toma su tiempo, que siempre parece pensar de verdad en lo que acabas de decir antes de contestarte.

—No sé mucho del tema, pero no me parece algo que se pueda forzar.

—Muy cierto —tercia Martha, con mirada melancólica—. Lo único que yo puedo decirle es que lo sabrá. Lo sentirá en lo más profundo de su ser, sin ninguna duda, porque sentirá que la ven.

—¿Que me «ven»? —pregunto, pensando en Charlie.

—No. Esa no es la palabra. —Niega con la cabeza—. Que la «conocen».

Que me «conocen». Una palabra distinta de repente lo cambia todo.

Ella se sorbe ligeramente la nariz, y una sonrisa triste se dibuja en sus labios.

—Más vale que vaya a ver cómo está la comida —dice, antes de marcharse del salón.

Lucy se vuelve hacia mí, y sus ojos azules miran a través de mí mientras se muerde pensativamente el labio.

—Puede… —titubea—. Puede que tengas razón en lo de que hay que ser una misma.

—¿Ya dejas de darme clases?

—No, ni hablar. No digo que no te ayudaré a prepararte, pero creo que para que esto funcione tenemos que encontrar a una persona a la que le importes más tú que los bailes y los cumplidos.

—¿Es eso posible? —bufo.

—Desde luego. Hay muchos pretendientes que no están

mal. Ya has conocido a uno que no le hizo ascos a una reverencia mal hecha. Como tú dijiste, el señor Shepherd está muy bueno.

Suelto una carcajada cuyo ruido sin duda raya en lo grosero.

—Perdón —me disculpo, levantando la mano para taparme la boca.

—No te disculpes. Tienes una risa muy bonita. —Lucy me dedica una pequeña sonrisa, y los hoyuelos vuelven a aparecer en su cara—. Supongo que algunas normas están hechas para saltárselas.

16

LUCY

18 de junio de 1812

Oculto la sonrisa con la taza de té observando cómo la señorita Burton y sus ayudantes terminan de tomarle las medidas a Audrey. Les hemos llevado unos cuantos vestidos de mi madre para que los ajusten, y en vista de que Audrey está aquí para encontrar el amor, es lógico que también le hagan un vestido para el próximo baile que se celebrará en la mansión de los Hawkins. No solo cae menos de una semana antes del final de la cuenta atrás, sino que con el baile como momento álgido de la temporada social, y mi proposición —y es posible que muchas otras proposiciones—, prevista para después del evento, tiene sentido que sea la noche que Audrey zanje el asunto.

Sin embargo, está clarísimo que ella no ha pasado por esto antes. Observo cómo contiene una risita mientras le miden de la axila a la punta de los dedos, y sus grandes ojos se cruzan con los míos en el espejo. Es muy posible que la empresa resulte un poco más complicada de lo que yo pensaba.

—¿Habrá algún problema para que el vestido esté listo a tiempo? —pregunto a la señorita Burton cuando nos acompaña a la puerta minutos más tarde.

—Por supuesto que no, señorita Sinclair. Por supuesto que no. Aunque no habrá tiempo para hacer arreglos.

—Estoy segura de que no habrá ningún problema —digo.

Yo nunca he tenido ninguna queja desde que soy clienta suya. Cada vestido que me ha confeccionado siempre me queda como un guante y acaba siendo exactamente como esperaba, cuando no mucho mejor.

—En la cuenta de su padre, supongo —me consulta, y vacilo antes de asentir con la cabeza.

Audrey debe de haberse fijado, porque cuando la señorita Burton se da media vuelta me susurra:

—No hay problema, ¿verdad?

—A finales de verano voy a casarme con un hombre que lo hará infinitamente más rico de lo que ya es, Audrey. Dudo que le importen un par de vestidos de diario y uno de gala.

Lo digo con más seguridad de la que siento. Sobre todo considerando la futura llegada del vestido lila que compré en mi última visita al taller de la señorita Burton.

Pero, por una vez, no estoy segura de que me importe.

Y hay algo en el hecho de decirlo, de declararlo, que me da la seguridad que me falta. Puede que yo no encuentre el amor, pero puedo ayudar a Audrey a encontrarlo. Y otro pequeño acto de rebeldía contra él, contra todo, me parece sensacional.

Cuando Audrey y yo salimos, el calor de la tarde nos abrasa la piel, y experimento una extraña sensación deprimente ante el hecho de tener que volver a Radcliffe.

—¿Podemos ir a curiosear? —pregunta ella, mientras bajamos por los escalones.

—¿Quieres curiosear? ¿No te quejaste de que no había...?

—Aire acondicionado —apunta Audrey.

—¿... en el trayecto en carruaje?

Ella me dedica una amplia sonrisa, puede que varios grados más cálida que el sol veraniego, y entrelaza el brazo con el mío.

—Lucy.

—Se supone que no debo pasear por la ciudad —admito, echando un vistazo por la calle adoquinada.

Mi padre es muy estricto con respecto a que me entretenga, sobre todo cuando él no está. Si alguien se lo dijese, si tropezásemos con alguno de sus conocidos, incluso con el señor Caldwell, se llevaría un buen disgusto. Y a pesar de lo bien que me he sentido después de lo de los vestidos, no sé si puedo tentar más a la suerte.

Su banquero le dijo una vez de pasada que me había visto en la biblioteca pública cuando debía estar dos tiendas más allá, comprando un par de guantes de seda nuevos. Después de registrar mi habitación de arriba abajo buscando lo que había escondido, me encerró en la biblioteca de casa durante las horas de luz una semana entera como castigo, para que leyese unos libros cuidadosamente seleccionados y supervisados por él.

—Y yo dudo que debas comprarme un vestido de gala y ajustarme un montón de vestidos de tu madre, pero lo has hecho —dice ella—. Vamos. Tú misma lo dijiste. Te vas a casar a finales de verano. Así que mi estancia aquí es como... una despedida de soltera de un mes.

—Una ¿qué?

—Tendrás que pasártelo bien hasta que yo me marche. Hacer todo lo que siempre deseaste pero tu padre no te dejó hacer. Como tú dijiste, casándote con el señor Caldwell vas a hacer justo lo que él quiere para el resto de tu vida, así que prácticamente te lo debe. ¡Tienes que hacer lo que quieras mientras puedas!

Me quedo allí, inmóvil, en la calle adoquinada, con el corazón martilleándome ruidosamente contra el pecho.

«¿Puedo hacer eso?». Pienso en los años y años en los que he tenido que hacer frente a las consecuencias negativas de desear cualquier cosa. Las puertas cerradas con llave, la cabeza metida en los libros de etiqueta y las manos temblando después de tocar la misma frase en el piano durante horas y horas sin parar.

No obstante, tal vez ahora, como le voy a dar justo lo que quiere, el matrimonio que tanto desea, las consecuencias sean distintas. ¿Qué es una pequeña escaramuza cuando él ha ganado la guerra?

Miro a Audrey a los ojos, y algo en su mirada me empuja hacia delante. Me dice que puedo hacerlo. Que más que debérmelo él, me lo debo yo a mí misma. Que estas últimas semanas, con ella a mi lado, puede que sean lo más emocionante que me ha pasado en la vida. Lo único que tengo que hacer, como ella me dijo la otra noche, es tener la valentía para arriesgarme.

—Bueno —digo, haciendo señales al carruaje para avisar al cochero de que no vamos a subir—. Supongo que podemos socializar un poco. Para que practiques. Con suerte, recibiremos una invitación a una cena o algo parecido.

—Sí —asiente Audrey, dándome un pequeño apretón en el brazo—. ¡Así me gusta!

Echamos a andar por la calle, y observo cómo ella lo contempla todo con asombro, revitalizada con el ajetreo de la ciudad. Parece… feliz, a gusto entre la gente. Me acuerdo de la ciudad que me enseñó con su artilugio. Su hogar.

Me pregunto cómo sería vivir en un lugar así. Edificios altos, calles concurridas y un mar de caras. Cómo sería tener un móvil propio, ir sentada en un coche y ver cosas por televisión.

Es totalmente imposible, y sin embargo, muy a mi pesar, siento el deseo de vivir esa experiencia, aunque solo sea por una tarde.

—¿Qué es esa tienda? —pregunta Audrey, devolviéndome al presente.

—Venden distintos artículos. Sobre todo sombreros y capotas. Pero también chales, abanicos o guantes.

Las preguntas continúan cuando se detiene a echar un vistazo al Blue Lion, una bulliciosa posada en las afueras de la ciudad. Le agarro la mano para apartarla de ese establecimiento, porque no deben vernos allí bajo ningún concepto. Ella estudia cada atuendo y cada persona que pasa. Señala los letreros de las tiendas y lo «monos» que son. Y mientras lo hace, yo la observo a ella y a la gente a su alrededor. Bastantes caballeros se fijan en ella; su entusiasmo, su sonrisa radiante y sus mejillas sonrosadas les llaman la atención. Sospecho que sus preocupaciones son totalmente infundadas.

Se me cae el alma a los pies al pensar que tal vez encuentre a alguien rápido y desaparezca antes del final de la cuenta atrás.

Cuando pasamos por delante de la oficina de correos, el señor Prewitt, el padre de Grace, sale cojeando con los brazos llenos de paquetes bastante grandes.

—¡Aaah! Señorita Sinclair —dice, y una sonrisa aparece debajo de su cuidado bigote—. Qué alegría verla.

—Lo mismo digo, señor Prewitt —lo saludo.

Señalo a Audrey y le presento a mi nueva amiga, muy satisfecha para mis adentros de que mis enseñanzas hayan servido de algo al ver que ella no hace nada indebido.

—Probablemente no les interese, pero me gustaría mucho verlas a las dos en el baile que se celebrará en la sala de juntas dentro de una semana. Considérenlo una invitación, si todavía no han recibido ninguna.

Audrey me aprieta más fuerte el brazo, y una sonrisa de emoción se dibuja en su rostro, mientras yo pienso en todos los bailes que tendré que enseñarle antes. Por no hablar del hecho de que, como el señor Prewitt ha insinuado, mi padre no solo desprecia sino que mira con malos ojos esos actos.

Son mucho menos formales y más populares que los bailes de gala.

Pero sería una manera perfecta de que Audrey hiciese sus pinitos en el panorama social...

Quiero ir.

Cosa que, solo estas semanas, sirve de algo.

—Nos encantaría asistir, señor Prewitt.

—¡Excelente! Estoy deseando que llegue el día —afirma, y uno de los paquetes por poco se le cae de los brazos.

—No le robamos más tiempo —digo al tiempo que me escapo del brazo de Audrey, haciendo sitio al padre de Grace para que se dirija a su carruaje con los objetos de valor para que lleguen sanos y salvos.

—Imposible, señorita Sinclair. ¡Siempre es un placer! —grita él por encima del hombro.

—¿Qué tal se te da bailar? —pregunto a Audrey mientras seguimos por la calle, con los brazos otra vez entrelazados. Al pensar en sus exuberantes pero poco favorecedores movimientos del otro día en el salón, añado—: Me refiero a bailes formales.

—Ejem... —Ella titubea, y eso casi nunca es una buena señal—. Bailo con bastante salero las típicas canciones de banquete de boda. Y empecé una conga en el baile de octavo.

Miro de reojo su sonrisa tímida, sin saber qué son esos bailes pero convencida de que no nos servirán en esta situación.

—Lo que yo me imaginaba —confieso, y ella ríe—. Esto va a ser muy...

—¿Es esa Lucy Sinclair? ¿Dando una vuelta por la ciudad? —grita una voz.

Se me para el corazón, preocupada por quién puede haberme pillado paseando. Pero cuando Audrey y yo nos damos la vuelta, veo a...

—¡Alexander!

Mi primo me levanta en el aire al darme un abrazo y me hace girar antes de que mis pies vuelvan a tocar suelo firme. Estiro el brazo para quitarle un poco de polvo del impecable uniforme rojo, rozando con las puntas de los dedos sus hombros anchos y fuertes, y me alegro de ver que está más guapo que nunca. Solo dos años mayor que yo, con la piel muy morena y unos cálidos ojos pardos, cautiva a todo el que conoce con su sonrisa torcida y despreocupada. Su padre aristócrata se casó con la hermana de mi madre, y al ser el más pequeño de sus hijos, Alexander ha disfrutado sobremanera de la falta de responsabilidades propia de alguien de esa posición. Le ha sentado extraordinariamente bien alistarse en la milicia y explorar el mundo. Con todo, a pesar de lo diferentes que son nuestras vidas, siempre hemos mantenido una estrecha correspondencia a lo largo de sus numerosos viajes, de modo que me sorprende no haberme enterado de que estaba en la ciudad.

—Señorita Audrey Cameron, permítame presentarle a mi primo, el coronel Alexander Finch.

Él se inclina y le dirige una sonrisa, estirando sus largos dedos para tomarle la mano antes de llevársela a los labios y besarle suavemente los nudillos. Las mejillas de ella se tiñen de un leve rubor cuando él le guiña el ojo y añade:

—Es un placer conocerla, señorita Cameron.

—Lo mismo digo —responde Audrey, y la sonrisa que le dedica deja meridianamente claro que no miente.

Ah, Alexander. Siempre tan encantador.

—¡Deberías haberme escrito! Tendrías que haberme avisado de que venías a la ciudad —lo reprendo.

—Tenía pensado hacerte una visita mañana a primera hora. Pensaba darte una sorpresa —dice.

Le sonrío con escepticismo entornando los ojos, y él levanta las manos con una carcajada.

—¡Lo juro!

Le doy un cachete en las manos sacudiendo la cabeza.

—Bueno, me alegro mucho de verte. —Su cara era la última que esperaba ver hoy—. Puedes quedarte en Radcliffe todo lo que quieras. Tenemos espacio de sobra.

Él resopla señalando las concurridas calles a su alrededor.

—De ninguna manera. No creo que pueda dormirme sin el ajetreo de la ciudad.

—Lo entiendo —tercia Audrey.

—Cuanto más movimiento, mejor —afirma Alexander, centrando de nuevo la atención en ella—. ¿Es usted de una ciudad, señorita Cameron?

—Sí. Es casi imposible dormir en el campo. Es demasiado...

—Tranquilo —concluye él, y Audrey asiente con la cabeza.

—Exacto.

—¡Me empiezan a pitar los oídos!

—¡A mí también! Toda la noche.

Desplazo la vista de uno a otro mientras comparten un momento de conmiseración impregnado de posibilidades. E inesperadamente siento una ligera envidia.

Quizá por el hecho de que yo nunca experimentaré eso. Nunca viviré un momento cargado de potencial con otra persona.

—Alexander, tienes que venir al baile que se celebrará la semana que viene en la sala de juntas —digo, sacudiéndome la sensación, y él asiente con la cabeza.

—Sería un honor acompañaros a las dos —contesta, como yo esperaba. Él nunca ha sido de los que rechazan un baile.

—La señorita Cameron se aloja conmigo en Radcliffe —le informo, porque él tampoco rechaza nunca la oportunidad de hablar con una mujer hermosa—. Puedes venir a visitarnos cuando te plazca.

Observo la sonrisa que vuelve a dirigir a Audrey, más cálida, torcida y cautivadora que nunca.

—Desde luego que iré.

Me invade de nuevo la envidia, y me doy cuenta de que puede que sea más duro de lo que pensaba ver que Audrey tiene la oportunidad de hacer lo único que, siendo sincera, yo siempre he querido hacer.

Enamorarme.

17

AUDREY

19-21 de junio de 1812

Creo que me estoy muriendo.

—Audrey. Ya has aprendido el cotillón. El *boulanger* es el más fácil. Es un baile en corro, por el amor de Dios…

Agito el brazo desde el suelo, donde estoy tumbada para hacerla callar; he llegado al límite después de ensayar sin parar durante los tres últimos días.

—Lucy, como te oiga tararear otra nota, iré al baile de la sala de juntas con la ropa con la que llegué aquí. —Levanto la vista y veo que ella cierra la boca de golpe formando una fina línea—. Sin chaqueta. ¡Con los hombros y la ropa interior a la vista! Y te destriparé la trama de todos los libros buenos publicados en los próximos cincuenta años. ¿Jane Austen? ¿Louisa May Alcott? ¿Las hermanas Brontë? Todo destripado. ¡Maldecirás mi nombre hasta el día que te mueras! Así que más te vale acompañarme.

Lucy deja escapar un suspiro de irritación antes de sentarse torpemente en el suelo al lado de mi cuerpo despatarrado.

—¿No sueles sentarte en el suelo? —le pregunto.

—¿Eh? Nunca —contesta, con una postura extrañamente erguida—. Por lo menos hasta que tú llegaste.

Tiro de la espalda de su vestido azul de flores hasta que se recuesta en la profusamente estampada alfombra junto a mí y las dos contemplamos la araña de luces de cristal y la moldura que recorre el perímetro del techo.

—No quiero parecer maleducada, pero... —Lucy me mira arqueando las cejas—. No tocas el piano. Tus dotes de baile son, en fin...

—¿Horribles, también?

Las dos sonreímos, y Lucy asiente con la cabeza.

—¿Qué haces en el futuro? ¿Qué se te da bien?

Dejo escapar un largo suspiro centrando de nuevo la atención en la araña de luces y veo el lienzo en blanco del techo situado justo detrás.

—Me gusta dibujar. Siempre me ha gustado, desde que era niña y dibujaba con ceras de colores. Es lo que más me gusta en el mundo. Bueno... —Hago una pausa cuando el espantoso bigote de Charlie aparece en el lienzo en blanco de mi cabeza, seguido de la carta de la lista de espera. Las dos cosas han estado relacionadas desde el principio—. Supongo que antes me gustaba.

Giro la cabeza para mirar sus brillantes ojos azules, y los contornos ya familiares de su delicada nariz, sus cejas arqueadas y los mechones rubios de su pelo me saludan.

—Tenía muchas ganas de ir a una escuela de Bellas Artes. Dedicarme a estudiar composición, teoría del color e historia. Probar nuevos estilos y encontrar el mío propio, en lugar de lo que otras personas me decían que debía hacer. Llenar cuadernos de dibujo y lienzos, quedarme levantada hasta las tantas para terminar proyectos hechos por pasión. Bueno... todo eso.

—¿Y te ibas a ir? ¿De tu hogar?

—No, yo... —Hago una pausa, y se me quiebra la voz, pero me obligo a reconocer la verdad—. Me pusieron en la lista de espera. Eso significa... que aplazaron la decisión de aceptarme hasta que les enseñara más obras. Pero… no encontraba la inspiración para dibujar nada más. Nada de nada.

—La música, el arte… pueden ser así en ocasiones —dice ella, asintiendo con la cabeza—. Van y vienen. A veces yo no me veo capaz de sentarme al piano, y otras no puedo separarme de él.

Resoplo.

—Pues nunca se había ido así.

—Eso no quiere decir que no vaya a volver —apunta ella—. Lo que tienes que preguntarte es qué crees que te está frenando.

—Supongo que tengo miedo de que me rechacen otra vez —admito—. Tengo que hacer algo mejor, más lleno de seguridad y más personal si quiero que me saquen de la lista de espera, pero no sé lo que eso significa, así que no sé por dónde empezar. Y por lo menos si no lo presento, la decisión es mía, no de ellos.

—Pero ¿sigues queriéndolo?

—Yo…

Titubeo, debatiéndome entre lo que he estado diciéndome a mí misma y… la verdad.

—Sé sincera —me insta ella, con una sonrisa irónica tirando de sus labios, y esos ojos azules que ven más de lo que deberían.

—Sigo queriéndolo —reconozco, consciente de lo en serio que lo digo.

En el fondo sé que por mucho que intente ocultarlo, por mucho que le diga a mi madre que no quiero hacerlo, no puedo renunciar aún al sueño.

—Te llevaremos de vuelta —asevera Lucy en tono sincero.

La tela de su vestido se arruga contra la alfombra cuando estira el brazo y me da unos golpecitos en el dorso de la mano con las suaves puntas de sus dedos.

—Oye —digo, girando la muñeca para que caigan en la palma de mi mano—. Deberíamos hacer algo divertido. Me has ayudado tanto desde que caí aquí que siento que deberíamos hacer algo por ti. Un punto de tu lista de cosas pendientes de soltera.

Ella me lanza una mirada de diversión.

—Se supone que bailar es divertido.

—No, me refiero a otra cosa. Algo que tengas muchas ganas de hacer.

—Audrey. —Ella aprieta los dedos alrededor de los míos—. El baile es dentro de cuatro días. Todavía te queda mucho por aprender, y yo no soy ni mucho menos una profesora de baile autoriza...

—Lucy —la interrumpo mientras me incorporo tirando de ella—. Vamos. Hace un día precioso, y aunque esto me está siendo muy útil, no quiero que te pases tus últimos días de libertad ayudándome a contar los pasos del cotillón ni a enseñarme cómo sujetar una taza de té, ¿vale? ¡Llevamos trabajando en esto desde el desayuno! A ver, ¿qué más solemos hacer por las tardes? ¿Tú tocas el piano mientras yo me quejo de que me aburro en el sofá? Los pájaros cantan. El sol brilla...

—¡Está bien, está bien! —Ella deja escapar un largo suspiro y me mira de reojo—. Eres una influencia terrible.

—A lo mejor un poquito.

Desplaza la mirada más allá de mí a la ventana, al cielo azul que se extiende al otro lado, con cara pensativa.

—Podemos ir a las cuadras. Montar a caballo podría ser divertido. Además, es bueno que una joven dama sepa hacerlo.

Las palabras apenas han salido de su boca cuando ya me he levantado de un salto.

—Claro que sí.

Al ser de ciudad, el único caballo que he contemplado de cerca fue el que vi en la fiesta del undécimo cumpleaños de mi primo rico Christopher en Sewickley. Aunque nos dedicamos menos a montar que a reírnos de que el caballo estuviese empalmado.

Lucy porta… ¿«Porta»? Dios, me lo está pegando. Lucy trae una chaqueta entallada y un sombrero a juego de su habitación, porque no se puede esperar menos de ella, pero también me encasqueta en la capota por la cabeza ante de que salgamos por la puerta.

La miro haciendo una mueca.

—¿En serio?

Ella me lanza una mirada.

—¿Qué? Así el sol no te dará en los ojos.

Salimos del patio y cruzamos el prado hacia las cuadras, y la sensación de la brisa en la cara resulta muy agradable después de estar encerrada en casa bailando desde después del desayuno.

Espanto a un mosquito de un manotazo cuando entramos, y el olor a heno, cuero y caballos me inunda la nariz en el acto. Miro a mi alrededor con avidez mientras avanzamos junto a las casillas de madera hasta que Lucy se detiene delante de un caballo blanco, cuyo fuerte costado acaricia con la mano cuando el animal le dedica un familiar relincho.

—Este es Henry.

Alargo tímidamente la mano y le acaricio el costado con nerviosismo.

—Hola, Henry.

—El mozo de cuadra, James, probablemente te recomiende que montes…

Las palabras apenas han salido de sus labios cuando la puerta se abre, y un chico parecido a Westley de *La princesa prometida* entra con una silla de montar colgada del hombro.

Se aparta el pelo rubio de la cara, y todo se mueve a cámara lenta mientras un coro de ángeles canta en el cielo alabando a Dios por su impecable trabajo.

—Jesús bendito —murmuro, y Lucy me lanza una mirada de diversión.

—Señorita Sinclair —dice él haciendo una reverencia—. ¿Quiere que le ensille a Henry?

—Sí, gracias. Y un caballo para mi amiga, la señorita Cameron, si eres tan amable, James.

James me sonríe, y suenan las puñeteras campanas de boda, porque menuda sonrisa tiene: unos dientes rectos debajo de unos ojos brillantes. Pasa por delante de nosotras y se dirige a un caballo negro lleno de manchas blancas que está en la última casilla.

Lo sigo y observo cómo estira las manos enguantadas para despeinar la crin oscura del caballo.

—Este es Moby.

Moby intenta mordisquear mi capota y me la quita de la cabeza antes de escupirla al suelo de la cuadra.

Lo miro entornando los ojos.

Él me mira entornando los suyos.

A los quince segundos, aparto la vista y sonrío a James.

—Me encanta.

—Es indecoroso que una dama no monte a la amazona —me susurra Lucy unos minutos más tarde, cuando estamos en la hierba alta que crece delante de la cuadra.

Le hago un gesto con la mano para que no se preocupe, preparándome para lanzarme a lomos de Moby.

—Lucy, acabas de decirme que siempre has querido montar a horcajadas.

—Pero eso no significa que deba hacerlo —repone ella, y me vuelvo hacia atrás para ponerle las manos en los hombros.

—¡Exacto! Se trata de que durante todo este mes no hagas lo que debes, sino lo que quieres hacer —digo—. Además, no vamos a montar por la ciudad ni a hacer giros en el jardín del señor Caldwell. ¿Quién va a verlo?

Ella desvía rápido la vista a James, que se encoge de hombros dedicándole una sonrisa compungida mientras le coloca a Henry una silla de montar corriente.

—No diré nada si no quiere.

Ella se muerde el labio antes de que yo le haga dar la vuelta y la empuje hacia delante para que James pueda ayudarla a subir al caballo. Tiene cara de cabreo cuando agarra las riendas, pero cuando me lanza una mirada asesina, está claro que lo hace sin mucha convicción.

Una vez lista Lucy, James me ofrece su mano enguantada para ayudarme, e intento mantener la calma poniendo un pie en el estribo y tratando de montarme yo solita. Después de estar a punto de caer de bruces al segundo intento, el mozo de cuadra se inclina acercándome las manos a la cintura.

—¿Puedo? —pregunta.

Asiento con la cabeza, o tal vez me desmayo, y él, en todo su esplendor musculoso de dios griego, me sube a la silla de montar como si fuese frágil y delicada como un Dorito.

—Gracias —digo, recobrando el dominio de mí misma.

Él agacha la cabeza, y en el rabillo de sus ojos se forman unas arrugas.

Lucy se acerca a caballo, relajando los hombros poco a poco mientras da una vuelta a mi alrededor y luego otra, y contiene claramente la risa cuando James vuelve a las cuadras.

—¿Repasamos lo básico o quieres babear por James un rato más?

—Babear —contesto sin dudar.

Ella resopla y empieza la lección de todas formas. Repasamos cómo agarrar las riendas, cómo mantener el equilibrio en la silla de montar, cómo hacer que Moby se mueva, gire y trote, hasta que las dos acabamos dando pequeñas vueltas.

—¿Y cómo se hace que pare…?

Las palabras apenas han salido de mi boca cuando Moby se lanza por el extenso prado de hierba a todo galope, y el mundo se nubla a mi alrededor mientras me agarro a su pescuezo y procuro no morirme berreando como una descosida.

—¡Moby! Pero ¡¿qué coño…?! —grito contra el viento, mientras Moby se lo pasa en grande, sus gruesas y recias patas prácticamente convertidas en una mancha borrosa debajo de mí.

—¡Las riendas, Audrey! —chilla Lucy detrás de mí—. ¡Tira de las riendas!

Al mirar abajo veo que las riendas de cuero se agitan al viento y aparto con indecisión una mano del pescuezo de Moby para agarrarlas y tirar fuerte hacia atrás.

Por suerte, Moby reduce la marcha hasta acabar trotando y luego se detiene, relinchando de disgusto mientras yo recobro el aliento.

—¿Estás bien? —pregunta Lucy, visiblemente desarreglada por primera vez desde que llegué aquí, con el sombrero inclinado y mechones de pelo ondeando alrededor de la cara.

Asiento con la cabeza mientras el corazón me late con fuerza contra el pecho.

—¡Ha sido —dejo escapar una larga exhalación de aire— increíble! Madre mía, ¿has visto lo rápido que iba? Moby, estás como una cabra.

Estiro el brazo y acaricio su palpitante costado, y el caballo responde relinchando.

Lucy sacude la cabeza y se arregla el sombrero; salta a la vista que se ha hartado de nosotros. Pero entonces, sorprendentemente por enésima vez desde que yo llegué, esboza una sonrisa.

—Nunca había montado tan rápido. Ha sido… bastante divertido.

—Entonces deberíamos volver a hacerlo —digo, instando a Moby a que avance.

Lucy ríe y me adelanta hasta que las dos galopamos por los jardines de Radcliffe mientras el sol lo cubre todo de un cálido resplandor amarillo. La alcanzo cuando finalmente reduce la marcha y entramos en un bosquecillo, un poco más allá de un estanque en el que al parecer le gusta pescar a su padre. Seguimos juntas el sinuoso sendero cubierto de malas hierbas y aprovechamos para retomar la conversación.

—¿Montas a menudo? —pregunto.

—No tanto como me gustaría —responde Lucy echando un vistazo por encima del hombro, con la cara enmarcada por la luz del sol que se cuela entre las ramas—. Por desgracia, es más una muestra de… «una educación refinada» que las damas deben hacer acompañadas, no una actividad de ocio. Cuando era más joven me vi obligada a aprender muchas cosas para ser considerada una «mujer hecha y derecha», pero se supone que no puedo utilizarlas para nada.

Asiento con la cabeza, cada vez más consciente de la cantidad de cosas que Lucy hace porque es lo que se espera de ella, pero también de lo poco que disfruta de hacerlas.

—Pero siempre lo intento cuando mi padre no está.

—¿Qué más sueles hacer cuando él no está?

—Leer. Visitar a Grace. Dar largos paseos. Descuidar la postura cuando me siento —contesta, dirigiéndome una sonrisa burlona—. Nada ni por asomo tan divertido o emocionante como lo que hemos hecho los últimos días.

—Pues está claro que tendremos que añadir cosas a esa lista.

Como se acerca la hora de la cena, salimos del bosque y regresamos a la cuadra, con la enorme casa erguida a lo lejos. Entretanto, descubro que quiero saber qué más cosas desea en secreto. Quién es Lucy debajo de, en fin…

133

Todo esto.

James me ayuda a bajar del caballo, pero esta vez estoy demasiado absorta pensando en la situación de mi amiga para regodearme en los músculos de sus brazos. Dejo escapar un grito ahogado de sorpresa cuando estoy a punto de desplomarme al suelo una vez que él me suelta, pues tengo las piernas de goma después de montar a Moby durante una hora.

—¿Te encuentras bien? —pregunta Lucy, ofreciéndome el brazo para que me apoye mientras nos dirigimos a la casa.

Le agarro el brazo con gran dramatismo.

—No, creo que me encuentro muy mal…

Entonces le quito a Lucy el sombrero de la cabeza y echo a correr cojeando por el campo de hierba y riendo como una loca.

—¡Audrey!

Ella corre tras de mí riendo.

Justo cuando entramos en el patio, noto que sus dedos me rodean el brazo. Me detiene, y me vuelvo para mirarla. Nos palpita el pecho, pero sus ojos se pasean por mi cara, de un color más claro a la luz cada vez más tenue. Y por primera vez desde que he llegado, la veo totalmente desprotegida. Expuesta. Y es… precioso. La palabra me pilla por sorpresa, y noto que el aire se me queda en los pulmones hasta que Lucy recupera el sombrero y aparta la vista, rozándome al pasar.

—Vamos. Martha se estará preguntando dónde andamos —comenta, volviendo a pensar en el deber y la obligación, y los muros se levantan con la rapidez con la que habían caído.

Como era de esperar, la puerta se abre antes de que podamos llamar, y la cara dulce y alegre del ama de llaves sale a recibirnos.

—Lucy, ha llegado una invitación para una cena que se celebrará mañana. —anuncia, sujetando un sobre—. Del señor Shepherd. En su mansión.

—¿Lo ves? Ya te dije que no tendrías ningún problema, Audrey —dice Lucy.

Toma el sobre, se apoya en el marco de la puerta y lo abre rápido para leer el mensaje que contiene.

Por un breve instante, casi me había olvidado de mi misión para poder volver a casa. Pero... ¿una cena? Qué lujo. Con Charlie, lo más lujoso que hacía era ir al cine, con las chucherías y las patatas fritas birladas de la tienda. O ir a tomar un café y a pintar en Frick Park. A veces, un partido de los Pirates en las últimas filas si queríamos darle un poco de vidilla a la relación.

—¿Una cena? —digo—. ¿Estoy lista para...?

—Más que lista —insiste ella, con suficiente confianza por las dos—. Martha, manda a un mensajero para que confirme nuestra asistencia, por favor.

Lucy me ofrece la carta con una sonrisa de diversión.

—No queremos hacer esperar al apuesto señor Shepherd.

18

LUCY

22 de junio de 1812

Observo cómo Audrey mira la mansión del señor Shepherd por la ventanilla del carruaje, con la cara pegada al cristal y la boca abierta.

Suelta un ligero silbido y sacude la cabeza, recostándose en su asiento.

—Si esto fuera un episodio de *The Bachelor*, fijo que él se llevaba la rosa a la mejor primera impresión.

Como siempre, no tengo la más mínima idea de qué habla.

Mostrando mucho más decoro, miro por la ventanilla cuando el carruaje reduce la marcha hasta detenerse y contemplo las columnas de piedra, los ventanales y la bonita hiedra que trepa por los lados de la casa, todo iluminado con faroles brillantes.

Whitton Park es precioso, pero no es nada que no haya visto cien veces antes. Y que veré cien veces más.

Soy consciente de que es un privilegio, pero me pregunto cómo sería sentirse tan... impresionada como se siente Audrey. Viajar tan lejos que me llene de asombro todo lo que contemplo.

Nos ayudan a apearnos del carruaje y nos hacen pasar al salón. Audrey inclina la cabeza hacia atrás, mirando boquiabierta el alto techo de la entrada y el intrincado papel pintado de flores que da paso a unas molduras primorosamente talladas.

Le doy unos golpecitos en el hombro para hacerla volver a la realidad cuando la ama de llaves abre la puerta del salón y nos recibe un sonido de voces y risas.

—Señorita Sinclair, señorita Cameron —dice el señor Shepherd acercándose a nosotras, impecablemente vestido como la primera vez que lo vimos pero, en esta ocasión, con una atractiva chaqueta negra y una corbata azul de flores. El tono vuelve a ser idéntico al de sus ojos, que ahora están centrados en la joven dama situada a mi lado.

—Qué alegría volver a verlas a las dos.

—Muchas gracias por la invitación, señor Shepherd —digo, al tiempo que las dos hacemos una reverencia.

Audrey asiente con la cabeza, y una sonrisa de satisfacción se dibuja en su cara.

—Claro, claro. Es un placer.

Pero en ese momento mi placer se acaba. Miro más allá de él, y un escalofrío me recorre el cuerpo al ver nada menos que al señor Caldwell apoyado distraídamente contra la chimenea con su deprimente atuendo negro habitual. Me dedica una desagradable sonrisa enseñando mucho los dientes, y cuando aparto la vista localizo a Grace sentada en un sillón con una expresión avinagrada en la cara y a Simon de pie detrás de ella.

Mi amiga esboza mudamente una disculpa antes de que sus labios se curven hacia abajo en las comisuras, señal de que a ella tampoco le entusiasma la presencia del caballero. Como mi padre, el señor Caldwell trata a Simon y a Grace como si estuviesen por debajo de él.

Nos presentan a los demás invitados. Unos tales señor y señora Barnes, a quienes vi de pasada en un baile en la temporada anterior, y un tal señor Jennings y un tal señor Swinton, otros dos amigos de la universidad del señor Shepherd y de Simon, uno alto con una melena pelirroja, y el otro fornido y medio calvo.

Me dispongo a ir directa a la seguridad que ofrecen los asientos situados al lado de Grace y de Simon cuando aparece el señor Caldwell.

—Cuánto me alegro de verla, señorita Sinclair —comenta, inclinándose bruscamente, evaluándome con los ojos casi de forma indecorosa, como si ya le perteneciese. Me enferma pensar que tal vez, en cierto modo, así sea—. Y qué vestido tan bonito. Aunque reconozco que me parece mucho más favorecedor el vestido color melocotón que llevaba en nuestro último encuentro, ¿no cree?

«No —tengo ganas de decir, detestando el modo en que mira mi tono de piel—. Prefiero este verde salvia».

Noto también tensa a Audrey, que entorna los ojos al captar el juicio apenas velado que él acaba de dirigirme. Alargo rápido la mano para agarrarle el brazo antes de que ella pueda ofenderle, pues noto que desea hacerlo, con la intención de olvidar el agravio.

—Señor Caldwell, permítame presentarle a mi buena amiga la señorita Audrey Cameron.

Audrey hace una reverencia dirigiéndole una sonrisa sin ganas.

—Un placer, señor Caldwell. Parece usted tan encantador como dice la gente.

Contengo la risa mientras el señor Caldwell se arregla orgullosamente la chaqueta, sin captar la ironía del comentario, pues se considera digno de él.

Afortunadamente, la campana de la cena suena antes de que él pueda tomarse la molestia de pensarlo mucho más. Fija una sonrisa pomposa en su cara mientras todos nos levantamos y nos dirigimos al comedor.

Es extraordinario lo mucho que puede compensar una gran fortuna.

Pero el sentido común y el decoro no se pueden comprar con dinero.

La cena es extraordinariamente lujosa, de las sopas a las jaleas pasando por la carne y los pudines, cada plato más delicioso que el anterior y todo servido en bonitos platos estampados en azul y blanco. El señor Shepherd se ha superado considerablemente en su afán por congraciarse con la alta sociedad del norte de Inglaterra.

Vigilo de cerca a Audrey durante la primera mitad de la cena, pero me sorprendo asombrándome de todo lo que ha aprendido en tan poco tiempo. Cuando no sabe qué hacer o no está segura de algo, veo que se refrena y observa. Qué cubierto usar en qué momento, cómo comer determinados platos, incluso cuándo y cómo hablar.

Y, en todo caso, la timidez de esa conducta hace que parezca más púdica y educada de lo que la he visto nunca.

Me hace sentir… no sé. Por supuesto, me alegro de que lo haga tan bien, pero también me parece injusto, casi triste ver una versión tan apagada de la enérgica persona que he llegado a conocer.

—Señorita Cameron, ¿es cierto que es usted de Estados Unidos? —pregunta el señor Jennings, limpiándose la boca con una servilleta.

—Sí —contesta Audrey, mientras deja los cubiertos con cuidado—. Nací y me crie allí.

—¿En qué estado?

—Pennsylvania.

—¡Pennsylvania! —repite él emocionado—. El año pasado pasé un tiempo en Filadelfia.

Audrey se anima ligeramente ante su entusiasmo.

—¿Llegó hasta Pittsburgh?

—¡No llegué! Una auténtica ciudad industrial. —Desvía rápido la vista al señor Shepherd—. Mi amigo no ha estado en Estados Unidos, aunque su familia ha hecho muchos negocios allí. ¿Se lo puede creer?

—No puedo creérmelo —contesta Audrey, dedicando una sonrisa por encima de los candelabros al señor Shepherd, que se la devuelve calurosamente.

—Bueno, tal vez algo me acabe llevando allí, Jennings —dice.

Me sorprende descubrir también aquí que, aunque esta noche todo está yendo según lo esperado, no me alegro como esperaba.

Tal vez se deba a que soy la única persona que ve lo forzada que es la sonrisa de ella.

El señor Caldwell, incapaz de olerse la más mínima insinuación romántica en el aire por encima del aroma de la carne de venado, decide cambiar de tema y hablar de los retrasos de los envíos en el Atlántico Norte y la subida de los impuestos sobre las importaciones, de manera que nos excluye a las damas de la conversación hasta que volvemos al salón a por el té.

Aun así, animada por los esfuerzos de Audrey, decido intentar... no sé... coquetear con el señor Caldwell para ver si tal vez, sorprendentemente, puede surgir algún tipo de conexión entre nosotros dos. Tal vez hay una faceta de él que todavía no conozco.

Coloco la mano en el brazo que él me ofrece mientras recorremos el pasillo e incluso le dedico una sonrisa cortés.

—¿Ha viajado usted a Estados Unidos, señor Caldwell?

—Una vez. —Resopla—. Una enorme pérdida de tiempo, se lo garantizo. Seguro que a usted no le gustaría.

—Claro, sin duda no me gustaría. —Aunque no entiendo cómo él ha podido decidir eso, insisto—: ¿Ha viajado a algún sitio que le haya agradado?

—No especialmente. París está bastante bien, pero prefiero estar en Londres o aquí, en el campo.

Trato de dejar a un lado la terrible sensación que me provoca el hecho de que no tendré la oportunidad de viajar y ver mundo, algo que había considerado una posible fuente de consuelo, y continúo:

—¿Y usted...?

—Cuántas preguntas —comenta—. Pensaba que era usted más recatada.

Me sonrojo al oír sus palabras y cierro la boca cuando entramos en el salón. Aparto la mano de su brazo, tratando de reponerme mientras se agolpan en mi mente palabras que no puedo decir. Audrey, Grace y yo nos sentamos en el sofá, y Audrey lanza una mirada inquisitiva en dirección a mí, pero no me doy por aludida.

Me siento casi ridícula por haber intentado hallar un vínculo con un hombre tan terrible.

Grace saca a colación el baile que tendrá lugar el próximo fin de semana en la sala de juntas, y toda la sala se pone a hablar del acto mientras yo aprieto los dedos contra la falda.

—Tengo muchas ganas de que llegue el día del baile —confiesa Audrey.

—Pues nosotros nunca asistiríamos, ¿verdad, señorita Sinclair? —bufa sonoramente el señor Caldwell desde el sillón junto a la lumbre, intentando hacer una distinción entre nosotros dos y Grace y Simon, y desvía rápido la vista al señor Shepherd en busca de acuerdo tácito, pero no lo obtiene en lo más mínimo—. ¿Un baile campestre? Totalmente indigno de nosotros.

«Nosotros».

Como si ya estuviésemos casados. Se me revuelve el estómago al pensarlo.

—Tengo que disentir —dice el señor Shepherd, y me evita responder en un momento en el que no encuentro las palabras para expresarme. Se pone derecho orgullosamente y levanta el mentón—. Pueden ser muy divertidos. Desde luego yo tengo toda la intención de ir. Afortunadamente, porque una acompañante encantadora acaba de confirmar su asistencia.

Sonríe a Audrey, pero yo estoy más centrada en la expresión de confusión del rostro huesudo del señor Caldwell y experimento cierta sensación de justicia mientras bebo el té. Sus ojos azules son más redondos que la luna llena, y sus cejas pobladas por una vez no proyectan sombra sobre ellos.

Simon propone apresuradamente una partida de cartas, y todos menos el señor Caldwell muestran su deseo de jugar al *loo*.

Una vez que nos sentamos alrededor de la mesa, paso a explicarle a Audrey las reglas diciéndole que se reparten tres cartas, que se le da la vuelta al triunfo, cuáles son las mejores combinaciones, que es un juego que depende casi exclusivamente del azar, pero... veo que el señor Shepherd ya me ha sustituido. Los dos tienen las cabezas muy pegadas mientras él señala la mesa.

Aparto la vista cuando reparten las cartas, y la mano ganadora que tengo delante ayuda a mitigar la sensación de envidia que experimenté por primera vez en la ciudad.

—Flux —digo, poniendo las cartas sobre la mesa antes de que termine la ronda, un tecnicismo que me permite ganar automáticamente, y el montón entero de fichas situado en el centro de la mesa pasa a ser mío y solo mío.

—¡Bien hecho, Lucy! —dice Grace, y el señor Shepherd asiente efusivamente con la cabeza.

Cuando se inclina hacia Audrey para explicarle lo que ha pasado, la sensación vuelve a apoderarse de mi estómago.

La partida continúa, ronda tras ronda, y la sala se anima, las voces se elevan, y las corbatas se aflojan. Con un poquito de jerez, incluso la sensación se atenúa.

—Harding, ¿te acuerdas de aquella vez en la universidad cuando un alumno de tercero montó a caballo por el comedor? —pregunta el señor Swinton a Simon, antes de pasar a contar una divertidísima anécdota sobre un duque insatisfecho que quería gastar su fortuna viajando y haciendo lo que le viniese en gana, de modo que un día ensilló su caballo con la intención de que lo expulsasen y le diesen la libertad para hacerlo.

—La verdad es que lo entiendo —dice el señor Jennings, y algunos de nosotros asentimos riendo.

«La verdad es que yo también lo entiendo».

No nos marchamos hasta bien entrada la noche, una vez que Audrey ha conseguido ganarnos a todos con una impresionante exhibición de suerte de principiante. Cuando por fin nos levantamos para irnos, el señor Shepherd nos acompaña a la puerta y fija una vez más la mirada en Audrey mientras bajamos despacio los escalones. Salta a la vista que ya está locamente enamorado.

Me sorprendo reprimiendo un bostezo mientras nos dirigimos al carruaje, pero el sopor se interrumpe cuando el señor Caldwell carraspea detrás de nosotras.

—¡Señorita Sinclair! —grita. Respiro hondo para serenarme antes de volverme hacia él—. Me gustaría invitarla a cenar en mi mansión un día de la semana que viene. Tendré que consultar mi apretada agenda, pero ya le avisaré de la fecha.

Mi padre me había mandado que contase con algo así en su larga lista de expectativas la mañana de su partida. Yo pensaba que las invitaciones se podían aceptar o no, pero parece que este no es el caso.

Le ofrecí una sonrisa forzada y una reverencia.

—Sería un placer.

Mi padre se pondría eufórico con esa interpretación.

—Solo para… usted —aclara él, levantando la nariz y no haciendo ningún esfuerzo por ocultar su aversión a Audrey, aunque ella se ha comportado perfectamente durante casi toda la noche, salvo un momento en el que se le escapó un improperio viendo sus pésimas cartas que a todo el mundo menos a él le resultó gracioso.

Me muerdo el interior de la mejilla para evitar decir algo, temiendo lo que amenaza con brotar de entre mis labios. Qué influencia ha tenido Audrey sobre mí en solo unos pocos días. Estos impulsos, por los que nunca me dejaría llevar, son sin duda nuevos e insólitos.

—Buenas noches, señor Caldwell —consigo soltar, manteniendo una actitud totalmente cordial mientras él me ayuda a subir al carruaje, donde ya me espera Audrey.

Me siento al lado de ella con cuidado y al mirar veo que pone los ojos en blanco, cruzada de brazos. Apenas hemos salido del camino de acceso cuando da a conocer su opinión:

—Menudo soplapollas.

De repente, la Audrey a la que he tomado cariño regresa. Se acabaron las sonrisas forzadas y los movimientos cautos.

Río y sacudo la cabeza. No sé qué significa exactamente «soplapollas», pero supongo que no se equivoca.

—Es… —bajo la voz antes de terminar la frase— sumamente desagradable.

Resulta estimulante. Decir cómo me siento, reconocerlo en voz alta, en lugar de dejar que me corroa lentamente.

Audrey resopla.

—Eso es quedarse corta. —Gira la cabeza para mirarme, con los ojos oscuros mientras la luz de la luna proyecta sombras en su cara—. Y aunque no he visto tu vestido color melocotón, me parece que este te queda increíble.

Se me calienta inesperadamente la cara, y aparto la vista alisándome el vestido con las manos.

—Gracias.

Nos quedamos en un silencio interrumpido únicamente por los cascos de los caballos en la grava y el crujido de las ruedas al girar.

—Bueno —digo finalmente—, parece que al señor Shepherd le gustas mucho.

—¿Ah, sí? —pregunta ella, adoptando una expresión pensativa mientras lo considera—. Es simpático, y todo un caballero, nada que ver con los universitarios de 2023. Y su casa es… —Se le va la voz, y sacude la cabeza con los ojos muy abiertos de admiración por Whitton Park—. Pero… no sé.

—¿Qué es lo que no sabes?

—Siento que… —Deja escapar una larga exhalación de aire—. Siento que falta esa chispa… ¿sabes a lo que me refiero?

La miro con el ceño fruncido y niego con la cabeza.

—No.

Ella estira el brazo y me toma la mano inclinándose hacia mí.

—Esa sensación especial, Lucy. Química. Magia. Atracción.

Ah. Como en los libros escondidos debajo de las tablas del suelo de la biblioteca, una experiencia sobre la que he leído pero que no he sentido nunca.

La miro a los ojos, y sus largas pestañas ensombrecen sus mejillas sonrosadas cuando dice:

—No sé… Simplemente sabes cuándo lo sientes.

Debe de ser el poder de la sugestión, pero al oír sus palabras es como si realmente lo sintiese. De las puntas de sus dedos en la palma de mi mano, me sube poco a poco una sensación chispeante, cálida y ardiente hasta que me arde el cuerpo entero. Bajo la vista a sus labios, muy cerca de los míos, y una atracción que no he experimentado antes arrasa todos mis pensamientos, todas las fibras de mi cuerpo hasta que…

Saco la mano de la suya y río apretándola contra el pecho, mientras el corazón me late irregularmente bajo la palma. Miro por la ventanilla y sacudo la cabeza.

—Eres ridícula. ¿Una chispa, Audrey? Cuántos pájaros en la cabeza tienes.

—Debe de ser algo del futuro —repone Audrey riendo, totalmente impertérrita, mientras yo me siento en un estado de confusión absoluta, convencida de que no es algo del futuro.

Me zumban los oídos cuando el carruaje vuelve a quedarse en silencio. Un minuto. Dos minutos.

Aun así, el corazón apenas me va más despacio. La noto justo a mi lado.

—No solo es el problema de la chispa, Lucy. No puedo evitar preguntarme si, aunque me enamore realmente del señor Shepherd o de otra persona… me quedaré aquí en lugar de volver a casa —confiesa Audrey en voz queda.

Siendo egoísta, hay una parte de mí que espera que se quede. Que espera que no se marche.

—Si esa persona te quiere —digo en cambio—. Si supiera las oportunidades que podrías tener en el futuro, la libertad que podrías tener en el futuro que no tienes aquí… A lo mejor, de alguna manera, puede ir al futuro contigo. Tu señor Montgomery debe de tener un plan para eso.

Por primera vez, independientemente de lo imposible que sea, me pregunto qué pasaría si esa persona, la persona a la que Audrey amase, fuese… yo.

No obstante, aparto la idea de mi cabeza con la rapidez con la que ha aparecido.

19

AUDREY

23 de junio de 1812

Estoy tumbada boca arriba en el sofá del salón después de comer, pasando la moneda de un cuarto de dólar entre el índice y el pulgar.

Quedan diecisiete días.

Ya llevo aquí más de una semana. El baile se acerca más y más y...

No sé si yo estoy más cerca o más lejos de encontrar el amor.

Ni si quiero enamorarme en caso de que exista el más mínimo riesgo de que me quede aquí sin mi familia.

A ver, no es que falten solteros de oro en 1812. En comparación con los tíos de mi instituto, es una mejora bastante considerable.

Está el señor Shepherd: rico, probablemente te regala flores «porque sí», con unos ojos del color de un cielo sin nubes una mañana de primavera perfecta.

Alexander: intrépido, urbanita, viajado, con su encanto sería capaz de hacer que una monja colgase los hábitos.

James: unos brazos para morirse, una cara que podría provocar guerras... ¿He hablado ya de sus brazos?

Los tres son muy distintos. El príncipe azul, el atractivo aventurero y el robusto amante de la naturaleza.

Pero... no hay chispa. Con Charlie, estuvo ahí prácticamente de golpe.

Me acuerdo del día que nos conocimos en el curso de arte de la RISD. Yo estaba tan emocionada que me había olvidado los lápices en mi cuarto, y él era el chico castaño y desgarbado sentado a mi lado que se fijó en que rebuscaba en la mochila cuando el profesor nos dijo que los sacásemos.

—¿Te los has olvidado? —me preguntó, con una sonrisa tímida antes de sacar una caja de sobra—. Yo he traído dos sin querer.

Se le pusieron las mejillas muy rojas cuando le devolví la sonrisa.

Después de terminar la jornada intenté devolvérselos sin más, pero él me preguntó si me apetecía salir. Estuvimos sentados en una parcela de césped dibujando y hablando hasta que se puso el sol. Él me decía que le diese más textura a mi viejo, mientras que yo le decía que sombrease más su árbol, y se creó un ritmo constante hasta que terminamos los dibujos, enriquecidos con la aportación del otro.

—Siempre he querido venir aquí —le dije—, a esta escuela.

Él asintió con la cabeza, ofreciéndome un auricular en el que sonaba mi canción favorita de Phoebe Bridgers.

—Yo también.

Fue de lo más normal, un momento muy cotidiano, pero juro que se oyó el aire crepitar cuando lo tomé y nuestros dedos se rozaron.

Sin embargo, ¿puede alguien de 1812 entenderme tan bien como para hacer saltar esa chispa cuando tengo que fingir que prácticamente soy otra persona? Alguien de esta época. Alguien oculto tras cumplidos y formalidades. Ya sé que Lucy me dijo que debía intentar ser yo misma un poco, pero me resulta prácticamente imposible. Tengo la sensación de que cada día que pasa tengo más preguntas y dudas que respuestas.

Cuando la puerta se abre chirriando e interrumpe mis cavilaciones de media tarde, Lucy entra ataviada con un sencillo vestido de color hueso, con un brazo a la espalda.

—Tengo un regalo para ti —anuncia.

—¿Un billete de vuelta a Pittsburgh? ¿Un lote de las mejores sales aromáticas de Martha? —insinúo sonriendo, y me incorporo gimiendo sonoramente mientras ella cruza la habitación y se sienta en el sofá enfrente de mí.

—No.

Lucy ríe y antes de que yo pueda hacer otra conjetura ridícula, me muestra un cuaderno de dibujo y unos lápices envueltos con un cordel con un lacito.

El corazón me da un vuelco y se me encoge al mismo tiempo.

—¿Me has comprado material de dibujo? —digo, recibiéndolo conmovida.

—He pensado… No sé… —La normalmente serena Lucy se pone muy colorada, más ruborizada que nunca—. Siempre te estás quejando de que te aburres, así que he pensado que quizá…

—Lucy —digo, poniéndole una mano en el brazo para interrumpir su balbuceo nervioso—. Gracias. Si he puesto mala cara no es por ti ni por el regalo. Es que… como ya te dije, hace meses que no puedo dibujar. Es como si estuviera bloqueada, y no consigo desbloquearme. No quiero que lo malgastes conmigo.

Cuando ella sonríe aliviada, se le ilumina la cara entera, se le forman arrugas en el rabillo de los ojos y le aparecen hoyuelos.

—Si puedes ir a cenar y a tomar el té a casa de Grace y retroceder en el tiempo, te aseguro que has superado algo peor que una página en blanco. Te han pasado muchas cosas desde la última vez que tuviste un lápiz en la mano. Tal vez no debes presionarte tanto intentando alcanzar lo que no tienes y centrarte en lo que tienes. Yo he soñado muchas veces con ir al conservatorio, con ser una música de verdad, por imposible que sea. Pero lo que sí tengo es esto. —Señala el piano—. Poder tocar y crear por mí misma es lo más importante. Así que tú haz lo mismo, Audrey. Y no critiques lo que plasmes en el papel. Hazlo porque adoras el arte, como yo toco porque adoro la música. Con eso basta.

«Con eso basta».

Y, bueno… parece como si fuese posible.

—Está bien. —Me encojo de hombros soltando una larga exhalación—. Allá vamos.

Abro el cuaderno de dibujo mientras ella cruza la estancia hasta el piano y se sienta en la banqueta. Saco un lápiz y presiono con la punta contra el papel esperando seguir viendo la página en blanco de mi cabeza y…

No sé.

Sentada en un salón de 1812, doscientos años atrás en el tiempo, dibujar debería resultar más imposible que nunca, pero cuando miro a Lucy, la luz de la tarde ya la está pintando como un cuadro. La observo al piano, y es como si los últimos días —no, los últimos meses— buscando y esperando, retorciendo las puntas de los dedos en la palma de la mano pero dejando solo páginas en blanco desprovistas de inspiración, hubiesen conducido a esto. Como si sus palabras me hubiesen quitado el peso de las expectativas y lo que está en juego de encima y solo quedase… esto. Lo que siempre ha estado.

Yo con un lápiz en la mano.

Dibujo una raya. Y luego, sin pensar, dibujo otra. Poco a poco las rayas se convierten en formas a medida que todo lo que me rodea se apaga y se sosiega.

Dibujo alrededor de una docena de figuras, sin pararme a criticar un solo trazo, hasta que la página está llena de dibujos.

Cejas arqueadas.

Mechones de pelo rubio.

Clavículas marcadas.

La misma cara con forma de corazón, los mismos labios curvos, el mismo cuello largo y elegante.

Lucy.

Una y otra y otra vez.

Y al mirarlos, vuelvo a sentirlo.

¿Inspiración? Frunzo el ceño negando con la cabeza. Más que eso.

Como si por fin pudiese entregar una parte de mí misma, como si pudiese abrirme y volcarla en la página que tengo delante, permitiendo que se convierta en una extensión de mis pensamientos, mis emociones, mis necesidades, mis deseos.

Pasión. Eso es lo que me faltaba. Puede que desde hace más tiempo de lo que yo era consciente. Tal vez eso es lo que no tenían mis anteriores obras. Porque solo estaba creando el arte que creía que debía crear, el arte que según Charlie era más importante, abstracto y moderno y vacío, en lugar del que yo quería crear. Reflejar a personas de verdad, mostrar las partes de ellas que creen que nadie ve.

Apenas me doy cuenta de que el piano deja de sonar o de que Lucy se dirige a mí hasta que por fin me fijo en que los labios que intento dibujar se mueven.

Sacudo la cabeza y vuelvo al salón.

—¿Qué?

—Te he preguntado cómo te va.

Señala la hoja situada delante de mí, pero tiene la educación de no estirar el cuello para mirarla. Levanto la mano, que está manchada de gris de la mina en un lado.

Atravieso la estancia y me siento en la banqueta a su lado, pero titubeo nerviosa antes de mostrarle el cuaderno.

Experimento una oleada de alivio y me siento bastante satisfecha de mí misma cuando ella abre mucho los ojos de sorpresa.

—Vaya —exclama, con una sonrisa dibujada en los labios—. Parece que se te da bien algo.

Las dos reímos, y ella sacude la cabeza.

—No. Bien, no. Fenomenal. Esto es extraordinario, Audrey. —Estudia la hoja—. Hace años mi padre encargó un retrato de mí y... me hicieron los ojos muy parecidos a los de él. Pero aquí...

Vuelvo a tomar el cuaderno.

—No son como los suyos —afirmo obstinadamente. Aunque lo cierto es que solo he visto el retrato de él—. Del mismo color, quizá, pero son... más suaves. Llamativos pero con una calidez que los suyos no tienen.

Mis palabras parecen conmoverla, pero aparto la vista, paso la página y abro el cuaderno por una hoja en blanco. Ahora que por fin vuelvo a crear, no quiero parar.

—Bueno, ¿qué quieres que dibuje?

Echaba de menos este juego. Solía jugar a él con mi padre de niña, persiguiéndolo mientras reponía los estantes o manejaba la caja registradora.

—Una bolsa de patatas fritas —me decía él, señalando unas Lay's con sabor barbacoa—. La chica más guapa de Pittsburgh —proponía, guiñando el ojo a mi madre mientras ella ponía los suyos en blanco y le daba un beso—. El Camry del señor Johnson —continuaba, señalando por la ventana el cacharro lleno de pegatinas del vecino.

Y yo lo hacía. Así es como aprendí a dibujar. Bolsa de patatas fritas tras bolsa de patatas fritas, retrato tras retrato, coche aparcado tras coche aparcado.

No me ha dado resultado para salir del atolladero antes, pero ahora estoy deseando aprovechar el impulso.

Lucy frunce el entrecejo, pensando, y pasea la vista por la sala antes de posarla en mí.

—Dibújate a ti misma —dice finalmente, y el ceño fruncido desaparece—. Así tendré algo con lo que recordarte cuando te vayas.

Le sonrío y le choco el hombro con el mío.

—¿Querrás acordarte de mí? ¿Incluidos mis pésimos modales?

Espero que ella ría, pero su expresión se contrae y su voz suena tan baja que tengo que inclinarme para oírla.

—No quiero olvidarlo nunca.

De repente siento lo mismo que experimento cuando dibujo. Como… si estuviese totalmente abierta. Viendo pero a la vez siendo vista en mi totalidad. Lo noto en la boca del estómago, cálido y electrizante, mientras Lucy y yo nos miramos, y la única palabra para describirla es…

En fin… una chispa.

Y entonces siento que se enciende y que me atrae hacia ella, hacia…

Aparto rápido la vista y me levanto bruscamente con las mejillas calientes.

—Yo, ejem…

Miro el cuaderno de dibujo y de pronto lo veo todo distinto, una respuesta a una pregunta que he temido demasiado hacerme.

Nunca he estado con una chica. Me he colado de alguna, sí, y he tenido una relación profunda, rayando en lo romántico, con mi mejor amiga de la infancia, Leah, con la que me mandaba canciones de Taylor Swift, me quedaba levantada hasta tarde hablando y casi me besé en mi decimotercer cumpleaños, pero acabó con algo parecido a una ruptura cuando ella se mudó. Sin embargo, nunca me he atrevido a pensar en ello de verdad.

Luego estuve con Charlie y casi conseguí… evitarlo del todo si me lo proponía. Guardarlo en una pulcra cajita, convenciéndome de que no era una parte de mí en la que tuviese que ahondar. Incluso me convencí de que la turbación que sentí al ver a Jules significaba otra cosa.

No obstante, ahora la caja se ha abierto en el peor momento posible, porque aquí es una pregunta que no puedo plantearme, aunque tal vez por primera vez… una parte de mí lo desea.

A ver, estamos en 1812, por el amor de Dios. Lucy ni siquiera puede elegir a su marido, y menos aún…

Pero… yo… esto…

—Me voy a dar un paseo —digo, cerrando de golpe el cuaderno y colocándolo en la mesa del salón.

Antes de que ella tenga ocasión de contestar o acompañarme, ya he desaparecido. Bajo trotando los escalones de la entrada y cruzo el patio mientras la cabeza me da vueltas. Atravieso la hierba como una exhalación sin saber adónde voy hasta que cruzo la puerta de las cuadras, y el familiar olor a heno, cuero y caballos me recibe.

Dejo escapar un largo suspiro y me paso los dedos por el pelo, apoyando los antebrazos en la casilla de madera de Moby.

—Moby, creo que tengo un problema.

Él me lanza una mirada de desconcierto mientras mastica ruidosamente heno, abriendo y cerrando la boca.

Me impulso en la puerta de la casilla y empiezo a pasearme dando vueltas y vueltas, como si eso fuese a convencerlo de lo en serio que hablo.

—Un problema gordo. No, un problema enorme.

Él escupe el heno y suelta un relincho grave, casi una mofa.

—Tienes razón. ¡Tienes razón! Le estoy dando demasiadas vueltas —digo, con una risa histérica como si estuviese haciendo un casting para interpretar a la Bruja Mala del Oeste—. Claro que estoy siendo ridícula. ¡Todo esto —muevo los brazos como loca señalando el mundo por el que no debería andar, un mundo doscientos años anterior al que pertenezco— es ridículo! Pues claro que estoy…

—Es fácil hablar con alguien que no contesta, ¿verdad?

Me doy la vuelta y veo a James apoyado en la puerta de la cuadra, limpiándose las manos con un trapo gastado, con una expresión de diversión en la cara.

Me arden las mejillas y… daría lo que fuese por que el suelo me tragase. Puf.

—¿Cuánto tiempo hace que…?

—Suficiente —responde él, guardándose el trapo en el bolsillo, y se sube de un salto a una mesa de madera y arquea sus pobladas cejas con curiosidad mientras estudia mi rostro—. No es usted de aquí, ¿verdad, señorita Cameron?

—Bueno, está claro que soy de Estados Unidos…

—No. —Él niega con la cabeza—. De aquí, aquí. Estas mansiones enormes, con las cenas de lujo y el «Un placer conocerlo, señor» —dice, mientras levanta la voz, imitando una voz pija que los dos conocemos perfectamente, con sus hermosos brazos cruzados contra el pecho—. Me parece que usted se parece más a mí que a la señorita Sinclair.

Sonrío porque, bueno… James no se equivoca. Mi padre es dueño de una tienda, y vivimos en un pisito situado encima de esta. Aunque ingrese en la RISD, necesitaré un montón de ayuda económica y de becas para acabar los estudios. Llevo las mismas Converse destrozadas desde el primer año de instituto. Dejando a un lado los modales y las formalidades del siglo XIX, aquí seguiría siendo un pez fuera del agua.

—Puede que tengas razón —concedo, apoyando la espalda contra la puerta de la casilla. Estudio su cara, con la piel bronceada de trabajar al aire libre y las arrugas que se le forman alrededor de los ojos cuando sonríe. Aparenta mi edad. Un año más joven, quizá—. ¿Cuánto hace que trabajas aquí? En Radcliffe.

—Toda la vida, la verdad. Mi padre fue el jefe de cuadra antes de mí, y mi madre, una fregona de la casa. He trabajado con él desde que era niño. Amontonando heno con la horca, cuidando de los caballos, aprendiendo el oficio. Lo sustituí hace dos años, cuando se mudaron al sur.

—Yo también —digo—. Bueno, más o menos. Había menos heno de por medio. Mi familia tiene una tienda en Estados Unidos. He trabajado allí.

—¿Desde que nació? —me pregunta, y yo asiento con la cabeza.

—Puede que incluso desde antes de que naciese —contesto, sonriendo al pensar en la foto de nuestra nevera, en la que aparece mi madre atendiendo la caja registradora embarazada de ocho meses—. Creo que aprendí a reponer estantes antes de aprender a andar.

Él se ríe al oír el comentario, con una risa fuerte y grave, y los ojos azules le brillan mientras me mira.

—Me cae usted bien, señorita Cameron —confiesa, y no puedo evitar pensar lo mismo de él.

Es agradable hablar con alguien aparte de Lucy sin sentir que me estoy dando aires o que evalúan mi actuación o que finjo ser otra persona, como hice anoche en la cena en casa del señor Shepherd.

Veo que todas las piezas se alinean, de modo que espero a que llegue el momento, un atisbo de lo que he sentido antes en el salón, pero… no pasa nada. Sí, él es de lo más guapo, y me lo estoy pasando bien, pero no salta la misma chipa in-

157

definible que he sentido sentada en la banqueta del piano con Lucy.

Aun así, es agradable sentir…

—Audrey —lo corrijo—. Llámame Audrey.

—Audrey —repite él, asintiendo con la cabeza. Al cabo de un largo instante, señala la casa a través de las puertas de madera y salta de la mesa—. Te acompaño.

No curiosea. No me obliga a decirle lo que me preocupa. Ni siquiera sigue tonteando.

Y me cae mejor aún.

Cruzamos despacio la hierba mientras James me habla de Moby, al que él ha criado desde que era un potrillo revoltoso.

—No sé de dónde le viene esa personalidad. Su madre era muy dócil.

Río.

—¿Del padre?

—Tienes razón —contesta él, sonriendo irónicamente, el mentón y la mandíbula angulosa cubiertos de barba de varios días—. El caballo más salvaje que conozco. Le cuesta una fortuna al señor Sinclair y estuvo a punto de tumbarlo la primera vez que lo montó.

—Por lo que he oído, no me extraña.

Elevo la vista por la mampostería de piedra de Radcliffe mientras seguimos charlando y la poso en una ventana de arriba, donde veo fugazmente un vestido de color hueso y un cabello rubio antes de que desaparezcan. Noto los nervios en el estómago con solo un vistazo y la chispa se reaviva, lo desee o no.

Pero enamorarme de Lucy sería inútil. Si no puede pasar nada entre nosotras, ¿cómo voy a volver a casa? Además, que haya sentido una chispa con ella no quiere decir que no pueda sentirla con otra persona. Podría pasarme con James o con cualquiera de los demás chicos. No tiene por qué ocurrir enseguida.

Y con la perspectiva del baile en la sala de juntas dentro de dos días, más vale que me esmere por causar la mejor impresión posible y ver qué, o quién, se presenta en mi vida.

20

LUCY

24 de junio de 1812

—¿Crees que estoy lista para mañana? —pregunta Audrey, mientras trotamos a caballo una al lado de la otra por los prados verdes de Radcliffe, su capota convertida ya en una causa perdida. La prenda cuelga lánguidamente de las cintas atadas caóticamente alrededor de su cuello.

A pesar de ello, contesto:

—Creo sinceramente que estás lista.

Y me sorprende bastante descubrir que lo digo en serio.

Hemos pasado casi toda la mañana practicando los pasos que más probabilidades tienen de figurar en el repertorio del baile, y Audrey se lo ha tomado mucho más en serio que cualquier ensayo de los que hemos hecho hasta ahora. Frunciendo el ceño y contando cada paso con sus gruesos labios, apenas me ha mirado hasta media tarde, cuando yo he propuesto que nos tomáramos un descanso para hacer algo divertido.

Aun así, parece preocupada mientras se muerde el labio. Me pregunto si por eso salió ayer como un huracán del salón. Ahora que puede dibujar otra vez, debe de tener más ganas que nunca de encontrar un compañero y volver a casa.

—Audrey —digo con insistencia, y ella gira la cabeza para mirarme, sus ojos color avellana casi de oro líquido al sol de la tarde—. Me sorprende estar diciéndote esto, pero se supone que los bailes son divertidos. ¡Son entretenidos! No solo te sirven de práctica para el próximo baile, sino que aunque no te enamores perdidamente, puedes conocer a nuevas personas, beber un ponche delicioso y dar vueltas hasta que te duelan los pies.

—Sí, pero si hago el ridículo y me olvido un paso, o me caigo de morros delante de todos, no solo me pondré yo en evidencia. También te pondré a ti en evidencia —replica, y el corazón me palpita de forma molesta e inesperada.

—¿Desde cuándo te preocupa ponerme en evidencia? —pregunto en broma, pero agarro más fuerte las riendas de Henry.

Le lanzo una mirada de reojo y veo que está apretando la mandíbula a pesar de mi intento de tranquilizarla.

Dejo escapar un largo suspiro y espoleo a Henry para que avance hasta situarme justo delante de Moby. El caballo se detiene patinando y golpea airadamente el suelo con las patas.

—Audrey —digo, esta vez en tono serio—. No nos pondrás en evidencia a ninguna de las dos, ¿de acuerdo? La gente comete errores continuamente. Y si tanto te avergüenza, diré que en Estados Unidos se baila diferente. O haré que Alexander cometa el mismo error, y seguro que él los engatusará a todos para que lo hagan de esa forma. O, quién sabe, ¡quizá sea yo la que haga el ridículo! Beberé mucho vino y daré tal espectáculo que seré la comidilla de la ciudad el resto del verano, si no el resto de mi vida.

Finalmente, poco a poco, la comisura de su boca se levanta.

—Conque un espectáculo, ¿eh?

—Un espectáculo del que seguirán hablando cuando vuelvas al futuro.

Sin aliento tras el apasionado discurso, me sorprendo disfrutando bastante al imaginarme que doy un espectáculo.

Ni siquiera me había permitido imaginarlo.

Por lo menos antes de que Audrey apareciese.

—Está bien —asiente con la cabeza, ya sin pesadumbre, montando a mi alrededor y rozándome con la pierna al pasar.

La sensación que experimenté en el carruaje y prácticamente en cada instante desde entonces despierta.

La analizo desde una perspectiva objetiva y racional. Responde a lo libre que ella me hace sentir. Es algo temporal. Ella se enamorará. Ella se irá. Yo me casaré con el señor Caldwell.

Domino —no, me trago— la sensación mientras reanudamos la marcha y volvemos despacio a las cuadras. Me guste o no, me he acostumbrado a reprimir sensaciones que no se me permite experimentar, y esta vez no será una excepción.

Entonces, ¿por qué esta me resulta más difícil de contener?

—¿Quieres oír algo muy desagradable? ¿Peor que tu interpretación al piano? —pregunto para distraerme.

—Siempre.

—El señor Caldwell ha mandado a un mensajero esta mañana. Voy a cenar con él este sábado en su mansión.

Ella hace una mueca.

—Finge que te has puesto enferma después del ignominioso baile en la sala de juntas.

Río y sacudo la cabeza.

—Ojalá pudiera —reconozco, pero es una línea que no puedo cruzar.

James sale de las cuadras a recibirnos cuando nos acercamos y me ayuda a bajar de Henry con un movimiento suave y fluido antes de pasar a asistir a Audrey.

—Moby ha estado hoy más dócil que un corderito —comenta Audrey, y los dos se cruzan una sonrisa cómplice—. Supongo que al final ha salido a su madre.

Moby intenta mordisquear la capota de Audrey negándose a recibir tantos elogios, y estallan en carcajadas.

—Has hablado demasiado pronto —dice James, con una mirada pícara.

Retuerzo los dedos una vez más contra la tela del vestido mientras los observo, muy cerca uno del otro, muy compenetrados uno con el otro, aunque no tengo ni idea de cómo es posible. Audrey inclina la cabeza hacia atrás para mirarlo a los ojos, con las mejillas coloradas de montar, y una familiar sensación de pesadez se asienta en la boca de mi estómago mientras una palabra resuena con fuerza en mi cabeza.

«Celos».

Solo que esta vez sé que el motivo no es que Audrey pueda enamorarse.

Es porque no se ha enamorado de mí.

Aparto la vista y me vuelvo para contemplar el prado quitándome los guantes y el sombrero. Tiro desesperadamente de las cintas de la capota atada a mi cuello, que ahora noto prietas, demasiado prietas.

No sé qué me pasa. Es una sensación muy desconcertante, muy extraña e ilógica, que me roe las entrañas buscando un hogar en cada rincón de mi pecho.

«Ten un poco de decoro, Lucy», me reprendo a mí misma, obligándome a respirar regularmente, y adopto una expresión impertérrita cuando me vuelvo otra vez hacia ellos.

Sin embargo, por dentro estoy hirviendo.

Esto es lo que debería desear que pasase. Que Audrey encontrase la chispa. ¿Y James? Parece un buen partido. Sincero, trabajador, guapo. Está claro que tienen química.

Pero cuando la mirada de James se posa en la mía, me doy cuenta de que no debo de estar tan impertérrita como creo, porque su conducta entera cambia. Se pone derecho y se aclara la garganta.

—¿Necesita algo más, señorita Sinclair? ¿Tiene pensado montar más veces esta semana?

—Por ahora, no. Gracias, James.

Audrey sonríe, inclinándose hacia él para susurrar:

—Qué formal.

James la hace callar con una sonrisa.

Y no aguanto un segundo más. Me vuelvo y regreso a Radcliffe cruzando enérgicamente la hierba con el estómago revuelto, entornando los ojos para protegerme del sol de media tarde.

Oigo que Audrey grita mi nombre detrás de mí, pero no le hago caso hasta que estamos en el patio y me agarra del brazo.

—¿Estás bien, Lucy? —pregunta, jadeando debido a la carrera—. Estaba bromeando…

—¿Yo? Estoy perfectamente —contesto, tratando de recordarme quién soy y de mantener la compostura—. Me he acalorado un poco. Nada más.

Río tratando de mostrarme imperturbable, pero esta vez descubro que soy yo la que no puede mirarla ni sostenerle la mirada.

Hasta esa noche en la cama, cuando la respiración de Audrey se ha vuelto más lenta, no cierro el libro que fingía estar leyendo y me doy la vuelta para contemplarla a la luz parpadeante de la vela.

No sé cómo expresar con palabras lo que siento.

O quizá sí, pero no consigo darles sentido.

El momento del carruaje. Los celos en las cuadras. Cómo me siento ahora mismo solo con mirarla, solo con estar cerca de ella.

Deseando estar más cerca.

Me doy la vuelta rápido y apago la vela de manera que me quedo mirando a la oscuridad sin distinguir gran cosa más allá de mis narices.

Sin embargo, sigo teniendo plena conciencia de que Audrey está a mi lado, de la forma de su cuerpo en las sábanas, a apenas un dedo de distancia de mí. La noto en la manera en que me palpita el corazón con una pregunta contra la tela del camisón.

Cierro los ojos apretándolos fuerte, sabiendo que debería dejar de buscar la respuesta.

Mi futuro con el señor Caldwell se acerca cada vez más. El regreso de mi padre está todavía más cerca.

Pronto ella no estará.

Pronto se enamorará de otra persona.

Tal vez ya lo ha hecho.

Y esa respuesta tendrá que ser, será, suficiente.

21

AUDREY

25 de junio de 1812

Estoy otra vez con la cara pegada al cristal, mirando a la gente que sale de sus carruajes para pasar adentro. Son un frenesí de risas, vestidos bonitos y frivolidad general, pero me vuelven a invadir los nervios.

«¿Qué está pasando? ¿Qué coño estoy haciendo?».

Tengo la sensación de que me lo pregunto mil veces al día. Puede que más. A veces con unos cuantos tacos más incluidos. En serio, es un estado de confusión permanente.

—¿Está nerviosa?

Giro la cabeza y veo que Lucy da un codazo a su primo en el costado por hacerme esa pregunta. Una risa afable brota de sus labios mientras se frota las costillas. A continuación le lanza a ella una mirada traviesa.

—No —miento, mirándolo con las cejas arqueadas—. ¿Y usted?

—¿Por bailar con mujeres hermosas? Por supuesto que no lo estoy.

Me guiña el ojo antes de abrir la portezuela del carruaje y saltar a la grava. Introduce su mano enfundada en un guante blanco para ayudar a Lucy a salir, y ella me dedica una sonrisita alentadora que hace que me dé un vuelco el estómago. No aparto la mirada de ella hasta que su vestido color crema sale poco a poco por la puerta. Quizá a una parte de mí también le gustaría ir a bailar con mujeres hermosas.

O con una en concreto.

Como si no tuviese ya bastante lío.

Alexander asoma la cabeza tendiéndome el brazo. Dejo escapar una larga exhalación antes de poner los dedos en la palma de su mano, y me saca del carruaje. Mientras contemplo el sencillo edificio de piedra, con las columnas iluminadas por la luz dorada de las velas, noto que él se inclina hacia mí hasta que su boca me roza la oreja, y se me pone la piel de gallina en todo el cuerpo.

—¿Me reservará un baile? —susurra, para que solo yo lo oiga.

Vuelvo a mirarlo, y su atractiva cara muy cerca de la mía, sus ojos oscuros y puede que también anhelantes a la tenue luz me recuerdan mi misión.

Sonrío y aparto la vista tímidamente, intentando coquetear con él.

—Lo consideraré.

Y aunque prácticamente es una escena sacada de una comedia romántica, uno de esos momentos que te hacen preguntarte por qué no pasan en la vida real, parece distinto. Falso. Palidece comparado con los nervios que me ha provocado la sonrisa de Lucy al salir del carruaje.

Aun así, lo acepto. Volver a casa tiene que seguir siendo mi prioridad absoluta. Al fin y al cabo solo me quedan quince días.

Él se ríe por lo bajo y me ofrece el brazo cuando nos reunimos con Lucy y subimos los escalones de piedra para entrar juntos.

En cuanto cruzamos las puertas, experimento una auténtica sobrecarga sensorial.

La sala es un mar de vestidos de vivos colores, azules y verdes y rosas y amarillos, mezclados con elegantes guantes blancos que dan paso a caras radiantes y sonrosadas. Un cuarteto toca por encima de las conversaciones y las risas, y la gente avanza meciéndose y bailando, iluminada por relucientes arañas de cristal que se extienden por la sala de un extremo al otro.

Y, sorprendentemente, una vez que lo he asimilado todo, me tranquiliza. Porque, en cierto modo, resulta casi… familiar. Como el baile del año pasado en el gimnasio. Sí, el comité organizador gastó demasiado dinero del presupuesto en aperitivos y bebidas, de modo que tuvieron que utilizar papel higiénico como serpentinas en lugar de lujosas arañas de luces (que fue la decisión acertada, en mi opinión), pero aquí se respira un poco de esa noche, doscientos años atrás en el tiempo. Puede que los vestidos sean más bonitos, la decoración más lujosa, la música un poco distinta, pero la energía es la misma. Sigue habiendo grupos de amigos cotilleando, la pareja que hace una incómoda demostración pública de afecto en un rincón, la chica que ha recibido clases de baile durante trece años y que presume de su habilidad como si su vida dependiese de ello.

Todo se combina y me hace sentir como en casa, aunque estoy a kilómetros y kilómetros —años y años— de allí. Y mientras cruzamos la sala, donde Alexander y Lucy saludan con la cabeza a sus conocidos, siento que por fin se me pasan los nervios.

Justo cuando me tranquilizo, hago contacto visual con unos brillantes ojos azules que me resultan familiares.

El señor Shepherd.

Atraviesa la sala para saludarnos sorteando a grupos de gente enfrascada en conversaciones, que giran la cabeza con interés cuando él pasa.

—Señorita Sinclair, señorita Cameron —dice, inclinándose.

—¿Cuántas corbatas azules tiene? —pregunto, y él ríe.

—Cientos.

Observo cómo los ojos azules del señor Shepherd vuelven a mi cara una y otra vez mientras Lucy le presenta a Alexander, que posa sutilmente la mano sobre la mía.

Vaya, nunca he tenido a dos tíos tan interesados por mí antes.

Y aunque no me lo habría imaginado, mentiría si dijese que no me gusta. Me hace sentir esperanza. Como si al final de la noche vaya a tener más claro qué hacer. A quién elegir.

—Señorita Cameron, ¿me concede el próximo baile? —dice el señor Shepherd, siempre tan formal.

Retiro el brazo del de Alexander y lo poso en el suyo.

—Por supuesto.

Mi voz suena sorprendentemente serena mientras lanzo una mirada de preocupación a Lucy, nerviosa otra vez ante la perspectiva de bailar, pero ella me dedica una sonrisa tranquilizadora y esboza mudamente con la boca:

—Lo harás perfectamente.

Veo que sus labios se curvan ligeramente hacia abajo, señal de que es probable que esté mintiendo un poquito. A ver, mis pasos de baile desde luego lo merecen, pero aun así agradezco el apoyo. Alexander, por otra parte, arquea una ceja intrigado, pero no me doy por aludida.

Nos unimos a los demás bailarines; las chicas a un lado y los chicos al otro. Ellos se inclinan, nosotras hacemos una reverencia, y mi ritmo cardiaco se cuadruplica mientras intento recordar todo lo que he acumulado en el cerebro durante la última semana.

Contengo la respiración, esperando, deseando…

«Gracias a Dios».

Casi me echo a llorar cuando empiezan a sonar las notas conocidas de un cotillón que Lucy me ha enseñado. Doy un paso adelante, tomo la mano del señor Shepherd y me giro, con los pies estirados. Sigo nerviosa, pero es como si a través del violín, la flauta y el violonchelo, la oyese a ella. Tarareando la canción, contando los compases, diciéndome cuándo girar, adónde ir, qué hacer con los pies.

Es como si... en fin.

Como si bailase con ella.

Hasta que...

—¿Son muy distintos los bailes en Estados Unidos? —pregunta el señor Shepherd, que interrumpe mi concentración y me hace olvidar por completo el siguiente paso.

Me quedo inmóvil unos segundos antes de ver a las chicas situadas a mi lado, medio paso por delante de mí, cuyos gráciles giros me refrescan la memoria.

Él interviene rápido con la intención de ayudarme envolviéndome la mano con la suya para llevarme al compás correcto, con una sonrisa en la cara.

—Lo interpretaré como un sí.

—Perdón, yo... —digo, ruborizándome—. No sé bailar y hablar a la vez. Es como llevar corsé y salir a correr. La cosa no acabará bien.

Él ríe, sorprendentemente encantado, mientras yo me recuerdo una vez más que tengo que apartar de mi cabeza todos los pensamientos relacionados con Lucy y centrarme en el plantel de posibles solteros casaderos. Aunque no pueda hablar, tal vez consiga mirarlo a los ojos de forma seductora. Un par de sonrisas coquetas.

El señor Shepherd, en general, es bastante buen bailarín, hasta el punto de obsesionarse con cada paso. Debe de haber recibido clases de un profesional como Lucy, en lugar de hacer un curso intensivo de una semana en un salón. Cada vez que yo me enredo o me salto un paso, me guía para que lo haga correctamente, y entre nosotros se forma un vínculo de confianza y comprensión a pesar de no decir palabra. Incluso consigue hacerme reír un par de veces esquivando cómicamente la enorme pluma dorada que la dama situada a nuestro lado lleva en el pelo.

A la segunda canción, he logrado relajarme lo bastante para pasármelo bien. Sobre todo cuando veo a una chica en el otro extremo que se olvida del giro final. Por lo menos no soy la única.

Estamos a punto de empezar el siguiente baile, una danza escocesa, cuando Alexander aparece de repente para reclamarme. El señor Shepherd se queda decepcionado, pero como es un caballero, permite la interrupción y se aparta de la pista de baile.

—Coronel Finch —digo, dirigiéndome a él por su pomposo título.

Río cuando él me hace girar, desviándose por completo de los pasos del baile, y la comisura de su boca se eleva en el momento en el que poso la mano en su fuerte hombro.

—Alexander —me corrige él inclinándose, y nuestras mejillas se rozan ligeramente—. Llámame Alexander.

—Solo si tú me llamas Audrey.

Formamos un círculo con las demás parejas y giramos y giramos hasta que me da vueltas la cabeza, y más aún cuando me estrecha entre sus brazos. O, al menos, de eso intento convencerme.

Alexander improvisa otro giro y me hace sentir que es normal meter la pata. Puede que más que normal.

De modo que me dejo llevar, y los dos reímos dando vueltas alrededor de los demás bailarines al ritmo de la música pero creando nuestros propios pasos. Cuando miro a mi alrededor, a nadie parece importarle, y de repente deja de preocuparme si lo hacen, recordando las palabras de ánimo que Lucy me dijo ayer. Estoy aquí para jugármelo todo. Para encontrar el amor. Ni siquiera estaré aquí dentro de dieciséis días, de modo que más me vale poner toda la carne en el asador mientras tengo la oportunidad.

—Sinceramente, Audrey —dice Alexander, cuyo pecho sube y baja regularmente bajo mis manos cuando la canción llega a su fin—, te tenía por alguien a quien le gusta más la aventura que lo que alguien como el señor Shepherd puede ofrecer.

—A lo mejor te has confundido conmigo —replico, arqueando las cejas en actitud desafiante.

Él entorna sus ojos marrón oscuro.

—No estoy tan seguro de eso.

Me muerdo el labio para evitar sonreír porque es evidente que él tiene razón. El señor Shepherd es de lo más encantador y está buenísimo, pero mentiría si dijese que no tengo dudas sobre lo bien que congeniaríamos. Ni siquiera sé si estaré aquí el tiempo suficiente para hacerle olvidar sus formalidades.

Y aunque estuviese, tengo la sensación de que él no… me entendería. No como Alexander y James, que tan cómoda me están haciendo sentir.

Y desde luego no como Lucy.

Pasamos el resto del baile, y parte del siguiente, hablando de todos los sitios a los que él ha viajado, pues Alexander insiste en que puede hablar por los dos cuando le digo que no sé bailar y charlar a la vez. Me tranquiliza poder dedicarme principalmente a escuchar porque está empezando a quedar claro que estoy… para el arrastre.

Los bailes del periodo de la Regencia no son cosa de risa. Son como dieciocho bailes de TikTok y un disc-jockey gritando: «¡Una vez más!» después del duodécimo «Cha Cha Slide» combinados. Complicados y agotadores.

Alexander me habla de París y de Roma y de sus sitios favoritos de Londres, mientras yo me pregunto cuántos de ellos seguirán existiendo en 2023. Pero me maravillan más todas las travesuras que ha hecho.

Ha dormido en una cuadra en el campo después de quedarse atrapado en medio de una tormenta torrencial, se ha colado en museos después de anochecer y ha visto amanecer en tejados. Cosas que yo no consideraba posibles en este mundo de normas y expectativas.

—Pero, como tú, prefiero estar en una ciudad. Todo tiene un ritmo distinto. Hacer amigos, salir por ahí, ver gente.

—Yo también —digo.

Es innegable que este sitio es precioso, con la hierba verde, los árboles y todo el espacio abierto. Pero de no ser por Lucy, también sería… aburrido.

Y no solo porque no me funciona el móvil.

Echo de menos ver a los clientes que pasan por la tienda, sin saber quién será el siguiente. Echo de menos los paseos en bici por las calles concurridas. Echo de menos la inspiración que me proporcionaban todas las personas que encontraba por ahí, viviendo sus vidas.

Pero ¿lo he vivido realmente? No como él.

Me está recordando lo pasiva que he sido en la vida, como las mujeres de aquí, reunidas en grupos o calladas del brazo de un caballero mientras él conversa, pues la sociedad espera que sean observadoras pasivas. Dirigidas, reglamentadas y controladas. Pero en realidad yo puedo elegir. La conversación con Alexander me hace ver atisbos de la antigua Audrey —ambiciosa, entusiasmada, ilusionada—, y por primera vez en mucho tiempo me dan ganas de salir a recuperar esas partes.

Tal vez esa conexión con Alexander, que él desee viajar y vivir aventuras, su amor por la vida urbana, el hecho de que me recuerde quién era yo antes, pueda llevarme de vuelta a casa de alguna forma. Pueda llevarnos a los dos juntos. A alguien como Alexander probablemente le haría mucha ilusión la perspectiva de viajar al futuro. Tal vez Lucy tenía razón y existe algún tipo de escapatoria.

Le sostengo la mirada mientras la canción llega a su fin, deseando sentir algo, que la lógica bastase para encender la chispa que necesito.

—Creo que voy a pasar de los siguientes bailes —comento, al ver que ese momento no llega.

«Pero a lo mejor acaba llegando». Después de todo, solo es la segunda vez que hemos hablado. Todavía tengo catorce días.

—¿Ya estás cansada? —me azuza Alexander.

Sonrío.

—A lo mejor estoy aburrida.

Él ríe y se inclina ante mí, y yo hago una reverencia. Por poco me fallan las piernas; decididamente tengo ampollas en los pies. Apenas me he apartado cuando una mujer mayor se abalanza sobre Alexander y lo arrastra a la siguiente serie de bailes.

Intento deslizarme grácilmente en lugar de ir cojeando a la ponchera, pero es prácticamente imposible. Apoyándome en el borde de la mesa, agarro una taza y bebo un buen trago que... me provoca un tremendo ataque de tos.

Esta mierda está cargada de ron. Dos tazas, y te despertarías en la cama a la mañana siguiente preguntándote cómo narices llegaste allí. Sabe al matarratas del mueble bar de los padres de Charlie que él solía echar en una botella de agua, un brebaje que nos hacía reír como tontos sentados en la azotea de su bloque de pisos en East Liberty, hablando de lo divino y lo humano.

Un poco acalorada y aturdida, me aparto arrastrando los pies y procuro no desplomarme contra una pared, buscando entre la multitud el pelo rubio y el vestido color crema de Lucy. Tengo que hablar con ella de lo que pienso de Alexander o… No sé. Tal vez simplemente quiero verla porque cuando la veo siempre me siento mejor. Ojalá estuviese ahora en una azotea con ella. Sin el matarratas.

La encuentro bailando con el señor Shepherd, con movimientos suaves, elegantes y gráciles, mucho más perfectos y pulidos que los míos. Observo cómo su vestido da vueltas a su alrededor y la encantadora sonrisa que le dirige a él.

«¿Cómo sería si me sonriese a mí así?».

—Audrey —dice una voz suave que me devuelve a la realidad.

O a mi realidad actual, supongo. En la que hay dos tíos buenos colados por mí, luchando por mi amor, mientras yo suspiro por la persona por la que no debería mientras bebo un vaso frío de alcohol. Qué propio de una comedia romántica. Y qué distinto de como yo pensaba que sería.

Giro la cabeza a un lado y veo a Grace, ataviada con un vestido rosa claro, con la cara alegre y radiante.

—¡Grace! Hola. —Me impulso en la pared intentando que no parezca que cuatro bailes me han dejado hecha unos zorros—. ¿Qué tal la velada?

—Muy bien —contesta ella, asintiendo con entusiasmo—. Me encanta bailar.

Miramos a las parejas en la pista de baile, y Grace deja escapar un suspiro exagerado.

—Es una lástima que tenga que casarse con el señor Caldwell —me dice, y las dos torcemos el morro al pensar en él—. Es evidente que Lucy y el señor Shepherd harían muy buena pareja, ¿verdad?

Me muerdo el labio viéndolos dar vueltas por la pista un largo rato. Los dos ricos. Los dos jóvenes. Los dos educados, elegantes y atractivos. Los dos de esta época.

—Desde luego —no puedo por menos de coincidir.

Pero cuando poso la mirada en Lucy, con su cabello rubio y el suave tono rosáceo de sus mejillas, y me fijo en la sonrisa encantadora que esboza en dirección a él, veo que no es lo bastante ancha para que se le formen hoyuelos en las comisuras de la boca.

Y eso me indica que Grace se equivoca. El señor Shepherd es mucho mejor que el señor Caldwell, pero si se casase con él, seguiría encerrada en una casa grande y bonita. Seguiría atrapada detrás de una fachada amable y perfecta cuidada al milímetro, en una época en la que no podría... ver mundo, estudiar en el conservatorio o tomar sus propias decisiones. No podría ser la Lucy que yo he llegado a conocer.

Observo cómo ella gira y gira entre los brazos del señor Shepherd, pero por un breve instante, su mirada se desvía de él y se cruza con la mía, y la sala se mueve más despacio, y todas las voces y las caras y la música se vuelven un murmullo confuso y lejano.

Mientras me trago las lágrimas que inesperadamente me pican en los ojos, aparto la vista y bebo un sorbo largo de ponche pensando en las esperanzas que tenía cuando me bajé del carruaje hace unas horas, pero ahora, aquí de pie, lo único que quiero es olvidar.

Olvidar que tengo que encontrar a alguien de quien enamorarme para volver a casa. Olvidar que no he sentido ninguna chispa con el señor Shepherd, ni con James, ni tampoco con Alexander, por muy perfectos que parezcan.

Queriendo olvidar lo guapa que está Lucy bailando con alguien que no soy yo.

22

LUCY

26 de junio de 1812

El día después de un baile es para recuperarse. De beber, de bailar y, en algunos casos, de socializar. Incluso estando muy acostumbrada, adoptar una fachada durante horas y horas puede resultar agotador, aunque sea en un marco mucho menos formal que una cena o un baile de gala. Sobre todo después de las casi dos semanas de influencia que Audrey ha tenido en mí.

De modo que no puedo negar lo agradable que es pasar la tarde sin hacer absolutamente nada salvo tocar canciones conocidas al piano mientras Audrey está dibujando sentada en su sillón junto a la ventana. Ahora que ha vuelto a empezar, pareciera que es incapaz de dejarlo.

Levanto la vista cada cierto tiempo para contemplar los mechones de pelo color chocolate que le caen en la cara, e incluso desde aquí, en el otro lado del salón, tengo ganas de apartárselos. De recogérselos detrás de la oreja. De notar cómo sus ojos me sostienen la mirada cuando lo hago.

En cambio, me obligo a bajar la vista a las teclas blancas y negras, expresando con la música todas las emociones que no puedo verbalizar. Cada mirada. Cada roce de manos entre nosotras. Cada arrebato de celos cuando la veo con Alexander, o con el señor Shepherd, o con James, sonriéndoles, bailando con ellos, deseándolos.

La música significa ahora más que nunca para mí, y cierro los ojos apretándolos fuerte mientras busco un sitio donde guardarlo todo.

Cuando la canción termina, la voz de Audrey resuena desde el otro lado del salón y hace que todas esas emociones vuelvan en tromba.

—Anoche bailaste un buen rato con el señor Shepherd —dice.

Abro los ojos y veo que sigue mirando el papel que tiene delante, garabateando con el lápiz, el ceño fruncido por la concentración.

—Tú también —contesto, apartando los dedos de las teclas.

—Me dijiste que te parecía guapo —comenta, levantando el lápiz y mirándome antes de ponérselo detrás de la oreja.

Ah. Pensaba que consideraba a Alexander más interesante. Incluso en el trayecto de vuelta a casa propuso invitarlo a Radcliffe la semana que viene. Pero quizá me equivoqué.

Debe tener envidia.

—Es guapo —afirmo, como si fuese un comentario sobre el color del cielo, el verde de la hierba o cualquier otra cosa tan objetiva y evidente—. Pero desde luego no sentí la… ¿cómo era?

Finjo que busco la palabra para referirme a la emoción que me he acostumbrado a sentir en los últimos días.

—Chispa —responde ella, arrancando una de las páginas del cuaderno; acto seguido se levanta y cruza el salón hasta el lugar donde yo estoy sentada al piano.

La miro, con el corazón latiéndome sonoramente en el pecho, dando golpecitos con los dedos contra el muslo mientras resisto el impulso de estirar el brazo, de atraerla para que pueda verme, entenderme, mejor incluso de lo que ya hace.

—Pero ¿crees que podrías? —pregunta, sin percatarse de la agitación interna que me provoca—. ¿Sentir la chispa por él si te dejaras llevar? ¿Enamorarte de él si lo desearas?

—Creo que el deseo no tiene nada que ver —contesto, pues si hay algo que he aprendido los últimos días es eso—. No sé mucho del tema, pero como dijo Martha, creo que o lo sientes o no lo sientes. No es algo que atienda a razones.

Audrey frunce el entrecejo mientras lo piensa.

—A lo mejor algunas chispas llevan tiempo.

—Tal vez —convengo sin saber realmente lo que ella busca. Seguridad, quizá, en caso de que sus sentimientos por él se incrementen—. Aunque dudo mucho que esté dentro de lo posible con mi futuro marido.

Esas palabras son un recuerdo hiriente pero necesario de lo que me espera.

—Ya —asiente con la cabeza, vacilante, bajando la vista a la hoja arrancada del cuaderno de dibujo—. Yo... ejem...

Me la tiende y me dedica una sonrisa burlona.

—No lo pierdas —advierte.

En la hoja hay un retrato de ella, realizado a partir de su reflejo en la ventana del salón, dibujando con la cabeza gacha, con los mechones de pelo sueltos y todo.

Una sonrisa se dibuja en mi rostro cuando me fijo en que aparece representada con el extraño calzado que traía cuando llegó.

De repente se vuelve y sale del salón, y la puerta se cierra antes de que yo pueda decir: «No lo perderé». Quizá no está plenamente convencida de mis intenciones con respecto al señor Shepherd.

Apoyo el dibujo en el piano dejando escapar un suspiro. Es tan realista que alargo la mano para rozar los mechones sueltos deseando tener su piel bajo las puntas de los dedos en lugar de un papel.

Si me viese ahora, sabría que mis intenciones no podrían estar más alejadas del señor Shepherd.

Por la noche, mientras Martha me ayuda a desabotonarme el vestido y desatarme los cordones del corsé, la veo riéndose para sus adentros.

—¿Qué? —pregunto cuando nos cruzamos una mirada en el espejo, y ella se encoge de hombros.

—Me cae bastante bien esa Audrey —dice, mientras salgo del vestido. Martha vuelve a colocarlo en el armario del rincón y no dice nada hasta que cierra la puerta con un chasquido, la mano inmóvil en la madera—. La hace a usted… feliz.

—Supongo —concedo, esbozando una sonrisa—. Pero siempre estoy de mejor humor cuando mi padre está fuera.

—Naturalmente, pero… —Sus bondadosos ojos se arrugan y sus mejillas sonrosadas se elevan—. Es distinto, Lucy. Parece usted más abierta. Más animada. Más, bueno… como era antes…

«Antes».

Me clavo las uñas en las palmas de las manos al oír la frase inacabada; una parte de mí desprecia cuán ciertas son sus palabras porque, como el resto de mi libertad, es temporal. Sí, la amistad de Audrey me ha liberado, pero el momento en el que tendré que volver a encerrarme se acerca cada vez más conforme el número de la moneda de Audrey disminuye, y en lugar de prepararme para ello, cada día descubro que deseo más… otra cosa. Algo más que casarme con el señor Caldwell. Algo más que la vida que estoy destinada a llevar. Deseo una vida en la que pueda decidir, en la que tenga voz y voto, en la que pueda ir, hacer y ser quien me plazca. Una vida como la de Audrey.

Una vida con Audrey.

Inspiro hondo, oliendo el aroma a jazmín familiarmente reconfortante con el que Martha ha perfumado las habitaciones de esta casa desde que yo era un bebé, y trato de vivir el momento. Me doy cuenta de que al igual que perderé a Audrey, también la perderé a ella pronto. Y de ese descubrimiento se deriva el deseo de llenar los días que quedan del mayor número de vivencias posible para que su recuerdo me dure la vida entera.

23

AUDREY

27 de junio de 1812

A media tarde, después del té, Martha asoma la cabeza en el salón sonriendo de oreja a oreja como si fuese la mañana del día de Navidad.

—Paquete de la señorita Burton —grita, desplazando el peso de un pie al otro—. ¡El vestido para el baile, Lucy!

¿Por qué estoy tan emocionada?

Supongo que sin internet ni partidos de los Steelers ni clases, cualquier cosa aparte de dibujar o ensayar bailes con Lucy parece la noche de estreno de una película de Marvel.

Lucy sonríe, cierra el libro que está leyendo y se alisa la falda al levantarse.

—¿Ya está en mi habitación?

Martha asiente con la cabeza.

Ella le da las gracias y a continuación me hace un gesto despreocupado y dice:

—Audrey me ayudará a ponérmelo, ¿verdad?

—¿Yo? —suelto tosiendo, y por poco se me cae el lápiz que tengo en la mano mientras ella se arregla lánguidamente el pelo, semirrecogido en su cabeza, que me ha estado distrayendo durante buena parte del día.

—Supongo que sabes atar un simple cordón, ¿no? —dice Lucy, arqueando una ceja al tiempo que sale de la habitación.

Abandono el dibujo de la taza de té vacía que tengo delante y me voy corriendo a alcanzarla.

—Claro que sé hacerlo. Pero no estoy acostumbrada a estos nudos marineros tan apretados que te estrujan las costillas —murmuro, mientras subimos la escalera hacia su cuarto.

Lucy me dirige una sonrisa de diversión, que le devuelvo poniendo los ojos en blanco cuando entramos.

Sin embargo, apenas hemos cruzado el marco cuando las dos nos paramos en seco.

Hay un precioso vestido de baile azul celeste estirado sobre la cama, con un ancho y elegante escote en pico, intrincados bordados y una tela como una cascada reluciente. Parece salido de la escena del baile de Netherfield Park de *Orgullo y prejuicio*, que destaca en el mar de vestidos que envuelve a Darcy y a Elizabeth mientras los protagonistas rezuman desdén, atracción y posibilidades.

Suelto un tenue silbido.

—¿Te gusta? —pregunta Lucy, pero debe de ser una pregunta retórica.

Alargo la mano, levanto una esquina y desplazo la vista de esta a su cara.

—Combina perfectamente con tus ojos.

Ella asiente con la cabeza, contenta de que me haya fijado. «¿Cómo no iba a fijarme?».

—Creía que no me gustaría, pero viéndolo aquí, ahora… Es perfecto. —Señala la espalda del vestido que lleva puesto—. ¿Me ayudas…?

Suelto la tela y me aclaro la garganta.

—Claro. Sí. Por supuesto.

Lucy se vuelve, y me sitúo detrás de ella respirando hondo de forma entrecortada. Me tiembla la mano cuando la levanto. Entonces obligo a mis dedos a apartar con cuidado el cabello rubio de su cuello mientras mis ojos siguen el suave declive de sus hombros. Cuando desabrocho el primer botón y la tela cae y deja ver su piel suave, me empieza a latir con fuerza el corazón en el pecho, en la cabeza, incluso en las puntas de los dedos que la presionan con delicadeza.

Estar tan cerca de ella, tan cerca que noto la electricidad entre nosotras, tan cerca que su cálido aroma a lavanda me invade por completo, tan cerca que podría inclinarme hacia delante y mis labios le rozarían el cuello hace casi insoportable el impulso de reducir del todo la distancia entre nosotras.

«No puedes».

En lugar de eso, intento centrarme en desatar los cordones y aflojarlos hasta que el vestido cae suavemente al suelo hecho un bulto arrugado. Entonces Lucy se vuelve para mirarme, y no tengo nada en que centrarme aparte de ella. Me sostiene la mirada mientras sale despacio del vestido dando un paso hacia mí. Me roza ligeramente el pecho con el suyo, y nuestras manos se tocan; la sensación es tan suave, tan ligera, que prácticamente es un susurro.

Pero por dentro es como la lluvia antes de una tormenta.

Sin apartar los ojos, levanto el pesado vestido de la cama y la ayudo a ponérselo. Nuestras caras están tan cerca una de la otra que noto su aliento contra la mejilla, y la simple tentación hace que me maree. Me obligo a subirle la prenda por el cuerpo y sigo con la vista cómo lo deslizo con cuidado por sus piernas, sus caderas, su pecho, hasta que las puntas de mis dedos se desplazan sobre sus hombros y descienden al valle de su clavícula. A continuación bajo una mano a su cintura para hacer que se gire despacio hacia el espejo de cuerpo entero.

Le ato la espalda sin prisa. Cuando mi mirada se cruza con la suya en el espejo, la visión basta para dejarme sin el poco aliento que me queda.

—¿Qué tal estoy? —pregunta en voz baja, mientras un rubor asoma a sus mejillas.

—Preciosa —es lo único que logro decir, en un tono entrecortado y extraño.

A Lucy también debe de resultarle extraño porque carraspea e interrumpe el zumbido eléctrico entre nosotras apartándose, y se hace un tenso silencio.

Me doy una patada para mis adentros. Solo yo podría descubrir mi bisexualidad en 1812. Con una mujer que va a casarse dentro de poco.

—El señor Caldwell no podrá quitarte los ojos de encima —aclaro rápido, porque no quiero enrarecer más el ambiente entre nosotras—. Seguro que te propone matrimonio en cuanto te vea.

Ella asiente con la cabeza y se acerca al espejo levantando la mano para colocarse un mechón rebelde en su sitio.

—Hablando del tema, ¿estás lista para la cena de esta noche? —pregunto, tratando de cambiar de tema y actuar con normalidad.

—Más lista que nunca —murmura ella.

—Si quieres marcharte antes, entraré con mucho gusto y montaré un numerito. En cuarto armé la gorda. Estoy dispuesta a lanzar comida si hace falta.

Ella sonríe al oírlo, por fortuna la tensión disminuye un poco.

Llaman suavemente a la puerta, y Martha asoma la cabeza.

—Lucy, querida, el carruaje está casi listo para partir. Deberíamos empezar a vestirla.

—Bueno, será mejor que yo me…

Hago un gesto incómodo con la mano y me vuelvo para abandonar la habitación. Con movimientos casi mecánicos, rozo a Martha al pasar y salgo por la puerta.

«¿En serio, Audrey?». Vaya forma de mantener la calma.

Recorro inquieta los pasillos de Radcliffe, paso por delante de lujosas esculturas y camas con dosel, entro y salgo de habitaciones, viendo cómo la luz del exterior empieza a irse a cada paso y cada corredor, hasta que me encuentro con la pared de los retratos. Me detengo y estiro el cuello para mirar el retrato del padre de Lucy. Sus ojos fríos me observan con desaprobación, como diciendo: «¿Qué crees que estás haciendo?».

Le devuelvo la mirada deseando saberlo. Deseando regresar a casa en lugar de descubrirlo.

Pero también sin desear dejar a Lucy.

Cada momento que paso aquí con ella me siento bien. Como me pasaba con Charlie, pero al mismo tiempo... no. La sensación es igual en algunos aspectos, pero es como si la experimentase de otra forma. Como si estuviese descubriendo una parte nueva y desconocida pero excitante de mí misma.

Me hace ver las grietas de mi relación con Charlie. Las críticas un pelín demasiado duras. Cuando él insistía en que yo debía dejar los retratos que tanto me gustaba hacer para el cuaderno que guardaba debajo de la caja registradora, no para la solicitud de ingreso en la RISD. Cuando me dijo que debía abandonar el arte para siempre en el momento en el que él entró en dique seco.

Lucy hace que quiera volver a crear. Me anima a ello incluso cuando es difícil. Hace que quiera aprovechar todas las oportunidades que se me presentan, aunque ella nunca podrá hacerlo. No nos une el dibujo, pero de alguna forma ella entiende mejor mi arte de lo que Charlie lo entendió jamás. Me entiende mejor en general.

Cuando oigo que una puerta se cierra al final del pasillo, me dirijo a la ventana y veo que el vestido color melocotón de Lucy se pierde en el carruaje. Clavo la uña del pulgar en el borde de la moneda de veinticinco centavos al ver que se ha puesto el vestido que a él le gustaba. Me quedo mirando hasta que desaparece por completo envuelta en la columna de polvo que brota de detrás de las ruedas y los cascos de los caballos.

Entonces miro la puñetera moneda que me ha traído aquí.

«Quedan trece días».

Y pienso que es posible que me esté enamorando perdidamente de la única persona con la que no puedo estar.

24

LUCY

27 de junio de 1812

Siento que me falta el aire.

Me quito un guante y pego el dorso de mi fría mano contra la mejilla mientras el carruaje avanza por el camino irregular hacia la mansión del señor Caldwell y lejos de Audrey.

Cierro los párpados apretándolos tan fuerte que veo chispas de color, pero todos los colores crean formas. Sus ojos. Sus labios. Su nariz. La pequeña cicatriz apenas perceptible encima de su ceja derecha...

No.

La cara de mi padre la sustituye, severa y expectante.

—¿Qué me ha pasado? —murmuro, mientras tenso la mandíbula con fuerza y me vuelvo a poner el guante con un gesto dramático.

Por el amor de Dios, me dirijo a la mansión del señor Caldwell. Y aunque estoy disfrutando de los días de libertad que me quedan, tengo un objetivo que debe ser prioritario, del mismo modo que Audrey tiene el suyo con el señor Shepherd, Alexander y James.

O, al menos, mi padre tiene un objetivo que debe ser prioritario.

Un compromiso.

Y si juego mis cartas a la perfección, esta cena es la forma de conseguirlo antes del baile.

El carruaje se acerca a una enorme verja, y al mirar por la ventanilla mientras la cruzamos, veo realmente por primera vez la vida que estoy a punto de llevar. Observo cómo avanzamos junto a un muro de arbustos perfectamente cuidado que acaba dando paso a un patio con flores de colores vibrantes y una mansión tan alta que tengo que inclinar la cabeza hacia atrás para abarcarla toda.

El lacayo abre la portezuela del carruaje y me hace subir por los escalones de piedra, y la puerta bañada del fulgor anaranjado de los faroles se abre.

—Bienvenida, señorita Sinclair —dice el ama de llaves a modo de saludo, dedicándome una sucinta reverencia, sin un asomo de la cordialidad de Martha en sus ojos.

La sigo por el pasillo sabiendo que Audrey se quedaría mirando boquiabierta los suelos arlequinados blancos y negros, la pintura del techo, tan bonita que podría pasar por un trozo de la Capilla Sixtina, pero yo me sorprendo preguntándome cómo sería levantar la vista y ver algo creado por Audrey, algo nuevo, distinto y totalmente fuera de lo común.

Cuando las puertas del salón se abren, el señor Caldwell y su hermana pequeña, Anne, se levantan para recibirme de los elegantes y ornamentados muebles de terciopelo rojo con ribetes de oro en los que están sentados. Se parecen mucho, los dos con la piel casi translúcida, el pelo de un castaño sin brillo y una nariz fina y puntiaguda. Lo único que los diferencia claramente es su estatura. Mientras que el señor Caldwell es alto y delgado, Anne es todavía más baja que yo, aunque solo un año menor. Es probable que esté deseando volver a Londres y alejarse del campo, donde posiblemente una pareja aguarde su regreso. Tal vez por eso parece que se disgusta tanto al verme.

A pesar del dinero que tienen, me sorprende ver que Anne lleva un vestido bastante sencillo, casi austero. El único indicio de que comparte la riqueza de la familia es el enorme collar con piedras preciosas que cuelga de su cuello, que parece que pese tanto como Moby.

—Señor Caldwell, señorita Caldwell —digo, dedicando una reverencia a cada uno mientras Anne me mira por encima de las gafas, con la boca apretada en una línea crítica—. Muchas gracias por la invitación. Tienen una mansión muy bonita.

—La casa de Londres es mucho mejor —contesta Anne, entornando los ojos azules.

—No lo dudo —asevero, y al menos el señor Caldwell parece bastante contento de que le haya dedicado algo parecido a un cumplido.

—Veo que trae el vestido color melocotón, como le aconsejé —observa el señor Caldwell con una sonrisa de satisfacción mientras me ofrece el brazo, y nos conduce a los tres a la cena cuando suena una campana—. Una decisión muy acertada. Le sienta muy bien.

—Sí, lo... prefiero al verde —afirmo.

Sabiendo lo que se espera de mí en esta cena, he pensado que traerlo favorecería mi causa, pero me cuesta más mentir que de costumbre.

Cuando me siento en la silla, echo un vistazo rápido al comedor tratando de asimilarlo todo para calmarme. Como era de esperar, es muy grande, con la pared llena de cuadros y una araña de luces colgada a gran altura por encima de nosotros.

—Bueno —dice la señorita Caldwell cuando traen el primer plato, una sopa blanca que huele de maravilla. Por lo menos parece que la comida será digna de mención—. Mi hermano me ha dicho que asistió usted al baile de la sala de juntas el fin de semana pasado.

Asiento con la cabeza y bebo educadamente un sorbo de vino, haciendo todo lo posible por no prestar atención al desdén de su cara.

—Así es, señorita Caldwell. Mi querido primo, el coronel Alexander Finch, estaba en la ciudad e insistió en que asistiéramos.

—Qué… encantador. Nosotros no nos dejaríamos ver nunca en un baile campestre como ese, ¿verdad? No sé qué opinar de su primo si tanto le gusta asistir a esos actos —comenta, y ella y su hermano se cruzan una presuntuosa mirada de diversión—. Es tan…

—Sí, su hermano ya lo dijo… —replico, mientras pruebo un poco de sopa por un lado de la cuchara, un caldo tibio y delicioso, nada que ver con la conversación hasta el momento. Intento tragarme la ira acumulada con el caldo, sobre todo ante el menosprecio de ella por Alexander, mientras continúo—: Supongo que el hijo de un vizconde puede hacer lo que le place. Incluso asistir a un baile campestre si lo considera digno de su tiempo.

Ella arquea las cejas sorprendida de mi agravio mal disimulado o de la confesión de la ascendencia de mi primo, pero el señor Caldwell vuelve a desviar nuestra atención a él.

—¿Le gusta bailar, señorita Sinclair? Si mal no recuerdo, no le agradaba especialmente en la mansión de los Blackmore hace unos meses.

—Para serle franca, prefiero leer un buen libro o tocar el piano —reconozco sinceramente esta vez, y los dos asienten con la cabeza.

—Debe tocar para Anne en algún momento —dice el señor Caldwell, señalando el pasillo con su mano huesuda—. Tenemos un Broadwood exquisito en el salón que a ella le gusta mucho. Es una virtuosa del instrumento. Tal vez podría darle algún consejo.

Anne me dirige una sonrisa desafiante mientras la ira acumulada dentro de mí empieza a bullir poco a poco. Aprieto los dientes forzando una sonrisa.

—Oh, sería maravilloso. Seguro que puedo aprender mucho de ella.

Pasamos al segundo plato, una impresionante selección de pudin, cordero, bistecs y verdura. El señor Caldwell no ha escatimado en gastos, pero yo solo puedo pensar en que por suerte nos queda un plato menos para terminar.

Centro la atención en él, que nos sirve amable y cuidadosamente un poco de todo a su hermana y a mí.

—¿Con qué frecuencia visita Londres, señor Caldwell? ¿Va mucho allí por negocios?

Él me da mi plato.

—Sí. Los dos pasamos mucho tiempo allí, menos los meses de más calor.

«Londres». «Los dos».

Yo he estado muchas veces, pero pasar la mayor parte del tiempo con personas a las que apenas soporto, lejos de Grace, lejos de la ciudad que tan bien conozco, hace que se me revuelva el estómago.

Viajaría por el mundo con la persona adecuada, pero desde luego el señor Caldwell no lo es. Y preferiría quedarme y mantener mis pequeñas parcelas de libertad cuando él está de viaje de negocios.

—Dicen que el aire del campo es muy refrescante —tercia la señorita Caldwell, aunque nada en la expresión de ninguno de los dos hace pensar que así lo creen—. Aunque la compañía…

—Es encantadora —digo, mientras tomo pequeños bocados de la comida, intentando acallar la ofensa que ella se disponía a pronunciar.

Me está costando cada vez más mantener la compostura y superar las nada sutiles pruebas de ella. Me fijo desde el otro lado de la mesa en que incluso se empeña en tomar porciones más pequeñas que yo, unos bocados que apenas se clavan en los dientes del tenedor.

Aprieto los labios para contener la risa, deseando poder contar...

—No como la señorita Cameron —asevera el señor Caldwell, como si me hubiese leído el pensamiento, cosa que me sorprende—. La muchacha que asistió a la cena en casa del señor Shepherd la semana pasada.

Lo miro, esperando con los cubiertos quietos a que él termine.

—Me pregunto de qué conoce usted exactamente a una... —Mira a su hermana dirigiéndole una sonrisa de diversión— persona tan poco civilizada.

Sus insultos normalmente velados son proferidos ahora sin ningún reparo.

Los dos ríen echando la cabeza hacia atrás, y se me ponen las puntas de los dedos blancas de apretar el tenedor mientras mi ira se desborda.

—Es una buena amiga mía que se está esforzando por vivir en un mundo muy distinto de donde ella se crio —declaro, manteniendo el tono de voz sereno al tiempo que dejo los cubiertos con cuidado—. Tal vez debería reconsiderar lo que significa ser una persona poco civilizada, pues a veces me doy cuenta de que, aun teniendo una gran riqueza, ese tipo de personas podría estar cenando en esta mesa en este preciso instante.

No puedo creer lo que acabo de decir.

Me muerdo el interior de la mejilla, presa del pánico, sabiendo que es posible que esas palabras hayan echado por tierra cualquier posible perspectiva de matrimonio entre el señor Caldwell y yo. Y la perspectiva de lo que me pasará por ese motivo es aterradora.

—Interesante —dice el señor Caldwell, mientras yo me pongo tensa, esperando a que me echen de la sala y de la casa, con las airadas palabras de mi padre resonando ya en los oídos.

Será mi ruina. De los dos.

«¿Qué he hecho?».

Me preparo cuando él apunta con el tenedor en dirección a mí y habla:

—¿Sabe…? Puede que tenga razón. Incluso entre la clase alta, cada vez cuesta más encontrar personas tan distinguidas y bien educadas como nosotros, ¿verdad?

La señorita Caldwell asiente con la cabeza; por lo visto, los dos son demasiado orgullosos para imaginar que puedo estar hablando de ellos.

Espiro poco a poco, y me invade una oleada de alivio.

«Alivio». No soporto estar sintiendo eso ahora mismo por no haber estropeado un matrimonio que ni siquiera deseo. Por no arruinar la vida a mi padre cuando él pretende arruinármela a mí.

—Es una lástima a lo que ha llegado la sociedad —coincide ella, mientras recogen la mesa y traen el postre.

La conversación ha derribado todas las barreras que había levantado en mi mente desde que llegué por la tarde, y lo único en lo que puedo pensar es en volver.

Pero ¿volver adónde exactamente? ¿Con Audrey? ¿A casa? Las dos desaparecerán dentro de poco, y entonces este será mi hogar. Mi futuro. Estar sentada a una mesa en Londres con el señor Caldwell pontificando cientos de noches como esta.

Permanezco callada y en actitud respetuosa el resto de la cena después de una idea tan deprimente, sin disfrutar siquiera del sorbete, pese a ser un manjar caro y delicioso.

Después nos retiramos al salón para tomar el té, y empiezo a contar los minutos que faltan hasta que pueda marcharme.

Sin embargo, parece que la cena no era más que el preludio de lo que estaba por llegar, pues pronto tanto Anne como el señor Caldwell me empiezan a interrogar exhaustivamente sobre mis conocimientos.

Y... actúo. Como siempre he hecho. Como se espera que haga.

—Anne habla cuatro idiomas —afirma el señor Caldwell enderezando la espalda con orgullo.

—Ah —asiento, bebiendo un sorbo de té—. ¿Qué cuatro idiomas?

—Francés, italiano, alemán para cantar e inglés, naturalmente.

—Como yo —digo, poniendo la taza con cuidado en el platillo a juego—. Luego aprendí también latín por si acaso.

El señor Caldwell sonríe, pero Anne arruga el entrecejo. Sus dos gestos se contrarrestan, una constante en cómo se desarrolla básicamente la escena.

Hablan de los sermones de Fordyce, de filosofía e incluso de aritmética, y me hacen una serie de preguntas. Me defiendo bien pero no demasiado. Meto la pata en mitología para tranquilizar a Anne, que interviene orgullosamente para corregirme, y el señor Caldwell frunce el ceño. Pero una respuesta ganadora sobre los sermones es recibida con la aprobación de él y el desdén de ella. El equilibrio entre impresionarlo a él y apaciguar el enorme ego de ella es más que delicado.

La propuesta de tocar el piano llega mucho antes de lo esperado, y después de que Anne toque un concierto bonito pero bastante simple, cruzo la estancia y la sustituyo.

Esta vez no me equivoco en ninguna nota a propósito. No trato de evitar lo inevitable. Mis dedos sobrevuelan rápido las teclas mientras toco «Les Adieux», de Beethoven, encauzando mis caóticas emociones en la música.

«La despedida».

Qué adecuado. Echo un vistazo a la sala al tiempo que toco y veo al señor Caldwell dando vueltas a mi alrededor como un halcón, buscando cosas que criticar o suprimir. Intento volver a guardar en una pulcra cajita todas las partes de mi persona que han florecido en el breve periodo desde que Audrey llegó, y me doy cuenta de lo difícil que será fingir que no han existido.

—Tan bien educada como hermosa —dice el señor Caldwell con decisión cuando suenan las últimas notas.

Me envuelve los hombros con los dedos con determinación, como si me reclamase, como si ya fuese su esposa. Aun habiendo sido vencida, Anne sabe que no debe cuestionar a su hermano y asiente con la cabeza, las pruebas a las que me han sometido claramente superadas.

Tengo ganas de vomitar.

Mi único consuelo es que como parece que él ya ha tomado la decisión, la noche por fin ha concluido, y me acompaña a mi carruaje. Prácticamente mi cuerpo entero se convulsiona cuando se inclina y se acerca tanto a mí que le veo el bigote incipiente sobre el labio superior, y comprendo horrorizada que trata de besarme.

Giro rápido la cabeza a un lado cerrando los puños.

—Señor Caldwell. Sería muy indecoroso.

—Conque espera una proposición, ¿eh? —dice él, con una sonrisa maliciosa. Suelto una exhalación de alivio cuando se aparta asintiendo con la cabeza—. Muy bien. —Me tiende la mano y me ayuda a subir al carruaje—. Estoy deseando acompañarla al baile, señorita Sinclair —añade, lanzándome lo que supongo que considera una mirada insinuante.

—Lo mismo digo, señor Caldwell —miento, y el corazón me late con fuerza cuando el carruaje empieza a moverse y me aleja por fin de allí, de vuelta con ella.

Me quito los guantes, y un suspiro de frustración se me

escapa de los labios al percatarme de que acabo de condenarme a un futuro mucho más desagradable de lo que me imaginaba y de poner la fecha de vencimiento a estas últimas semanas de libertad.

25

AUDREY

27 de junio de 1812

Resulta curioso que aterrizar en 1812 no me haya hecho volverme loca, pero ¿esto?

Esto sí.

Ella sí.

Echo el cuaderno de dibujo a un lado, con la hoja llena de imágenes de Lucy con el precioso vestido de baile que le he ayudado a ponerse, porque, qué se le va a hacer, pierdo los estribos.

Después de dar vueltas y vueltas, me detengo delante de la ventana contemplando los prados de Radcliffe. No me he sentido así desde la primera noche.

Atrapada.

En esta casa, en esta época, sí. Pero ahora también cada vez más atrapada en mis sentimientos cada segundo que pasa. Dejo escapar un largo gemido y me paso los dedos por el pelo al salir finalmente del salón. Después de cruzar la puerta principal y bajar los escalones de la entrada, mis pies me llevan a través de la hierba hasta las cuadras una vez más.

En cuanto entro, la cabeza rubia de James asoma de una de las casillas, donde se encuentra cepillando la crin de Henry. Una sonrisa burlona le tira de las comisuras de la boca.

Me apunta con el cepillo arqueando las cejas.

—¿Vienes a hablar con Moby otra vez?

Observo al caballo negro del rincón, que suelta un exagerado bufido mientras mastica heno, claramente harto de mí y mis desvaríos.

—No. Solo necesitaba tomar el aire.

—¿Te preocupa algo?

—No.

James me mira entornando los ojos pero no dice nada.

—Pues yo tengo que limpiar todas las casillas e ir a buscar más heno y forraje para los caballos mañana, así que eso es lo que me preocupa a mí, por si te interesa —me informa, volviendo a cepillar la crin de Henry.

—No parece muy divertido.

—No lo es —admite él—. Por suerte, el señor Sinclair tiene dos caballos en Londres con él ahora, así que eso aligera un poco la carga.

—¿Puedo ayudarte en algo?

—¿Tú? ¿Ayudar en las cuadras? —Se detiene con el cepillo en el aire mirándome asombrado—. Estados Unidos es muy distinto, ¿verdad?

—No te lo imaginas —murmuro.

Me miro las manos hurgándome la uña del pulgar y mordiéndome el labio.

Me pregunto cómo estará yendo la cena. ¿Estará siendo de lo más antipático el señor Caldwell? Probablemente. Para ser sincera, no sé si deseo que vaya bien o mal. Si va bien, entonces...

James se aclara la garganta e interrumpe mis pensamientos.

—Evidentemente, no te preocupa nada, pero si quieres contárselo a alguien —comenta, con una mirada cómplice—, estoy aquí.

Y, por algún motivo, eso me anima a hablar.

—Creo que es posible que haya… —empiezo, pero me detengo, pues me aterra decir parte de la verdad en voz alta. Como si fuese a hacerse realidad y después no hubiese vuelta atrás.

Aunque no estoy segura de que en verdad quiera que haya vuelta atrás.

Sí, claro que quiero regresar a casa, pero me he pasado años desatendiendo esta parte de mí misma, acallándola, fingiendo que no existía, sin saber que estaba renunciando a la oportunidad de sentir esto. Y no quiero reprimir más lo que siento.

De modo que me lanzo al agua, y el estómago me sube a la garganta como si estuviese cayendo por una montaña rusa en Cedar Point.

—Creo que es posible que haya empezado a sentir algo por alguien.

—Ooooh, vaya, qué interesante —exclama James, sacando la cabeza por la casilla. A continuación, lanza el cepillo a una mesa gastada antes de subirse en ella de un salto. Cuando da unos golpecitos en el espacio situado a su lado, me acerco y me siento—. ¿Se trata del señor Shepherd? ¿O de alguien que conociste en el baile?

—No, es… —Gimo y me froto la cara, sin saber qué debo decir exactamente—. Es alguien por quien no esperaba sentir algo. Una amistad.

—¿Tan malo es? —pregunta él, y al asomarme entre los dedos veo que su expresión se vuelve curiosa—. ¿Sentir algo por un amigo?

—Sí —afirmo sin dudar, pero luego me detengo—. O en este caso, supongo.

En esta época.

—No me lo esperaba para nada. Y la otra persona no siente lo mismo. A ver… simplemente… no podría —digo.

El mero hecho de hablar del tema hace que sienta lo imposible que es.

—¿Y eso por qué?

—Sería… no sé. Un escándalo, supongo. No creo ni que me considerara una opción. Como soy, ejem… —titubeo— de Estados Unidos.

Sin embargo, en el fondo me gustaría que Lucy pudiese hacerlo. Que lo haga. No es que no hubiese personas *queer* en el siglo XIX. A ver, he leído los poemas de Emily Dickinson.

Me cruzo de brazos y me reclino en la pared con el ceño fruncido.

James me imita y me choca el hombro con el suyo. Los dos nos quedamos en silencio un largo rato antes de que él deje escapar un largo suspiro, encogiéndose de hombros.

—Mira, yo no sé nada, Audrey. No formo parte de la alta sociedad, pero te puedo decir una cosa. Mi hermano mayor se enamoró de la hija de un duque, y los dos escaparon juntos. ¿Quieres hablar de escándalo? Ese fue enorme. Sacudió a la sociedad de Londres durante por lo menos dos temporadas.

Giro la cabeza para mirarlo sonriendo.

—¿Es tan guapo como tú?

Ríe, dirigiéndome una sonrisa burlona.

—¡Todavía más, aunque no te lo creas! —Acto seguido, sacudiendo la cabeza, continúa—: Nadie creía que durarían. Hasta mis padres pensaban que ella volvería corriendo a su casa maldiciendo el nombre de mi hermano antes de que pasara un mes. Pero tres hijos más tarde, con una casa sencilla en la costa y contra viento y marea, no he visto pareja más feliz ni más enamorada. A veces, creo, al amor (el amor verdadero) no le importa lo que es correcto ni lo que piensan los demás. Te pilla cuando menos te lo esperas, donde menos te lo esperas —declara.

Me quedo inmóvil; sus palabras me hacen pensar en las del señor Montgomery antes de que todo esto empezase.

Él me dijo algo como: «¡El amor verdadero podría estar a la vuelta de la esquina!» antes de lanzarme una moneda que me mandó a la vuelta de una esquina inesperada en el tiempo, adonde ahora estoy.

Y tal vez el amor estaba a la vuelta de la esquina.

Pienso en el momento que he vivido con Lucy hoy en su habitación. Sus ojos clavados en los míos a medida que se acercaba, las puntas de nuestros dedos cuando se rozaron ligeramente y, contra todo pronóstico, siento que ese pequeño rayo de esperanza brilla más intensamente.

Tal vez él me mandó aquí porque, a pesar de todo… ella podía sentir lo mismo.

Tal vez Lucy ha sido la respuesta desde el principio.

26

LUCY

27 de junio de 1812

Esa noche, tumbada en la cama al lado de Audrey, noto el cuerpo entero... totalmente despierto.

—Su hermana parece tan horrible como él —dice después de que le relate mi experiencia, curvando la boca hacia abajo en una mueca—. Preferiría que Martha me hiciera oler sales aromáticas y luego me tirara por la ventana de un segundo piso antes de ir a cenar con cualquiera de ellos.

—Yo soportaría algo peor —reconozco, con una sonrisa dibujada en los labios—. Pero les he dicho: «Tal vez debería reconsiderar lo que significa ser una persona poco civilizada, pues a veces me doy cuenta de que, aun teniendo una gran riqueza, ese tipo de persona podría estar cenando en esta mesa en este preciso instante».

Audrey gira la cabeza para mirarme, sonriendo, con los ojos muy abiertos.

—No me lo creo.

—De verdad. —Me río por lo bajo y dejo escapar una larga exhalación, sorprendida aún de mí misma—. Aunque son demasiado orgullosos para plantearse que hablaba de ellos.

—Hala —exclama ella, asintiendo con la cabeza, impresionada—. Qué cañera, Lucy Sinclair.

Noto un calor en las entrañas al oír su elogio: «cañera», una palabra cuyo significado aprendí hace solo unos días.

—Aunque la verdad es que la comida estaba muy buena.

Audrey resopla, pero las dos nos quedamos calladas.

—Yo he ido a dar un paseo mientras estabas fuera —comenta finalmente, con la vista centrada en el techo—. A las cuadras, a hablar con James.

Procuro no hacer caso de los ligeros celos que noto en la boca del estómago mientras ella continúa:

—Me ha hablado de su hermano mayor. El que huyó con la hija del duque.

Muevo la cabeza melancólicamente.

—A mi madre le encantaba esa historia. Se pasó el otoño siguiente recopilando todos los chismes que pudo. Era toda una romántica. Siempre me llenaba la cabeza de palabrería sobre el amor y me decía que estaba destinada a un romance tan maravilloso como el suyo. Como los romances de los que ella leía pero que nunca logró vivir.

Audrey se queda en silencio un largo rato, entornando los ojos ligeramente pensativa.

—¿Y si estuvieras destinada a eso?

«No lo estoy», debería decir, por muchos motivos.

Pero mi corazón me lleva la contraria.

Contengo la respiración observando la luz de la vela que parpadea en el techo, retorciendo los dedos como siempre contra el camisón y formando un puño mientras deseo que mi boca forme palabras. Que diga algo.

—¿Has estado…? —empiezo a decir, y cuando Audrey gira la cabeza para mirarme, su pelo emite un susurro contra la tela de la almohada—. ¿Has estado alguna vez enamorada?

—Sí —reconoce ella mientras sigo mirando el techo.

—¿Cómo es? —pregunto, tratando de mantener un tono firme. Me sale poco más que un susurro.

Ella deja escapar un largo suspiro, se da la vuelta y se pone de cara a mí. El corazón me da un vuelco por lo cerca que está, aunque hemos pasado las últimas doce noches así.

—Se llamaba Charlie. Iba un curso por encima de mí en el instituto. Éramos amigos y luego, bueno... fuimos algo más.

Aflojo los dedos y me doy la vuelta para mirarla, estudiando la extraña tristeza de su rostro, los ojos un poquito vidriosos y la boca curvada hacia abajo en las comisuras.

—Él era muy guay y... estaba muy bueno —prosigue, y me hace reír—. También era artista, siempre con un pequeño cuaderno de dibujo metido en el bolsillo trasero y un lado de la mano manchado de tinta. Eso nos unió mucho, desde la primera semana que nos conocimos. Creo que antes de llegar aquí, eso era lo que más echaba de menos. Más que a él, en realidad. Tener a alguien con quien me sentía muy profundamente unida, que sabía vernos y entendernos de verdad a mi arte y a mí.

Sé lo que es eso.

—Pero él dejó de verme. O supongo que, en cierto modo, nunca me supo ver realmente. No todo lo que soy. Empezó a disuadirme de que hiciera retratos y dibujos de personas, y a presionarme para que desligara mi estilo de la gente. Para que lo hiciera más moderno, más abstracto, de manera que fuera más peculiar y vistoso en una solicitud de ingreso. Y luego, cuando no entró en la escuela de Bellas Artes, me dijo que dejara el arte para siempre.

—¿Que hizo qué?

—Lo que oyes —contesta, asintiendo con la cabeza—. He empezado a preguntarme si alguna vez me quiso realmente.

Me observa con la mirada fija. Segura.

—En fin —dice parpadeando, y se aclara la garganta para continuar—: Se fue a la universidad y me dio pasaporte cuando volvió a casa unos meses más tarde.

—¿Te dio pasaporte…?

Frunzo el entrecejo.

—Rompió conmigo. Terminó nuestro… noviazgo —aclara, con la mirada perdida por encima de mi hombro, absorta en algún lugar del pasado.

O del futuro, supongo.

—Entonces yo, bueno, me arriesgué y presenté la solicitud de ingreso en la escuela. Y me pusieron en la lista de espera. Eso es lo que había de fondo cuando dije que no podía dibujar. Las dos cosas me afectaron tanto que durante meses abría el cuaderno y me lo quedaba mirando, con el lápiz encima de la hoja en blanco, durante horas. Y nada me ayudaba. Ni visitar museos de arte ni dar paseos en bici por Pittsburgh ni utilizar los lápices nuevos del señor Montgomery. —Desvía la vista para volver a mirarme a los ojos, brillantes a la luz de la vela—. Hasta que vine aquí, contigo. Gracias a ti, de hecho, me siento yo misma como puede que no me haya sentido nunca.

Me descompongo al oír sus palabras.

O me recompongo por fin en algo, formado de esperanza, anhelo y deseo.

—¿Alguna vez has…?

Trago saliva luchando por recobrar el dominio de mí misma. Si puedo aguantar una velada con el señor Caldwell y su hermana, si puedo pasar el resto de mi vida convertida en su esposa, tal vez pueda armarme de valor para hacer algo por mí misma. Aunque solo sea hacer una simple pregunta. Aunque lo que en el fondo deseo, que mi nombre salga de sus labios, es imposible que sea su respuesta.

—¿Has sentido algo por alguien más?

Como ella no dice nada durante un largo rato, me embarga un extraño miedo por haberlo preguntado y se me eriza el vello de la nuca de inquietud.

Río, y añado rápidamente:

—¿O lo sientes? Con hombres como Alexander y James, seguro que debes de…

Se me quiebra la voz, pero Audrey me sostiene la mirada, con la cara muy cerca y al mismo tiempo increíblemente lejos en aspectos que no son el físico.

—Yo… —empieza a decir, más prudente, más vulnerable que nunca—. Creo que puede que me enamorara un poquito de mi mejor amiga de la infancia, Leah, pero ella y su familia se mudaron a Carolina del Norte poco antes de que empezara la secundaria.

«Ella».

No se me ocurre preguntarle qué es la secundaria ni cómo perdieron el contacto ni ninguna otra cosa.

Me retumba el pulso de ansiedad por lo que esa palabra podría significar.

—¿Has sentido algo por… una chica?

—Sí. Creo que también he tenido flechazos con chicas, no solo con chicos. Desde siempre. Mi profesora de dibujo de la escuela primaria, una universitaria supermolona que solía venir a la tienda cada día a por café y cigarrillos, incluso Aubrey Plaza. Pero supongo… supongo que nunca he hecho nada ni me he molestado en ver adónde podían llevar esos sentimientos. —Sus ojos recorren mi cara, estudiando cada rasgo, como si buscasen algo—. No sé por qué no lo he hecho. A lo mejor me daba miedo o… no me parecía un buen momento o… no sé. Creo que me era más fácil evitarlo del todo, o como mínimo intentarlo. Como si fuera un riesgo que no estaba dispuesta a correr. Y cuando me enamoré de Charlie, me pareció que en cierto modo ya no era necesario.

«Miedo».

Es lo que siento yo ahora, junto con el deseo, la parte de mí misma que descubro en sus palabras, hermosas y terribles al mismo tiempo. Muchos momentos cobran sentido de repente de una forma que no me había ocurrido nunca. Cuando leía novelas románticas y experimentaba instantes fugaces de incertidumbre acerca de qué personaje quería ser, el pretendiente o la heroína romántica, pensando que simplemente tenía que ver con la libertad del varón cuando estaba claro que se trataba de algo más. No sentir nada por hombres objetivamente apuestos como el señor Shepherd o James pero apreciar y percibir la belleza de una mujer que pasaba con un vestido suelto, o que danzaba en un baile, o que me sostenía la mirada en una conversación. Sentimientos que pensaba que no debía sentir. Sentimientos que pensaba que ninguna otra persona podría entender.

—¿Eso está permitido? ¿Es eso lo que te daba miedo? —pregunto, mientras lo asimilo.

—Bueno, en el futuro, de donde vengo, mis padres siempre me han enseñado que la gente puede querer a quien le dé la gana —contesta en voz queda, y se me revuelve el estómago, me sube a la garganta, me baja de golpe y se estrella. Ella sacude la cabeza—. Pero todavía hay gente que no piensa así, ni siquiera en 2023. Así que, sí, puede que me diera un poco de miedo. Sin que fuera del todo consciente.

Siento que el pequeño rayo de esperanza que yo tenía se apaga.

Aunque, milagrosamente, ella hubiese dicho que sentía algo por mí, no soy del futuro.

Soy de aquí. Del presente. Mi presente. Donde una persona no puede querer a quien le dé la gana, aunque esa persona sea un hombre. Donde hay señores Caldwell y normas de conducta y padres a los que obedecer, por mucho que finja que puedo huir de todo con unas semanas de descontrol.

Donde esto, una cosa tan terrible que ni puedo expresar con palabras, simplemente no ocurre porque…

—Aquí, en 1812 —digo en un tono bajo, exponiendo mi problema en voz alta, movida por la amargura—, eso se considera aberrante.

Noto que el cuerpo de Audrey se pone rígido al oír mis palabras; una puerta que se cierra antes de que pueda estirar el brazo para impedirlo. Oigo que han salido de mis labios y casi de inmediato deseo no haber reaccionado.

—Sí, bueno, tú no tienes aire acondicionado ni tuberías modernas, así que a lo mejor te conviene replantearte lo que es aberrante —replica ella antes de darse la vuelta, y sus palabras me recuerdan las que he pronunciado por la tarde mientras los Caldwell despotricaban sobre lo indecorosos que eran los bailes de la sala de juntas y la gente que asistía a ellos.

Yo he hecho lo mismo. Me he mostrado igual de despectiva. Igual de crítica.

Instintivamente, alargo la mano para tocarle el hombro, para decirle que lo siento, que no es lo que pienso, que en realidad sé lo que siente, pero me doy cuenta de que eso no cambiaría nada. Ella va a regresar a una época en la que eso es posible, pero yo no. No puedo olvidarlo. Ya no.

Aprieto la mandíbula y aparto la mano flexionando los dedos contra la palma mientras me doy la vuelta, perfectamente consciente de que ya es hora de que ponga fin a lo que siento.

27

AUDREY

28 de junio-2 de julio de 1812

Bueno, se acabó.

He sacado a colación el flechazo que tuve con Leah Chapman para ver cómo reaccionaba ella. Para ver si podía haber algo entre nosotras, o si me estaba engañando a mí misma.

Y parece que he errado tanto el tiro que he lanzado la pelota fuera del estadio.

¿Lo ve, señor Montgomery? Por eso no corro riesgos. Merece la pena quedarte en tu sitio.

No hago caso a Lucy durante la mayor parte del día siguiente y el otro, respondiéndole con una o dos palabras y fingiendo que no veo las miradas de perplejidad que me lanza desde el otro lado de la habitación.

—¿Te apetece té? ¿O café? —pregunta durante el desayuno para romper el incómodo silencio.

—No.

—Estaba pensando en ir a dar un paseo más tarde, si te apetece acompañarme... —dice en el salón antes de comer.

—No me apetece.

—¿Quieres venir conmigo a comprar un libro a la librería? —me consulta después de que terminemos de comer y volvamos al salón.

—No, gracias —contesto, encorvada ya sobre el cuaderno de dibujo, apartándome ligeramente de ella.

Incluso intenta tocar unos cuantos compases de «I Wanna Dance with Somebody» al piano, pero me niego a dejar de garabatear. Sé que probablemente no sea grave, pero no paro de pensar en lo que ella dijo.

«Aberrante».

A ver, ¿de todas las palabras que podría haber usado, usó esa?

La música se interrumpe finalmente, y ella deja escapar una larga exhalación de aire.

—Escucha, Audrey... —empieza a decir, y el corazón me salta del pecho cuando nuestras miradas se cruzan por primera vez en todo el día.

Pero justo entonces, llaman a la puerta del salón, y Martha asoma la cabeza.

—El señor Shepherd ha venido a verlas —anuncia, y no podría alegrarme más de ver otro par de ojos azules brillantes cruzando el umbral.

—Señorita Sinclair, señorita Cameron —dice, con una amplia sonrisa, mientras se quita el sombrero inclinándose ante nosotras.

Lucy se endereza y se transforma en otra persona con tal rapidez que resulta casi desconcertante.

—Señor Shepherd, ¿cómo le va esta agradable tarde?

«Agradable». Resisto las ganas de soltar un bufido.

—Muy bien, gracias —responde él desviando la mirada hacia mí. Carraspea nervioso—. Me preguntaba si la señorita Cameron me haría el honor de acompañarme a los jardines. Le estaría muy agradecido.

—Me encantaría —contesto, echando a un lado el cuaderno nuevamente en blanco, pues he estado resistiendo las ganas de dibujar a Lucy durante la mayor parte del día.

No veo el momento de largarme de esta sala y alejarme lo máximo posible de ella y de lo que iba a decir.

Estoy saliendo por la puerta cuando me fijo en que él no me sigue.

—¿Qué?

—Necesitamos acompañante, como es natural —comenta él, desviando otra vez la vista al salón para mirar a Lucy—. Si no le importa, señorita Sinclair.

Estupendo. «Claro que nos importa».

Oigo que Lucy deja escapar un grosero suspiro impropio de ella y no puedo evitar girar la cabeza hacia atrás para mirarla.

—Si no es mucha molestia, claro —añade rápido el señor Shepherd, y Lucy se refrena y fuerza una sonrisa.

—¡No, no! Precisamente estaba diciéndole a la señorita Cameron que me apetecía ir a dar un paseo. Qué casualidad más maravillosa —replica, acercándose para acompañarnos—. Ella ha declinado mi invitación, pero el ofrecimiento debe de ser mucho más tentador viniendo de una compañía más apetecible.

El señor Shepherd sonríe al oírlo, confundiendo el enrojecimiento de mis mejillas con vergüenza coqueta y no con la ira que siento.

—Bueno —digo, devolviéndole la sonrisa—. Desde luego él no me parece aberrante.

Lucy se pone tensa cuando el señor Shepherd me ofrece el brazo, y paso la mano por él mientras los dos —bueno, los tres— salimos por la puerta principal y bajamos los escalones de la entrada, hasta que acabamos andando despacio hacia el centelleante estanque situado un poco más allá de las cuadras.

—¿Le ha ido todo bien, señorita Cameron? —pregunta, y asiento con la cabeza, como cuando una miente.

—Nunca he estado mejor —contesto con falso entusiasmo, lo bastante alto para que Lucy lo oiga—. ¿Y usted?

—Me parece que, en este momento, usted comparte mi sentir.

A cada paso que damos, cada vez más lejos de Radcliffe, con las faldas de Lucy emitiendo un susurro detrás de nosotros, me siento más y más frustrada. Pero también más decidida. El plan original vuelve a estar en marcha. Para volver a casa y largarme de aquí.

No tengo a uno, ni a dos, sino a tres caballeros de lo más encantadores a los que una posible relación conmigo no les parece repulsiva. Así que no pienso suspirar por alguien a quien sí se lo parece durante los próximos once días.

—¿Qué le está pareciendo Whitton Park? —pregunto, esperando en el fondo que ya se haya aburrido de él y del campo.

Tal vez si es el caso, él se animaría, no sé, a viajar doscientos años en el tiempo al futuro.

Eso suponiendo que exista alguna escapatoria, que más vale que sea así.

—Me gusta mucho —declara, entornando los ojos pensativamente—. Mis padres fallecieron de repente en un incendio cuando yo era niño, y pasé mucho tiempo en el internado o en Londres con mi tío hasta que fui mayor de edad. Es agradable tener un sitio que pueda hacer totalmente mío.

Eso explica que tenga un casoplón a los veintiún años, pero como echo de menos a mis padres y mi hogar, me compadezco de él.

—Lo siento.

Él se encoge de hombros.

—Fue hace mucho tiempo.

Nos ponemos a la sombra de un gran sauce contemplando el agua y vemos a unos cuantos patos que pasan nadando plácidamente. No hablamos mucho, pero el silencio es agradable, no como el que ha habido entre Lucy y yo toda la tarde. Resisto por centésima vez desde que salimos el impulso de volver la vista hacia ella y clavo la mirada en el señor Shepherd. No sé cómo no se muere del sudor con esa chaqueta negra y esa corbata que lleva siempre.

—¿No tiene… calor?

—Supongo —responde él, secándose rápido la frente.

—¿Le apetece darse un chapuzón? —pregunto, porque desde luego a mí me apetece.

Él ríe pero niega con la cabeza.

—Sin duda, pero no podría en presencia de una dama como usted. Sería indecoroso.

Siempre un caballero honorable. Me imaginaba que no se pasaría ni un pelo de la raya. Desvío la vista más allá de él hacia las cuadras, donde James está apoyado en la puerta, con una sonrisa de oreja a oreja en la cara. Imita con la mano a alguien que habla, finge un enorme bostezo y a continuación se desploma al suelo, con la lengua colgando de la boca. No es difícil interpretar su farsa.

«Morirse de aburrimiento».

Contengo un bostezo y me vuelvo otra vez para situarme de cara al estanque, pero el señor Shepherd se gira, pilla a James *in fraganti*, y los dos se cruzan la mirada.

Mierda.

Abro la boca para inventarme una excusa con la que cubrirlo, pero el señor Shepherd es quien tiene ahora una sonrisa de diversión en el rostro cuando se vuelve para mirarme.

—Aunque —dice quitándose la chaqueta, y acto seguido empieza a desatarse el pañuelo del cuello con sus largos dedos— supongo que a veces se puede dejar de lado el decoro.

Mira de reojo a James y lanza las dos prendas detrás de él, con una expresión, me atrevería a decir, intimidante. Y también bastante sensual.

Oigo que Lucy empieza a decir algo, pero ninguno de nosotros escucha.

Suelto un grito cuando él me levanta y echa a correr por la orilla hasta que caemos al estanque con gran estruendo. Los dos salimos a la superficie riendo, notando cómo el agua fresca se desliza por nuestros cuerpos. Agarro con los dedos la tela de su fina camisa blanca para evitar que el vestido me lastre, y me sorprende descubrir una impresionante capa de músculo debajo y un mechón de vello oscuro en el pecho que asoma por la parte de arriba.

—Me ha sorprendido —confieso, y una sonrisa pícara que nunca habría esperado aparece en su cara.

—Vaya, señorita Cameron —comenta él, y se inclina hacia delante arqueando una ceja—. Si así es como reacciona, espero poder sorprenderla más a menudo.

«Tal vez pueda sorprenderme».

Tan pronto como el pensamiento me cruza la mente, Lucy se aclara la garganta, y cuando los dos giramos la cabeza, la vemos apoyada en un árbol con los brazos cruzados.

—Sería una acompañante más bien mala si no interviniera para proteger la reputación de la señorita Cameron.

—No te preocupes, Lucy —replico—. Mi reputación no es asunto tuyo.

¡Y ella tiene la cara dura de mirarme poniendo los ojos en blanco! ¡Increíble!

Abro la boca para seguir, pero ella aprieta la mandíbula, y el señor Shepherd suspira.

—No, no. Lucy tiene razón. Debo disculparme. No querría arruinar su reputación en una ciudad en la que espero que desee quedarse —dice, al tiempo que me saca del agua.

Cuando los dos nos sentamos en la orilla al sol para secarnos, sopla un agradable aire fresco. Sin embargo, sus palabras me brindan una oportunidad.

—Sé que se ha mudado a Whitton Park hace poco, pero ¿se marcharía algún día? Para, no sé… ¿viajar? —Eso es quedarse corta—. ¿Ir a un sitio nuevo?

Él niega con la cabeza.

—Creo que no. Nunca me gustó mucho ir al internado y a la universidad y que me llevaran por toda Europa. Me gusta una buena noche de baile y actividad social como al que más, pero ahora que he encontrado un hogar, no veo mucha necesidad de abandonarlo.

Muy a mi pesar, vuelvo a mirar a Lucy para interpretar en su cara lo que opina, pero el sitio donde ella se encontraba está vacío. Supongo que no debe de preocuparle tanto mi reputación.

Mientras el señor Shepherd dice que quiere invitar a unas personas por la noche a jugar a las cartas, veo su vestido rosa claro a lo lejos en la orilla del estanque, de espaldas y cruzada de brazos. Es probable que simplemente esté disgustada por tener que cargar con el señor Caldwell, que no se tiraría ni muerto en un estanque ni disfrutaría de un solo momento de diversión.

Sin embargo, la respuesta del señor Shepherd es una señal de que, divertido o no, él tampoco es la persona adecuada para mí.

Mi plan de conocer más a fondo a los solteros disponibles funciona mejor de lo esperado después de eso.

James me lleva rápidamente con él después de cenar ese día, pese a la mirada de desaprobación de Lucy, y los dos nos pasamos prácticamente la noche entera hablando mientras él hace sus tareas en el granero. Se ríe de mi excursión al estanque y de la pinta de tío duro de Shepherd, y luego hago todo lo posible por convencerlo de que los sentimientos de los que le hablé eran ridículos y ya se me están pasando, mientras trato de que vuelva a circular la energía de seducción. Aun así, no estoy segura de que él se lo crea.

Alexander se presenta dos días más tarde y me pide que lo dibuje después de tomar el té con Lucy. El sol de la tarde entra por la ventana en un ángulo perfecto justo detrás de su cabeza y perfila sus fuertes pómulos y su pelo moreno rizado, y muevo el lápiz a toda velocidad por la hoja intentando plasmarlo. Me sorprende descubrir que a pesar de cómo me he sentido, mi arte y mi corazón ya no están tan estrechamente ligados. Los trazos aparecen si confío lo bastante en mí para que salgan.

Estoy profundamente concentrada en el papel cuando Lucy se levanta de repente y cruza la estancia para tocar el piano. Se ha visto obligada a ejercer otra vez de carabina, y es evidente que no le hace mucha gracia.

Claro que tampoco es que a mí me preocupe.

—¿Has hecho algo divertido desde la última vez que nos vimos? —pregunto, iniciando la conversación.

—Bueno, ya sabes. He jugado a las cartas en la taberna, he declinado una invitación a una cena, he jugado un par de partidas de billar con otros militares en la mansión de un conocido, he bebido un pelín de más y me he despertado con la ropa puesta en la bañera.

—Por lo menos llevabas la ropa puesta.

Él ríe.

—Bien visto.

Sonrío y sacudo la cabeza. Sabía que su respuesta sería interesante. Si el señor Shepherd es un poco formal, Alexander es una aventura en sí mismo. Sobre el papel, eso lo convierte en el candidato con más posibilidades. A ver, si alguien tuviera que llevarse la rosa a la mejor primera impresión, está claro que sería él. No puedo negar que su entusiasmo por la vida me motiva a vivir la mía.

Pero sigo sin saber cómo encaja él en eso.

—Hoy he recibido el vestido del baile del viernes —digo.

Abigail me ayudó a ponérmelo y, como era de esperar después de que tomasen ochenta y cinco medidas distintas en el taller de la costurera, me queda como un guante.

No pude evitar pensar en lo distinta que fue la experiencia la vez que ayudé a Lucy a ponerse aquel resplandeciente vestido azul, la sensación de estar tan cerca de ella y mi mano al rozarle la piel.

Sin embargo, no podría volver a verme en esa situación con ella. Ya no.

—¿Tienes ganas de que llegue el día? —pregunta Alexander—. Es el acto social de la temporada. Creo que la mitad de la ciudad estará prometida o se habrá dejado ver cuando llegue el sábado por la mañana.

—Creo que sí. Sobre todo si la compañía es grata. —Alargo la mano, y las puntas de mis dedos rozan la barba incipiente de su mentón mientras le giro la cabeza en la dirección en la que estaba girada—. Ya sé que estás deseando que llegue, así que no te molestes en decírmelo. ¿Y tú te prometerás algún día, Alexander?

Él ríe con un sonido grave y seductor. Noto el retumbo en los dedos al deslizarlos por su mandíbula.

—Con la chica adecuada —contesta él, que siempre tiene la respuesta perfecta para todo.

Es encantador.

Pero en algunos aspectos resulta tan estudiado como la educación relamida de Lucy y el señor Shepherd, teñido de cierta falsedad, como las sonrisas desganadas de ella.

—Con suerte, conseguiré secuestrarte de los brazos del señor Shepherd para bailar contigo —declara antes de que yo pueda pensar más en el asunto.

—El otro día fui a nadar con él, ¿sabes? —comento, volviendo al dibujo, y el lápiz empieza a rascar mientras sombreo la parte de debajo de sus ojos y la fina línea recta de su nariz.

Lucy se mueve muy ligeramente en mi visión periférica, y me preparo para un sermón sobre mi reputación, pero está tocando el piano con la firmeza de un metrónomo.

—¿De verdad? —Él abre mucho los ojos, y su sonrisa torcida tira de las comisuras de su boca, un gesto que me hace corresponderle enseguida con otra sonrisa—. ¿Shepherd? No me lo imaginaba capaz de algo así.

—Yo tampoco —reconozco—. A lo mejor es capaz de más cosas de las que los dos nos imaginábamos.

—Bueno, ya sabes lo que se dice —contesta—. Un hombre enamorado puede transformarse en una persona por completo distinta.

Pongo los ojos en blanco, arranco la hoja y se la ofrezco.

—Está claro que has usado esa frase antes.

—No, no la he… —Alexander se queda inmóvil estudiando el dibujo que acabo de hacer—. Audrey. Esto es extraordinario.

Me arden las mejillas al oír el cumplido y me pongo a dar golpecitos con el lápiz en la hoja.

—Lo dices por decir.

—¡De verdad que no! Eres brillante. —Me agarra el brazo, entusiasmado—. ¿Sabes pintar? Sería un honor que me hicieras un retrato completo…

Lucy deja escapar un suspiro de frustración y toca unas notas estruendosas con el piano que nos hacen girar la cabeza a los dos hacia ella para mirarla cuando se levanta y cierra la tapa de golpe.

—Es imposible concentrarse con este desfile interminable de solteros interrumpiéndome sin cesar.

Sus ojos coinciden con los míos, y la miro realmente por primera vez desde hace dos días. Su pelo normalmente perfecto tiene varios mechones sueltos, y debajo de los ojos, unas ojeras oscuras que no le había visto antes.

—Con permiso —dice, apartando la mirada de la mía y saliendo del salón como un huracán, con los puños apretados.

Alexander suelta un silbido leve cuando la puerta se cierra de un portazo detrás de ella.

—Qué raro. Creo que nunca la he visto tan…

Su voz se va apagando mientras mueve las manos, y termina la frase con un gesto. «Alterada».

Yo tampoco.

Se muerde el labio pensativamente.

—¿Tienes idea de qué podría haberlo provocado?

—No —contesto, con la mirada fija en el picaporte de la puerta.

Quiero perseguirla, pero me trago las ganas.

A diferencia del señor Shepherd, a Alexander no parece importarle la falta de decoro de que estemos juntos a solas. Empieza a preguntarme cuánto tiempo hace que cultivo el arte, un tema del que normalmente me encanta charlar, pero solo puedo pensar en que Lucy, siempre preocupada por nuestra reputación, que debería estar ejerciendo de acompañante, me acaba de dejar plantada.

Y por qué lo ha hecho exactamente.

A la mañana siguiente durante el desayuno, después de dormir otra noche dándonos la espalda, noto que el corazón me sube a la garganta cuando Lucy dice mi nombre y rompe por fin el silencio entre nosotras.

—Audrey, no aguanto más —dice, alargando la mano a través de la mesa hacia la mía.

Aprieto los dedos contra la palma y aparto la mano resistiendo las ganas de estirar el brazo y tomarla.

Cuando ella levanta la vista a mi cara, sus ojos tienen una mirada como si llevase días esperando ese momento, pero cuando se dispone a decir algo, la puerta del comedor se abre de golpe antes de que tenga la ocasión. Un anciano con unos penetrantes ojos azules se yergue imponente en la puerta, a pesar de su estatura bastante baja, y gira la cabeza de mí a Lucy, quien palidece al tiempo que retira la mano y se levanta rápidamente para dirigirse a él.

—Padre, bienvenido a casa. Yo...

—Silencio —gruñe él, y la detiene en seco. Me apunta con un bastón decorado—. ¿Quién es esa?

—Le presento a Audrey Cameron, de Estados Unidos. Es una buena amiga de un caballero recién llegado a la ciudad que está instalándose en Whitton Park, de modo que ahora mismo no puede recibir invitados —responde Lucy, mientras se sitúa delante del bastón, retorciendo las manos con nerviosismo—. Tiene una renta bastante cuantiosa y muchos conocidos importantes. He pensado que lo correcto y lógico era que se quedara aquí con nosotros. Seguro que muchos de esos conocidos estarían de acuerdo.

Él baja despacio la mano y entorna los ojos mientras asimila las palabras de ella.

—¿Importantes?

—Muy importantes. De hecho, el señor Caldwell está entre ellos —contesta ella, y él desvía la mirada directamente a su cara al oír el nombre de ese gilipollas—. Estuvo presente en la cena celebrada en casa del caballero, a la que asistimos.

Él deja escapar una larga y lenta exhalación mientras procesa toda esa información, y el corazón me empieza a latir con fuerza de los nervios. Este tío da más miedo de lo que imaginaba. Hay algo en su conducta, en su presencia, peor de lo que Lucy dio a entender. Peor que el retrato colgado arriba en el pasillo.

—Está bien —afirma él, y prácticamente noto cómo ella vuelve a respirar.

—Si nos disculpa, tenemos que hacer unos preparativos de última hora para el baile.

Antes de que a él le dé tiempo a decir algo más o a volver a blandir el bastón, Lucy se vuelve, desliza las puntas de los dedos por mi brazo hasta la palma de la mano y me saca del salón para llevarme por el pasillo.

Y puede que por primera vez, lo entiendo.

Entiendo por qué ella no ha intentado impedir su compromiso con el señor Caldwell. Entiendo por qué repite como un loro lo que es «decoroso» y se esfuerza por parecer tan perfecta. Tan educada. Tan encerrada en una pulcra cajita. No son solo las expectativas sociales de 1812.

Tiene miedo de él.

Y lo peor de todo, no puede escapar de él. A menos que se case, no tendrá adónde ir ni un hogar si no hace exactamente lo que él le diga.

—Lucy…

Ella se da la vuelta en medio del pasillo y levanta las manos para asirme la cara. Me quedo sin aire al notar sus pulgares presionándome las mejillas con inquietud y su cuerpo contra el mío.

—¿Estás bien? —pregunta, buscando con sus ojos azules.

Lo único que puedo hacer es asentir con la cabeza.

Poco a poco, baja las manos por mi cuello y retrocede un paso, dos, hasta pegarse a la pared de enfrente.

—Lo siento —dice, prácticamente en un susurro, disculpándose por algo más que este momento—. Lo que dije aquella noche, Audrey, fue imperdonable. Necesito que sepas que yo… yo no pienso eso. Que no creo eso.

Su disculpa baja otra vez las barreras de mi persona, y de repente vuelvo a estar donde estaba. Deseando poder reducir la distancia entre nosotras pero sabiendo que ahora, más que nunca, no puedo.

Ella no tiene la culpa de ser de 1812. Ella no tiene la culpa de no…

De no desearme como yo la deseo a ella.

Y aunque me desease, ella, más que nadie en esta época, no podría hacerlo. Ni permitirse pensar en ello… El riesgo sería demasiado alto. Y yo sé un par de cosas sobre evitar riesgos.

No debo permitir que eso estropee nuestra amistad. Ella necesita que yo soporte este compromiso, y yo necesito que ella soporte estos últimos días.

Solo tengo que evitar pensar en el hecho de que este instante con ella resulta más romántico que el momento en el lago con el señor Shepherd, la risa de Alexander retumbando bajo las puntas de mis dedos y James al levantarme de un caballo juntos.

28

LUCY

3 de julio de 1812

Doy golpecitos nerviosos con los dedos en los brazos de mi silla mientras Martha me recoge el pelo con unas horquillas. La noche del baile finalmente ha llegado. Miro al espejo levantando la mandíbula mientras inspecciono mi cara. Las pestañas oscurecidas con bayas de saúco, las mejillas espolvoreadas con colorete intenso y los labios pintados con pomada bermellón.

No puedo evitar preguntarme qué pensará Audrey cuando me vea.

—¿Nerviosa, Lucy? —dice Martha, con las cejas arqueadas como si hubiese estado intentando captar mi atención.

«Sí». Pero no por los motivos que crees.

—No, yo… Emocionada, supongo —miento.

—Mmm… —Ella me lanza una mirada de curiosidad antes de fruncir el ceño por la concentración mientras introduce una última horquilla; luego retrocede y sonríe ante su obra—. Preciosa. Verdaderamente preciosa. ¡Y estoy segura de que Audrey estará tan guapa como usted!

Me sobresalto al oír sus palabras antes de que ella me dedique una sonrisa y añada:

—Todas las damas lo estarán, ¿no? Es el mejor baile de la temporada.

—Sí, claro —contesto, carraspeando—. Sobre todo desde la llegada de la señorita Burton.

—Y en cuanto al... —titubea— en cuanto al compromiso. Con el señor Caldwell. Ya sé que usted no...

—Estoy bien —la corto bruscamente, y me ablando al ver su cara en el reflejo—. No pasa nada, Martha. De verdad.

A ella se le ponen los ojos vidriosos, y me muerdo el interior de la mejilla para mantener una expresión de resolución convincente.

—Lucy, solo quiero que sepa... que su madre estaría muy orgullosa de la joven en la que se ha convertido. Pase lo que pase esta noche, no lo olvide.

—Gracias, Martha —digo, dándole un rápido apretón en la mano, aunque me siento totalmente indigna de esas palabras.

No se me ocurre nada de lo que mi madre estaría menos orgullosa que de que me casase con alguien a quien desprecio.

Me levanto despacio y contemplo mi reflejo por última vez. El vestido azul celeste que elegí hace un mes en el taller de la señorita Burton está por fin puesto. El día que he temido, el día con el que mi padre ha soñado, por fin ha llegado. El señor Caldwell aguarda para llevarme al baile.

Se me ha acabado el tiempo.

Me pican los ojos de las lágrimas al pensar en las últimas semanas con Audrey. El día que la encontré en el prado. La vez que escuchamos música del futuro en el salón. Cuando corrí a caballo detrás de ella. La chispa en el carruaje. Nuestras conversaciones a altas horas de la noche. Y los últimos días antes de la llegada de mi padre, desperdiciados porque me mordí la lengua en lugar de disculparme, porque me daba demasiado miedo... Bueno, ya no importa.

—Ya está bien —susurro antes de ponerme los guantes, tomar el ridículo y salir de la habitación.

Me detengo en el pasillo al oír risas procedentes del cuarto de huéspedes, donde Audrey se está preparando con ayuda de Abigail, y me retuerzo los dedos con nerviosismo dirigiéndome a la puerta.

«¿Llamo?». Levanto la mano.

«¿Espero abajo?». Bajo la mano.

Cierro los ojos apretándolos, me vuelvo antes de que pueda cambiar otra vez de opinión y bajo la escalera hasta el vestíbulo. Cuando me asomo al exterior, veo a mi padre con el señor Caldwell en la entrada junto a los carruajes, una mano nudosa levantada para ajustarse el cuello y la otra cerrada con fuerza en torno a la empuñadura del bastón.

«El señor Caldwell, a pesar de tu empeño y de su más que justificada vacilación, te ha invitado a acompañarlo, y espero sinceramente que aproveches esta oportunidad para cimentar su propuesta de una vez por todas».

Sus palabras de hace casi un mes resuenan fuerte en mi cabeza mientras me preparo para hacerlas realidad.

Me distrae el ruido de una puerta que se abre arriba, seguido de voces y pasos. Cuando giro la cabeza en dirección al sonido, juraría que me olvido de respirar, de moverme, puede que incluso de mi nombre.

Solo veo a Audrey, que baja la escalera como flotando con un vestido de color crema cuya seda ondea detrás de ella mientras desliza las puntas de sus dedos enguantados por el pasamanos. Lleva el pelo recogido en unos tirabuzones, los labios de un rojo cálido y tentador, y sus ojos pintados se clavan en los míos.

Cuando se detiene delante de mí, abro la boca para decir algo sensato y coherente. Para anunciarle que es la hora de irse. Que mi padre nos espera afuera. Que me alegro de que el vestido de la señorita Burton no haya necesitado ningún arreglo.

Pero solo me sale una palabra:

—Preciosa.

No sé si es el colorete que Abigail le ha puesto o mi esperanza ferviente y secreta, pero juraría que se le tiñen las mejillas de rojo. Soy perfectamente consciente de lo mucho que deseo alargar la mano y tocarlas. Tocarla.

Sin embargo, me aclaro la garganta para recuperar la voz y lanzo una mirada a la puerta.

—Deberíamos…

—Te irá bien —asevera ella, inesperadamente, y me giro hacia atrás para mirarla—. Él te propondrá matrimonio y te… y te irá bien.

—¿Tú crees? —pregunto, prácticamente susurrándolo.

—Lo sé —contesta ella, y casi consigue que me lo crea—. A ver, mírate.

Esta vez es a mí a quien se le calientan las mejillas al oír sus palabras.

—A ti también. El señor Shepherd, Alexander o incluso James… Elijas al que elijas, seguro que todo saldrá como tenía que salir. Todo irá bien.

«Bien». La palabra parece resonar para las dos.

No obstante, cuando Audrey asiente con la cabeza y pasa junto a mí, su hombro roza ligeramente el mío. Noto un hormigueo en la piel y cierro los ojos con fuerza mientras recobro el dominio de mí misma antes de volverme. El señor Thompson nos abre la puerta, y descendemos los escalones hasta el carruaje, hacia el señor Caldwell, que nos espera con una sonrisa burlona en sus finos labios.

Contengo la respiración aguardando una crítica de mi padre, un comentario sobre mi pelo, o sobre el vestido, o sobre mi apariencia general, pero por suerte, asombrosamente, me dedica un gesto de aprobación.

—Señorita Sinclair —dice el señor Caldwell, agachando la cabeza en una reverencia al tiempo que abre la portezuela del carruaje—. Está preciosa esta tarde.

Le doy las gracias y sin pensarlo agarro el brazo de Audrey.

—Ven con nosotros —susurro, asiéndola más fuerte.

No estoy preparada para estar a solas con él. No estoy preparada para que la pregunta surja ya.

Audrey se limita a asentir, y hacemos como si no hubiésemos visto al señor Caldwell abrir la boca para protestar mientras ella pasa por delante de él y sube al carruaje.

No me atrevo a mirar a mi padre; sin duda el fugaz momento de aprobación ha pasado.

Tomo la mano del señor Caldwell, murmuro un «gracias» cuando me ayuda a subir al carruaje y me siento al lado de Audrey.

El corazón debería latirme con fuerza por lo que ella podría decir que ofendiese o confundiese al señor Caldwell, o por lo que yo acabo de hacer, pero sé que es por su proximidad y el cálido aroma a azahar que he llegado a asociar con ella, y la forma en que me hace cosquillas en la clavícula con el pelo cuando gira la cabeza.

El trayecto a la mansión de los Hawkins transcurre en silencio; el señor Caldwell mira por la ventanilla echando chispas por los ojos mientras Audrey me roza el meñique con el suyo en el asiento, ocultos bajo la tela de nuestras faldas.

Contengo el aliento y miro al frente mientras, con cuidado, con cautela, deslizo la mano sobre la suya acariciando ligeramente con las puntas de los dedos los surcos entre cada nudillo, desesperada por notar la piel debajo del guante a cada segundo que se aproxima el baile.

Cuando el carruaje para con una sacudida, retiro rápido la mano y la levanto para tocarme el pelo mientras miro por la ventanilla la cola de gente que aguarda para entrar en la mansión de los Hawkins.

«Compórtate, Lucy».

Eso es lo que me digo, una y otra vez, mientras avanzamos lentamente hasta la parte de delante y nos apeamos del carruaje, seguidos de cerca por mi padre. Cuando finalmente nos abrimos paso entre la cola de invitados por los escalones de la entrada y llegamos al baile, haciendo frente al mar de colores, velas encendidas y caras familiares y sonrientes, me siento otra vez llena de determinación.

Esto es lo que conozco. Este es el mundo del que vengo.

Dejo escapar una larga exhalación y dibujo una sonrisa en mi cara.

Mientras me acuerde de eso, todo irá a la perfección…

Se me para el corazón y me pone en evidencia cuando el señor Shepherd se acerca a nosotras deslizándose entre la multitud para llegar hasta Audrey, como si ella fuese la única persona en el lugar. Hace una reverencia y a continuación conversa educadamente con el señor Caldwell y con mi padre. Pregunta a mi padre por su estancia en Londres, mientras él, a su vez, le pregunta por su llegada a Whitton Park, pero no aparta sus ojos azules de Audrey prácticamente en todo el rato.

Tras una pausa con la duración justa que dicta la cortesía, dice finalmente:

—Señorita Cameron, ¿estaría interesada en bailar?

—Por supuesto, señor Shepherd —responde ella.

Lo único que yo puedo hacer es quedarme allí mientras los celos, profundos e implacables, se afianzan más que nunca en mi estómago. Observo cómo ella introduce la mano en el pliegue del brazo del señor Shepherd y desaparece con él entre el gentío.

Mis pies se mueven casi instintivamente detrás de ellos, pero mi padre me rodea fuerte el brazo con la mano y me susurra al oído:

—Lucy, no estás aquí para pasear con tu nueva amiga. Recuerda, tienes asuntos mucho más importantes de los que ocuparte.

En ese momento desplazo la vista rápidamente al otro lado del salón, y mi mirada se cruza con la de Grace, que se encuentra allí con el brazo entrelazado con el de Simon, y veo que su expresión se ensombrece al ver que mi padre me vuelve a entregar a los anhelantes brazos del señor Caldwell. Tengo que echar mano de todas mis fuerzas para esbozar una sonrisa.

—Estoy deseando bailar con usted esta velada, señor Caldwell —digo intentando reparar parte del daño causado en el trayecto en carruaje.

—Desde luego —asiente él, y afortunadamente la sonrisa burlona de antes vuelve poco a poco a su rostro—. Esta será una noche muy especial, señorita Sinclair.

Me ofrece el brazo y, sin más, me confirma que todos los sueños de mi padre están a punto de hacerse realidad.

29

AUDREY

3 de julio de 1812

«Céntrate, Audrey».

Está claro que no bailo lo bastante bien como para poder distraerme.

Trato de dirigir la atención a la cara del señor Shepherd, con los ojos azules brillantes y la boca abierta para preguntarme por el tiempo o el baile o a saber qué, pero desvío la mirada por enésima vez más allá de su cabeza a la mano que el señor Caldwell tiene en la cintura de Lucy y las puntas de los dedos que acariciaron los míos en el carruaje y que ahora están posados en su hombro.

Ella mira rápido en mi dirección, y nuestros ojos coinciden por una fracción de segundo, que al parecer es suficiente para hacerme tropezar.

—¿Está bien? —pregunta el señor Shepherd amablemente, y eso me hace sentir peor por fantasear con otra persona mientras bailo con él—. ¿Se marea? ¿Quiere que vaya a buscarle algo de beber? ¿Algo de comer?

—No, no —contesto, girando con él, esta vez con cuidado de no caerme de morros—. Solo estoy un poco nerviosa. —Me inclino y bajo la voz hasta hablar en un susurro—: Este es mi primer baile formal.

Él arquea las cejas, sorprendido.

—¿De verdad? ¿El primer baile de su vida?

—No me lo recuerde —digo con una mirada guasona, deslizando la mano en la de él—. ¿Cuál es la parte que más le gusta de ir a un baile?

—Me gusta la emoción que lo rodea. Todo el mundo vestido con sus mejores galas, las semanas previas, la noche que por fin llega. Poder volver a estar tan cerca de usted —declara, abrazándome más fuerte, y un asomo de la sonrisa pícara y sensual del día del estanque aparece en su cara.

Es innegable que se trata de un momento de lo más romántico, una frase sacada de una historia de amor.

—Y cuando era niño, ver a la gente borracha hacer el ridículo. —Hace una pausa frunciendo el ceño—. En realidad, puede que esa siga siendo mi parte favorita.

Eso ya me va más.

—Lo mismo digo. En el baile de fin de curso de hace dos años... —titubeo— un... baile que se celebra en el sitio del que vengo... a un par de chicos se les ocurrió bailar encima de una mesa, y esta se vino abajo. Harry Wilson se hizo tanto daño en el trasero que no pudo conducir el coche... —Me detengo al darme cuenta de lo que he dicho y, como es natural, el señor Shepherd se queda confundido—. Digo, el carruaje durante una semana entera.

—Yo fui una vez a un baile en Londres con mi tío Alfred en el que el anfitrión se puso a correr desnudo por el salón de baile, salió por la puerta principal y lo encontraron en el parque a la mañana siguiente, dormido como un tronco en un banco. Con el sombrero de copa tapándole el...

Señala discretamente hacia abajo en un giro, y los dos estallamos en carcajadas.

—¡Tiene que ser una broma!

La canción termina, y él se inclina mientras yo hago una

reverencia, la conversación brevemente interrumpida mientras nos mordemos los labios para evitar reírnos.

—¡No lo es! Lo juro —dice cuando vuelvo a tomarle el brazo y me saca de la pista a por bebidas—. Fue la comidilla de la temporada. Me parece que incluso apareció en los periódicos. Seguro que la señorita Sinclair conoce la historia.

«Lucy».

Echo un vistazo por encima del hombro buscando entre la multitud el azul de su vestido, el rubio de su pelo, su halo general de elegancia y perfección, pero no la encuentro. Trago saliva intentando ignorar la decepción.

—¿Un trago? —dice el señor Shepherd, ofreciéndome una copa.

Me vuelvo hacia atrás para tomarla cuando una voz familiar grita su nombre, y ambos giramos la cabeza buscando la fuente.

—¡Shepherd! —repite Simon, el marido de Grace, abriéndose paso a través del gentío. Entorna sus ojos marrones con entusiasmo y pasa un brazo por el hombro de mi acompañante—. ¿Te acuerdas de Thomas Wilkes? ¿El del padre que era dueño de una empresa naviera?

El señor Shepherd asiente con la cabeza.

—Está aquí con su nueva esposa. Y ha traído escondida absenta de Francia, por si los dos queréis hacer que la noche se anime un poco.

El señor Shepherd me mira, y aunque normalmente yo estaría dispuesta a probarla, quiero tener la cabeza despejada esta noche. Necesito resolver este enigma y volver a casa. Y considerando que el ponche de la sala de juntas casi acabó conmigo, sinceramente no me imagino cómo debe de ser la absenta del siglo XIX.

Le hago señas para que vaya, deseando estar un momento a solas para recuperarme y pensar un plan de acción.

—Adelante. Yo tengo que… ir al escusado.

Observo cómo se van antes de salir silenciosamente por una puerta lateral. Las voces se desvanecen hasta convertirse en un zumbido en los oscuros pasillos de la casa, por donde se pasea mucha menos gente, parejas risueñas que intentan pasar un minuto a solas, o amigos que chismorrean en corros.

Hay cosas que nunca cambian.

Me recuerda las fiestas en casas particulares de Oakland en las que Charlie y yo a veces nos colábamos, pero sin móviles, bajos potentes ni la silueta de los edificios de Pittsburgh de fondo.

Ya no echo de menos a Charlie, de verdad que no, pero, joder, echo de menos mi hogar.

Me detengo a estudiar otro cuadro de un viejo de aspecto regio montado a un caballo casi tan majestuoso como Moby cuando una voz me llama la atención.

—Le ofrezco otra vez mis más sinceras disculpas por cómo se ha comportado ella antes, señor Caldwell.

Miro a un lado y veo al padre de Lucy y al señor Caldwell ocultos entre las sombras, hablando, y la mano con la que sostengo la copa se me entumece del todo.

El señor Caldwell se sorbe la nariz y asiente con la cabeza.

—Está claro que Lucy últimamente ha recibido —hace una pausa, y su boca se tuerce hacia abajo— dudosas influencias.

«Yo».

—Un asunto que será solventado, se lo aseguro —dice el señor Sinclair, y se me hiela la sangre—. Espero que quiera seguir adelante con la proposición.

—Sí, pronto. Ella se ha redimido un poco. Al parecer, creía que yo pensaba hacerlo aquí y me ha dicho que prefiere algo un poco más… íntimo. Más privado. Evidentemente, eso es más decoroso. Como si yo fuera a hacerlo esta noche, entre esta chusma. —Resopla—. Me ha preguntado si estaría dispuesto a hacerlo dentro de una semana a partir de mañana.

«Dentro de una semana a partir de mañana».

El día siguiente a la fecha en la que se supone que tengo que marcharme.

—Pero yo creo que sería preferible resolver el asunto antes —continúa, rechazando la petición de ella.

—No puedo estar más de acuerdo —afirma el señor Sinclair.

—Pasaré mañana por la mañana. Justo después del desayuno. —Se inclina hacia delante con una sonrisa agusanada en su aporreable cara—. Si cuento con su permiso, claro.

Los dos rompen a reír como si todo fuese un chiste. Como si la vida de Lucy fuese prescindible para ellos. Me vuelvo y regreso con paso enérgico por el pasillo procurando no perder los papeles.

«La proposición».

Sabía que llegaría, esta noche incluso, pero ahora tendré que quedarme viendo cómo él propone matrimonio a Lucy.

Mañana.

«Y ella tendrá que decir que sí». Sé que no le queda más remedio. Tiene que hacerlo.

Dejo escapar un gemido de frustración al doblar una esquina y me doy de frente con…

—Alexander —suelto con voz entrecortada, y él me rodea los hombros con las manos e impide que derrame la bebida sobre los dos.

—Audrey —dice él, frunciendo el entrecejo mientras estudia mi cara—. ¿Estás bien? Pareces bastante alterada.

Niego con la cabeza y me muerdo el interior de la mejilla para evitar echarme a llorar.

—Estoy bien. Solo…

Sin decir palabra, él me toma la mano y me conduce por el pasillo hasta que salimos a un balcón iluminado con velas, donde la brisa fresca me ayuda a reponerme.

Él se apoya en el antepecho mientras yo me agarro a él con los dedos cerrando fuerte los ojos.

—¿Tan horroroso es el señor Shepherd como bailarín? —pregunta, y río sacudiendo la cabeza.

—En todo caso, yo soy la bailarina horrorosa. Sigo sin poder bailar y hablar a la vez. Creo que he estado a punto de pisarlo unas treinta veces.

Cuando lo miro, me dedica esa sonrisa torcida suya, afable, segura y familiar.

—Audrey —inclina la cabeza y la acerca a la mía—, sería un honor que me pisaras en un cotillón.

Pongo los ojos en blanco y le doy un empujón en el pecho —la tela de su uniforme tiene un tacto áspero bajo las puntas de mis dedos—, pero antes de que pueda soltarlo, me atrapa la mano y la sujeta allí. Noto el martilleo irregular de su corazón mientras su mirada desciende a mis labios.

Por un brevísimo instante, pienso en lo fácil que sería. Inclinarme hacia delante. Besarlo.

Fingir que mi corazón no pertenece a otra persona.

La parte de mí que está desesperada por volver a casa me dice que debo hacerlo. Pero saco despacio la mano de la suya y aparto la vista, dejando escapar una prolongada exhalación.

Nos quedamos hombro contra hombro un largo rato contemplando los campos ondulados, ligeramente iluminados por la luz de la luna.

—¿El señor Shepherd? —pregunta él, en voz baja y suave.

Niego con la cabeza.

Y como el amigo que está más capacitado para ser, sin decir palabra, me toma la mano una vez más, se afloja la corbata y dice:

—Vamos.

—¿Adónde? —inquiero, mientras me conduce adentro.

Él no contesta y me lleva por el pasillo esquivando a la gente mientras los sonidos amortiguados de la música y las voces guían nuestros pies. Se detiene en seco delante de una majestuosa escalera mirando a los dos lados con recelo.

—Alexander, ¿qué estamos…?

—¡Estoy totalmente de acuerdo, qué celebración más bonita la de esta noche! —exclama en voz alta cuando pasan dos chicas con vestidos color pastel. Acto seguido baja la cabeza y la voz para susurrar—: Tú confía en mí.

En cuanto ellas se marchan, me arrastra rápido escalera arriba y se lleva un dedo a los labios mientras avanzamos de puntillas por el pasillo. Al final, toma un candelero y asoma la cabeza por una puerta para comprobar que no hay nadie antes de que la crucemos.

Dejo escapar un tenue grito ahogado cuando levanta el candelero para revelar lo que podría ser la biblioteca de *La bella y la bestia*. Las paredes están llenas de hileras e hileras de altas estanterías, con una escalera con ruedas y una chimenea dorada y todo.

—Hostia puta —suelto, y Alexander ríe.

Me da el candelero mientras husmeo en la sala mirando los distintos libros, presentes en todas las formas, tamaños y colores.

—Y eso no es todo.

Se acerca a una librería, la presiona con cuidado hasta que cede y deja ver una puerta secreta que da a una estrecha escalera.

—¿De qué conoces este sitio?

—Fui amigo de la hija mayor de Hawkins cuando era más joven.

Arqueo una inquisitiva ceja y levanto la vela para iluminar su cara.

—¿Amigo?

Él sacude tristemente la cabeza y toma el candelero de mi mano.

—Digamos que ella estaba prometida con un aristócrata y no con el hijo pequeño de un aristócrata.

Ah.

Cruzo la puerta detrás de él, y la escalera de caracol lleva a una habitación escondida con techos bajos e inclinados, una mesa y una polvorienta chimenea. Al final hay una ventana grande que domina el tejado.

Alexander, cómo no, va directo a ella, la abre con un gruñido y sale al tejado. Pasados unos instantes, introduce la mano para que yo la agarre.

—¿Estás de guasa?

He estado en muchos tejados, pero no con un vestido increíblemente pesado ni en uno que tuviera pizarra lisa en lugar de tejas antideslizantes. A ver, no tengo ni idea de cuáles eran las normas de construcción en 1812, pero un movimiento en falso y seguro que lo averiguo.

—Audrey Cameron, ¿ondeas la bandera blanca?

Naturalmente, como bien sabe él, eso me empuja a coger su mano, y Alexander me ayuda a salir al tejado por la ventana. Contemplo los carruajes que aguardan, algunas personas que ya se marchan y otras que llegan increíblemente tarde.

Nos sentamos despacio, con cuidado, y él apaga la vela.

—Observa.

Encima de nosotros, las estrellas cobran vida, tantas y tan brillantes que me asombra que ese mundo sea el mismo en el que yo vivo.

Pittsburgh no es precisamente la capital mundial de la observación astronómica, pero esto...

—Qué pasada —exclamo en voz baja, y los dos nos recostamos para contemplarlo todo.

—Cuando estás aquí arriba todo parece más sencillo, ¿verdad?

Asiento con la cabeza sintiéndome muy pequeña debajo de todas esas constelaciones y universos, con la luna más grande y más brillante que he visto nunca. Y hace que la herida duela un poco menos. La confusión, el miedo y la preocupación por volver a casa también se vuelven más pequeños. Más controlables.

—La hija de Hawkins… —empiezo a decir—. ¿Qué hiciste cuando te enteraste de que iba a casarse?

—Simplemente… intentamos disfrutar de nuestros últimos momentos juntos —contesta él, encogiéndose de hombros—. Quisimos aprovechar el tiempo mientras podíamos.

«Aprovechar el tiempo». Yo quiero.

—Me recuerdas a ella en muchos aspectos —confiesa Alexander—. Guapa. Divertida. Aventurera. Peculiar.

—¿Peculiar?

Él ríe y gira la cabeza para mirarme.

—En el buen sentido.

30

LUCY

3 de julio de 1812

Es bastante tarde cuando regresamos a Radcliffe. Mi padre me sorprende dándome las buenas noches antes de marcharse a la cama. Mientras observo cómo se va, se me revuelve el estómago con cada golpe de su bastón; la cortesía me recuerda que aunque esta noche no he recibido la proposición, he... triunfado.

Dentro de una semana seré la prometida del señor Caldwell.

«Pero esta noche, no —me digo—. Hasta que ella se vaya, no».

Mareadas por el ponche y el ejercicio del baile, Audrey y yo subimos lánguidamente la escalera antes de desplomarnos en la cama, con las cabezas dando vueltas en medio de un montón de seda y tul.

Ella empieza a tararear la melodía del vals que las dos hemos bailado esta noche, uno nuevo que está arrasando en el país. Esbozo una sonrisa girando la cabeza para mirar sus ojos color avellana, cálidos a la luz del candelero que Martha me ha dado cuando hemos cruzado la puerta.

—Me duelen los pies —digo con una mueca, sacudiendo la cabeza—. Creo que el señor Caldwell se ha pasado más tiempo pisándome que dando pasos de baile.

Ella deja de tararear y estudia mi cara mientras se queda en silencio.

No sé cómo decirle que él todavía no me ha propuesto matrimonio pero que lo hará.

—Te va a proponer matrimonio mañana —anuncia ella, adelantándose, pero arqueo las cejas confundida al oír la última palabra—. Le oí decírselo a tu padre.

—¿Mañana? —es lo único que logro susurrar—. Pero yo le dije...

—Dentro de una semana a partir de mañana —me interrumpe ella, meneando la cabeza—. Lo sé. Pero no te han hecho caso.

Trago saliva y aparto la vista de su cara. Pensaba que había conseguido más momentos robados agridulces aquí, con ella. Y ahora van a ser todavía menos. Me clavo las uñas en las palmas de las manos.

—Las cosas no han salido bien con el señor Shepherd. Ni con Alexander —continúa ella.

Me quedo inmóvil al oír sus palabras, luchando por pronunciar las mías.

—Bueno, siempre está James.

—Mmm... —replica ella, pero no resulta convincente. O tal vez solo es lo que yo quiero oír. Finalmente, deja escapar un gemido mientras se levanta y me agarra las manos—. Bueno, vamos.

La miro con el ceño fruncido, confundida.

—¿Por qué? ¿Adónde vamos?

—Vamos a bailar —contesta—. Una vez más. Mientras podamos.

—No podemos... —comienzo a decir, pero ella me levanta y empieza a tararear otra vez, haciendo oídos sordos a mis objeciones, y prácticamente al instante las dos nos dejamos llevar por los movimientos, lentos y precisos.

Nos quitamos los guantes en el carruaje, de modo que percibo claramente la sensación de su piel bajo las puntas de mis dedos cada vez que nuestras manos chocan, cada vez que se deslizan suavemente por su brazo antes de rozar la tela. Pequeñas chispas de deseo parecen chisporrotear por todo mi ser cada vez que ella me atrae hacia sí, y aumentan más y más hasta que estoy totalmente encendida de un anhelo desesperado, tan intenso que casi me consume.

Este mismo baile ejecutado con el señor Caldwell hace solo unas horas se ve totalmente transformado. Nunca imaginé que bailar pudiese ser tan romántico, salvo en las novelas que he leído en secreto. Tan íntimo.

Y nunca más volveré a experimentarlo.

Nos quedamos mirándonos fijamente a los ojos, y su cara está tan cerca, es tan hermosa, que ni siquiera me doy cuenta de que hemos dejado de movernos hasta que su tarareo da paso a un jadeo en el momento en que las puntas de mis dedos le rozan la clavícula, ascienden por su cuello, y mis pulgares le tocan la piel de las mejillas.

Levanto la vista a sus gruesos labios, ligeramente entreabiertos, el rojo desvaído en el curso de la noche. Se acercan más, más, hasta que su nariz roza suavemente la mía, y entonces...

Se aparta. Mis manos intentan atrapar el aire cuando ella gira la cara a un lado, fuera de la parpadeante luz de las velas, frunciendo el entrecejo.

—Deberíamos acostarnos —dice, y empieza a hacerlo.

Solo me queda asentir, y la cabeza me da vueltas mientras nos desvestimos, un acto que vivimos con más intensidad que en noches anteriores. Miro hacia atrás y veo cómo su vestido resbala y deja ver sus hombros, la depresión de su región lumbar, pero aparto la vista hasta que tenemos que desatarnos mutuamente los cordones de los corsés, y manipulo con torpeza los lazos con los dedos, mientras los suyos se mueven firmes y seguros y me dejan con ganas. Cuando nos metemos bajo las mantas, noto que el corazón me rebota en las paredes del pecho. La luz de la vela se apaga, y su respiración se vuelve lenta mientras yo me quedo tumbada totalmente inmóvil, mirando al oscuro techo.

Al cabo de un largo rato me doy la vuelta para mirarla, profundamente dormida a mi lado, y trato de dejar de lado estos últimos momentos y pensar en cómo la recordaré. La chica que, por un breve periodo, puso mi mundo totalmente patas arriba. La chica que me supo ver, que me entendió, que deseó lo mejor para mí.

Trato de memorizarlo todo. Las largas pestañas, la piel tersa sobre los pómulos altos, la pequeña cicatriz justo encima de la ceja derecha, el cabello castaño que enmarca su cara, incluso el dolor familiar contra el que he luchado durante semanas, que ha aumentado hasta el punto de que ya nunca desaparece del todo.

Finalmente, rodeada de una oscuridad absoluta, me permito ponerle un nombre.

«Amor».

31

AUDREY

4 de julio de 1812

Hemos estado a punto de besarnos.

Me quedo mirando la taza y el resto del desayuno, que ni he tocado. El remolino de té sigue girando tras haber mezclado el azúcar.

No soy capaz ni de comer.

Lo único que quiero es mirarla, intentar descubrir qué narices está pensando, qué ha significado para ella… Pero eso tampoco puedo hacerlo.

Todo parece pender de un hilo, como el día que mi padre intentó cargar seis cajas de refrescos en un solo viaje, se tropezó con el felpudo medio roto y el suelo de la tienda terminó lleno de cristales, líquido pegajoso y cartón mojado.

No tengo muchas ganas de descubrir cuál es mi versión del felpudo medio roto, pero, puestos a suponer, diría que se trata del capullo del padre de Lucy, que lleva toda la mañana tarareando alegremente para sí mismo, feliz como una perdiz.

De repente, como si le hubieran dado pie, carraspea. Las dos nos volvemos hacia él mientras se seca la boca con la servilleta.

—Lucy, el señor Caldwell llegará dentro de una hora, más o menos.

Pues ya está.

—¿Tan pronto? —musita ella. Se gira para mirarme consternada.

—Así es. Ha decidido que lo mejor será resolver este asunto cuanto antes. Esta tarde tiene algunos negocios que atender —responde el señor Sinclair cuando Lucy se vuelve para mirarlo—. Yo ya le he dado mi consentimiento, por supuesto, pero, a modo de formalismo, te pedirá tu mano en matrimonio.

Trago saliva y aparto la vista. Me pitan tanto los oídos que apenas oigo sus voces, que apenas me doy cuenta de que el señor Sinclair se ha ido hasta que no oigo a Lucy pronunciar mi nombre.

—¡Audrey! —Tiene los ojos más redondos que la maldita moneda de veinticinco centavos que me trajo hasta aquí, y está pálida—. Yo... no sé... —empieza a decir. Al ver que no contesto, frunce el ceño y continúa con una voz apenas más alta que un susurro—: No sé qué hacer.

Y yo no sé qué decirle. No sé qué podría contestarle que le fuese de ayuda. Doy un sorbo de té, despacio y como una autómata. Apenas reparo en su sabor, ni en su temperatura, ni en el tacto suave de la porcelana. Dejo la taza en la mesa poco a poco, mirando con fijeza las florecitas azules y rosas. Quiero pedirle que se niegue, que esté conmigo y no con él, que me ame.

Pero ¿qué puedo ofrecerle yo, más allá de la remota y absolutamente infundada posibilidad de que logre sacarnos a las dos de aquí? Por lo que yo sé, es muy posible que se quede aquí y tenga que enfrentarse sola a las consecuencias, o podríamos quedarnos atrapadas las dos en una época en lo que siento por ella es...

Aberrante.

Oigo su voz pronunciando esa palabra y eso lo hace aún

peor. No puedo ponerla en esa situación, ni quedarme en una época en la que se piensa eso sobre mí.

Y tampoco puedo arriesgarme a alimentar las esperanzas de ninguna de las dos.

Así que me limito a contestar:

—Esto es justo lo que tanto te estabas esforzando para conseguir, ¿no? A no ser que creas que hay otro modo.

Inhala con fuerza y aparta la vista, pero no lo niega. Ya tengo mi respuesta.

Después del desayuno, vamos al salón, como siempre, como si todo fuera bien. El tictac de las agujas del reloj de pie de la esquina suena con fuerza, y ella toca el piano mientras yo dibujo. O al menos lo intento.

Ninguno de mis trazos me satisface. Cada vez que intento esbozar su rostro, sus ojos, su perfil incluso, me sale mal. No sé por qué, pero está mal.

Noto una punzada de terror, como si todo este viaje fuese a resultar inútil, después de todo. Más dolor encima del dolor.

Dibujo rápidamente el sofá, la chimenea, incluso el piano en el que está sentada y, por suerte, todo me sale bien, muy bien de hecho. Sin embargo, en cuanto intento dibujar a la persona que está sentada en el piano... simplemente, no soy capaz.

Así que esbozo todos los escenarios en los que podría evitar lo que va a ocurrir. Levanto la vista del papel solo para echar un vistazo al reloj, que sigue en la esquina, mostrando cómo pasa el poco tiempo que nos queda.

A y cuarto, nos dibujo saltando por la ventana del salón y corriendo por los campos tan lejos como nos llevan las piernas. A y media, nos dibujo besándonos y apareciendo en Pittsburgh, como el final de una película de Disney. A menos cuarto, dibujo al señor Caldwell asfixiándose con el desayuno y no llegando jamás a proponerle matrimonio.

Pero nada de esto va a pasar, y lo único que puedo hacer es estremecerme cuando el reloj por fin toca la hora y ella levanta la vista para mirarme. En ese preciso instante nos llega el sonido de alguien que llama a la puerta desde el pasillo, seguido por un alboroto, voces amortiguadas y unos pasos que se acercan.

Veo cómo su pecho sube y baja tan rápido que logro apreciar el movimiento desde el otro lado del salón. Mientras nos miramos, ya sin tiempo y sin nada más que decirnos, me golpea una ola de un horror inevitable, como si un autobús bajara a toda velocidad la colina de Lawrenceville con los frenos rotos.

Justo cuando se abre la puerta, aprieto el lápiz con el pulgar con tanta fuerza que se parte en dos. Ambas nos levantamos de golpe cuando Martha entra con el señor Caldwell y el padre de Lucy.

Sé que debería quedarme, ofrecerle apoyo moral, pero… No puedo verlo. No puedo.

Antes de que nadie medie palabra, suelto en voz alta:

—Discúlpenme.

Salgo del salón a toda prisa con mi cuaderno de dibujo. Miro atrás, pero la única que me devuelve la mirada es Martha, que me observa con preocupación.

Subo corriendo las escaleras con los ojos llenos de lágrimas. Entro en la habitación de Lucy y recojo todos los indicios de que he estado allí: el ridículo que me prestó, los vestidos arreglados para mí y la manta de la primera noche. Aunque me cuesta cargarlo todo a la vez, voy dando traspiés hasta la habitación de invitados en la que debí haberme quedado desde un principio.

Quizá si lo hubiera hecho, si hubiese guardado las distancias, no me sentiría así. Otra vez. Y, no sé por qué, pero es mucho peor.

Cierro la puerta tras de mí, me siento en el suelo y saco el móvil de la bolsa por primera vez en semanas. Aprieto desesperada el botón de encendido con la esperanza de que se ponga en marcha aunque sea solo una fracción de segundo, lo suficiente para ver la carita de Cooper, un atisbo de mi vida real.

Cierro los ojos con fuerza y apoyo la cabeza contra la puerta, esperando a que las voces de abajo se apaguen. Sin embargo, cuando por fin lo hacen, es como si los Pirates hubiesen ganado la liga por fin, y una lágrima se me escapa y rueda por mi mejilla. Me la seco con furia al oír las felicitaciones y los mejores deseos del personal. No puedo evitar preguntarme, como hice el primer día, qué hago aquí.

Si es para encontrar el amor verdadero, ¿por qué he tenido que enamorarme de la única persona que no puedo tener?

Estos pensamientos me acompañan durante horas. Solo me libro de ellos momentáneamente cuando Abigail me llama a cenar, pero me niego. La tarde llega a su fin y se convierte en la noche, y la habitación se oscurece a mi alrededor.

Al final, saco la moneda de veinticinco centavos. Me siento más perdida que nunca.

¿Se trataba de aprender que era capaz de volver a amar? Quizá solo era eso. Quizá nunca se trató de encontrar el amor verdadero, sino de comprender que tenía la capacidad de sentir algo por alguien que no fuese Charlie. Que puedo volver a amar después de que me hayan roto el corazón.

Pero si ese es el mensaje —que es un asco, por cierto— ya está más que recibido. Así que ¿por qué sigo aquí? ¿Para qué es esta cuenta atrás? Suelto un gruñido de frustración y echo la cabeza atrás de nuevo, golpeándome contra la puerta.

En ese momento, alguien llama con suavidad, como si me contestara. Contengo el aliento y espero, deseando que esta vez no sea Abigail.

Y por fin oigo su voz, tan suave y delicada, que susurra mi nombre:

—Audrey.

Me pongo de pie y deslizo las yemas de los dedos por las marcas de la madera hasta dejar la mano apoyada. No digo nada, simplemente me quedo ahí, sintiéndola al otro lado de la puerta, escuchando su respiración, el sonido de la tela de su vestido cuando se mueve. Tengo tanto que decirle... Noto la presión de las palabras en la cabeza, en la punta de la lengua.

Pero ninguna de esas palabras ayudará, así que me quedo en silencio.

Las dos lo hacemos.

Al cabo de un rato, oigo los pasos que vuelven a su habitación. Que se alejan de mí.

Exhalo un largo suspiro y miro el seis que aparece en la moneda.

Seis días.

¿Y luego qué?

¿Me quedaré aquí, atrapada dos siglos en el pasado, lejos de Pittsburgh, de mi familia y de todo lo que conozco, incapaz de terminar mi portfolio o de ir a ninguna escuela de arte, porque no supe lo que debía hacer? ¿Adónde iré? ¿Qué haré? El señor Sinclair me pondrá de patitas en la calle en cuanto tenga ocasión.

¿O... volveré a casa y no veré a Lucy nunca más? La dejaré aquí sola, sin nadie que de verdad sepa cómo es. Sin nadie que se preocupe de verdad por ella, por sus pensamientos, sus sentimientos y sus deseos. Atrapada.

¿Y qué haré yo sin ella?

Haga lo que haga, salgo perdiendo.

32

LUCY

5 de julio de 1812

No puedo dormir.

Paso casi toda la noche dando vueltas en la cama, escuchando el sonido de la intensa lluvia contra la ventana y los truenos que hacen temblar los cristales.

Estoy prometida con el señor Caldwell.

En las novelas que leo, las heroínas siempre están que no caben en sí mismas de felicidad en momentos como este. Lo único que les espera es ser felices y comer perdices junto a su marido.

Pero mis sentimientos no podrían ser más distintos.

Al final, renuncio a intentar conciliar el sueño, salgo de la cama y me cubro con un chal. Empiezo a pasearme por el cuarto con los dientes apretados; sin embargo, lo único que logro es sentirme aún más enjaulada.

Los rayos empiezan a iluminar el cielo cuando decido salir de mi cuarto y bajar las escaleras. Cruzo el vestíbulo y salgo por la puerta principal. La lluvia me cala casi al instante; aun así, mis pies siguen adelante, haciendo crujir la gravilla del camino. Ando cada vez más rápido hasta que estoy corriendo por la hierba, junto al estanque y más allá de los establos.

Corro hasta que ya no soy capaz de correr más, hasta que mis faldas están empapadas y pesadas, y respiro con dificultad. Durante un minuto, me siento tan exhausta que casi no me doy cuenta de que está ahí.

Pero ahí está. Sentada en el lugar exacto donde la vi por primera vez.

Audrey.

Me mira, pero me giro y doy unos pasos hacia la casa. Verla ahora, con los sentimientos tan a flor de piel, es demasiado peligroso para mí.

No obstante, hay algo que me detiene, que me enraíza al lugar en el que estoy. Miro al cielo, cierro los ojos con fuerza y hundo las puntas de los dedos en la corteza del árbol que se erige a mi lado.

—Si te casas con él, ¿podrás ser feliz algún día? —me pregunta.

Abro los ojos, me vuelvo y la descubro caminando hacia mí. Un rayo cruza el cielo sobre nosotras, iluminando su rostro un segundo. Lleva los pantalones con los que llegó y se ha metido el camisón por dentro a toda prisa. La lluvia cae como un torrente entre nosotras.

—No —contesto, conteniendo el aliento—. Pero tampoco tengo otra opción, ¿no te parece?

Estoy atrapada. Apenas reconozco la persona en la que me he convertido. Audrey me ha dado vida de formas que jamás creí posible, me ha hecho sentir cosas que jamás creí ser capaz de sentir. Pero lo único que he conseguido es la certeza de que jamás volveré a experimentar tales sentimientos.

—No, supongo que no —responde, como si ya supiera que es cierto.

—Pero todo irá bien —digo. Las lágrimas y la lluvia se mezclan en mis ojos. Levanto una mano para enjugármelos con furia—. Mi madre estaba equivocada. No necesito amor.

Es un matrimonio adecuado y tendré una vida cómoda. Y tú podrás regresar a tu casa, puede que incluso te lleves a James a vivir grandes aventuras. Seguirás viviendo como si nada hubiera pasado y un día lo habremos olvidado todo.

Audrey me mira como si le hubiese dado una bofetada. Cierra la boca y aprieta los puños.

—Entonces ¿para qué has venido? ¿Para que sigamos dándole vueltas?

—No lo sé. —No puedo responder otra cosa, y no es suficiente. Sé que no lo es.

—¿No lo sabes? —Niega con la cabeza—. Pues claro que no lo sabes. No sabes ni lo que piensas ni lo que sientes porque dejas que tu padre, el señor Caldwell o la sociedad lo decidan por ti. Te niegas a salir de esa cajita en la que estás metida y a enfrentarte a tus problemas, así que finges no sentir nada y punto.

—¿Y qué hay de ti, Audrey? ¿Qué me dices de ir detrás de Alexander, del señor Shepherd y de James sin tomar una decisión? ¿Qué me dices de haberte alejado de mí, ayer mismo? ¿Y de Leah, a quien no fuiste capaz de confesárselo? ¿O de no enviar esa solicitud para no tener que enfrentarte a un rechazo? No soy la única que hace todo lo posible por no salir de la cajita en la que se siente segura, sea cual sea su forma. —Se aparta de mí y empieza a caminar hacia la casa—. ¿Adónde vas? —grito, y mi voz me traiciona rompiéndose en la última palabra.

Ella se detiene con la cabeza gacha.

—Me marcho. Me quedaré en la posada del pueblo hasta que se me acabe el tiempo.

—No… —Doy un paso hacia ella, pero entonces se vuelve hacia mí con el rostro deformado de dolor.

—¡No lo entiendes, Lucy! No sabes lo que supone para mí ver cómo asientes y estás de acuerdo si dicen que soy… que soy… ¿Cuál era la palabra? ¡Aberrante! —Hace una mueca al pronunciar la palabra—. Que soy una pervertida, que lo que siento está mal, cuando lo que siento por ti, cuando lo único que estoy es… —Se calla y aprieta los dientes. Contiene las lágrimas y evita decir las palabras que ambas, pese a sus críticas, tenemos demasiado miedo de decir.

—Yo no haría eso.

—¡Sí lo harías, Lucy! Ahora no hay nadie y sigues…

—Audrey…

—¡Sigues censurándote! ¡Te niegas a ser sincera conmigo aunque…!

—¡Escúchame! —la interrumpo. Otro rayo parte el cielo en dos—. Yo no pertenezco a tu época. Mi lugar es este. —Señalo a mi alrededor, a los terrenos que mis hijos heredarán antes que yo. Al mundo que conozco, en el que enamorarse de otra mujer y contárselo a todos para poder existir juntas nos dejaría sin futuro, sin vida. He buscado sin cesar una forma de convertirlo en una posibilidad y no he logrado hallar ninguna. Y, a juzgar por lo que dice, ella tampoco—. Estoy atrapada, Audrey. En una época y un lugar en el que no puedo decirte que…

Se me rompe la voz de nuevo y me callo.

Nos miramos durante un largo momento y, mientras contemplo los ojos que añoraré por el resto de mis días, me quedo sin aire. Es el rostro que emborrona las palabras de cada página que intento leer, la persona que hace que mis melodías de piano tengan un significado. Pero, al final, se vuelve para abandonarme para siempre y siento que el mundo se derrumba a mi alrededor; que los árboles, el campo en el que nos conocimos y Radcliffe se convierten en polvo.

Puede que no haya un futuro para nosotras, pero aún nos queda el presente. Y en este presente no deseo centrarme en lo que hace que esto sea imposible, que nosotras seamos imposibles.

Quiero disfrutarlo mientras aún contemos con esa oportunidad.

—¡Bésame! —le pido.

La palabra se escapa de mis labios antes de que me dé tiempo a pensar, a reprimir de nuevo lo que deseo decir con tanto fervor que me duele hasta la piel.

—¿Qué? —Se vuelve y un trueno retumba sobre nosotros.

—¡Que me beses! —repito con más firmeza.

—Lucy, yo...

Doy dos pasos al frente y mis manos acuden a la suave piel de su rostro. La atraigo hacia mí; la necesito muy cerca de mí. Y, de pronto, justo cuando nuestros labios se tocan, siento que me encuentro. Que estoy salvada.

Volvemos a Radcliffe dando tumbos. Estamos empapadas, pero la sensación que me provoca notar las manos de Audrey en mi cintura, sus dedos clavándose en mi costado y la respuesta desesperada a tantas semanas de anhelo hace que apenas repare en ello.

La llevo por una puerta trasera. La casa sigue en silencio; todavía no se ha despertado nadie que deba preocuparnos, aunque creo que en este momento no me importaría en absoluto. Aprieta su cuerpo contra el mío y no deja de besarme mientras subimos a mi cuarto. Descanso la palma de la mano a la altura de su corazón, cuyos latidos erráticos noto a través de la tela fina y mojada de su camisón.

Tiro de ella hacia mi cuarto, cierro la puerta y dejo que el chal caiga al suelo. Por primera vez hacemos una pausa para contemplarnos, mientras los rayos siguen iluminándonos desde el otro lado de la ventana. En esta ocasión es ella quien con cuidado, con delicadeza, alarga una mano y enreda los dedos en la tela de mi camisón para acercarme a ella, con los ojos ensombrecidos y deseosos. Su mirada me calienta el cuerpo entero.

Nuestros labios se encuentran y me deshago en ella. Se me corta la respiración cuando su mano se desliza bajo mi camisón y me acaricia la pierna, la cadera, hasta encontrar el suave valle bajo las costillas.

—Yo nunca… —susurro contra su boca. Nunca había besado a nadie. Nunca me habían tocado así. Nunca me había sentido así.

—Yo tampoco. No con una chica —responde, acariciando mis labios suavemente con los suyos—. Podemos parar. No tenemos por qué…

—No quiero parar. —Si lo hacemos, jamás tendremos otra oportunidad.

Y la deseo. Quizá más de lo que nunca he deseado nada.

Cuando nos miramos a los ojos, no hay parte de mí que no arda, que no se sumerja en esos sentimientos. Me quita el camisón poco a poco, como el día que me ayudó a probarme el vestido del baile, solo que mucho mejor. Me tiemblan las piernas al ver que baja la vista despacio, recorriéndome con la mirada. Le cojo las manos y las llevo a mi cuerpo y, sin poder evitarlo, ahogo un grito en cuanto me toca.

—Yo tampoco quiero parar —contesta, y me acalla con un beso mientras caminamos hacia atrás, dando traspiés, hacia la cama—. ¿Qué me dirías? —susurra con la boca pegada a mi cuello—. ¿Qué me dirías si vivieras en mi época en lugar de en la tuya?

Enredo los dedos en su pelo y pienso en su pregunta. Siento que cada onza de deseo, anhelo y amor que siento por esta chica venida el futuro me colma. Pienso en cada sonrisa que me ha dedicado desde el otro lado del salón, en cada conversación que me ha hecho anhelar más y más, y cada punzada de celos que me ha llevado a desear ser Alexander, el señor

Shepherd o James, cuando, en realidad, solo necesitaba ser yo misma. Pienso en cada uno de los momentos de las últimas semanas.

Le alzo la barbilla, dejando sus labios entreabiertos a punto de tocar los míos.

—Que me has consumido por completo —susurro en su boca. Ella cierra los ojos y por fin, por fin, me atrevo a decírselo—: Y que te amo.

33

AUDREY

5 de julio de 1812

Cuando por fin deja de llover, no debe de ser mucho más tarde de las ocho de la mañana. Tengo el brazo dormido debajo de Lucy, pero no me importa. Entierro la cara en su melena dorada y cierro los ojos con fuerza, perdiéndome en su aroma a lavanda.

No consigo dormir. El sonido del reloj de pie de la esquina, cuyas agujas no dejan de moverse, me recuerda que mi tiempo se agotará en solo cinco días, por mucho que desee congelar este momento. Lo mejor que puedo hacer es aprovechar cada segundo y, al menos, volver a trasladar mis cosas a su cuarto.

Sonriendo para mis adentros, quito el brazo con cuidado de no despertarla e intento no gemir cuando cae como un peso muerto y las punzadas de dolor irradian hasta el hombro. Me pongo el camisón mojado, cojo los pantalones y salgo de puntillas para ir a mi vieja habitación, donde metí el cuaderno de dibujo, el ridículo, el móvil, mi ropa de verdad y un par de cosas más en una bolsa que guardé en el fondo del armario.

Y, por supuesto, cuando salgo de la habitación me doy de bruces contra la última persona que quería ver.

—¡Señor Sinclair! —exclamo, e intento rápidamente peinarme un poco y taparme el camisón... y los vaqueros rasgados que llevo colgados del brazo y la bolsa llena de cosas. En realidad, ahora sería ideal que una bolsa de papel me cubriera de pies a cabeza.

Hace una mueca de disgusto al verme e inspecciona mi aspecto desaliñado con una mirada penetrante.

—Cada día me pregunto qué hace usted en mi casa, señorita Cameron.

Tú dirás.

—Me faltan palabras de agradecimiento por su hospitalidad y su generosidad —respondo, intentando que la conversación sea ligera y casual.

—Espero que sea usted consciente de que con su mera presencia pone en peligro la reputación de mi hija.

—A ella no parece importarle —contesto, incapaz de contenerme.

—Pero al señor Caldwell sí. Albergó dudas sobre su propuesta de matrimonio debido a ello.

Recuerdo aquella noche en casa del señor Shepherd. Allí me dejó muy claro que no era precisamente mi mayor fan. Recuerdo la mirada de disgusto que me lanzó cuando invitó a Lucy a cenar sin mí antes de marcharse la noche del baile, cuando me definió como una dudosa influencia.

—Por lo que ha llegado a mis oídos, y por lo que yo mismo he observado —prosigue—, es perfectamente razonable que el señor Caldwell cuestione su educación, así como cuál es exactamente su relación con el señor Shepherd, sobre todo teniendo en cuenta que la vieron desaparecer con el inmoral de mi sobrino, el coronel Finch, durante buena parte de la velada. —Estoy impactada, pero permanezco en silencio. Da un paso hacia mí y su boca se retuerce en una mueca cruel—. Señorita Cameron, ¿sabe lo que pasará si la gente relaciona a

Lucy con una persona que se comporta con tal indecencia? ¿Si su reputación queda mancillada? ¿Si el señor Caldwell cambia de opinión y retira su ofrecimiento? —Al ver que no continúa, me limito a mirarlo, apremiándolo a continuar—. Estará arruinada. Nadie más la pretenderá y se convertirá en una solterona sin posibilidad de ascender socialmente, lo que significa que no tendrá ninguna utilidad para mí. Y, cuando yo muera, no recibirá nada. No tendrá nada. Aunque, con semejante falta de valor, para entonces ya hará mucho tiempo que no tendrá lugar alguno aquí, en Radcliffe.

Me quedo paralizada al escuchar esas palabras.

No creí que…

No creí que se atreviera a echarla.

—El señor Caldwell la quiere fuera de esta casa al final del día —añade—. Y yo quiero que se marche ahora mismo. —Da otro paso hacia mí. Ahora su rostro está a escasos centímetros del mío—. Su presencia aquí, señorita Cameron, destruirá su vida por completo —susurra—. Así que espero que, para cuando regrese del pueblo esta tarde, su más que esperada marcha ya se haya producido.

Sus palabras son como una bofetada, como un jarro de agua fría.

Pasa por mi lado y me deja plantada en el pasillo, con la bolsa aferrada contra el pecho y un pitido ensordecedor en los oídos.

«Le destrozaré la vida».

No tengo la certeza de poder sacarla de esta época, y aquí no tengo nada que ofrecerle. No estamos en 2023, donde podría encontrar algún trabajo en una librería independiente o preparar cafés con leche en un Starbucks y encontraríamos el modo de salir adelante. Y si yo vuelvo de golpe a Pittsburgh y ella se queda aquí atrapada tendrá que sufrir sola las consecuencias.

Esta conversación me ha arrancado cualquier rayito de esperanza que hubiese podido despuntar tras esta noche.

El riesgo es demasiado grande, a pesar de lo que pueda opinar el señor Montgomery. Lucy tenía razón, por mucho que yo deseara lo contrario. Su padre tiene razón, por mucho que yo no quiera que sea así. Confesarnos la una a la otra lo que sentimos no basta para cambiar el mundo que nos rodea... Y ella tiene demasiado que perder.

Exhalo una larga bocanada de aire. Me duele el pecho solo de pensar en que nos separen siglos y continentes, en verla solo en mis recuerdos, en que cada uno de sus rasgos quede grabado en mi mente, sobre todo sabiendo lo que sé ahora, sabiendo lo que podríamos ser y la vida que ella podría tener.

Y esa es la razón por la que debo irme. Ahora mismo.

Antes de que empeore aún más las cosas.

Saco mi cuaderno de dibujo de la bolsa, lo hojeo y comprendo que no puedo llevarlo conmigo.

Y si no soporto enfrentarme a su retrato, mucho menos a ella en persona. Sé que, si abro esa puerta, la veré profundamente dormida, con el pelo dorado esparcido sobre la almohada y los labios entreabiertos, más bonita que ningún dibujo que haya hecho o vaya a hacer, y jamás me marcharé. Así que arranco una hoja en blanco del cuaderno, escribo una nota y la dejo encima de este.

«Lo siento».

Es lo único que puedo decirle.

Siento no poder salvarla de todo esto. Siento que aparecer a través del tiempo y el espacio, que aterrizar en medio de su vida, no haya hecho más que empeorarlo todo. Siento no poder estar con ella como deseo tan desesperadamente. Y siento tener que herirla para salvarla.

Luego deslizo el cuaderno por debajo de la puerta, bajo las escaleras y salgo por la puerta principal, dejando Radcliffe atrás para siempre. De una cosa estoy segura: si algún día vuelvo a 2023, pienso matar al señor Montgomery. Sus días de café y periódicos gratis han llegado a su fin.

Hasta que no recorro los mismos campos donde ella me halló, y donde ambas volvimos a encontrarnos, no me doy cuenta de aquello de lo que más me voy a arrepentir: nunca le dije que la amo.

34

LUCY

5-8 de julio de 1812

La odio.

Lanzo el cuaderno de dibujo a la otra punta de la habitación. Las hojas salen volando y revolotean frente a mí, cayendo al suelo poco a poco. Una punzada de traición se adueña de mí; me recorre todo el cuerpo mientras arrugo la hoja donde ha escrito la nota.

«Lo siento».

Es lo único que ha sido capaz de decirme, después de…

Después…

Las lágrimas me nublan la vista. Contemplo las hojas con dibujos que cubren el suelo: es como si la corta estancia de Audrey hubiese cobrado vida y, no obstante, le hubiese resultado muy sencillo dejarla atrás. Me arrodillo poco a poco y cojo uno.

Uno en el que yo toco el piano.

Cojo otro.

Yo, montando a caballo por un pequeño claro en el bosque.

Sigo mirando uno tras otro.

Yo, riendo a carcajadas en la mesa, durante la cena.

Yo, profundamente dormida, con el cabello esparcido sobre la almohada.

Contemplo un dibujo tras otro, hasta que los tengo todos en las manos. En todos ellos aparezco yo, son bocetos que demuestran que Audrey veía en mí una versión que yo siempre había querido que viesen. Que siempre había querido que conociesen.

Una versión que cesará de existir.

Me escondo bajo las mantas y me hago un ovillo, arrugando las hojas contra mi pecho. La mañana se funde en la tarde y la tarde en la noche. Cuando Martha llama a mi puerta, no respondo. Dejo que la comida que hay en las bandejas que deposita junto a mi habitación se enfríe mientras lucho para cerrar la herida que Audrey ha dejado a su paso.

Cuando el cielo está completamente negro, Martha se las arregla para entrar con una llave del manojo del señor Thompson. Deja la bandeja de té en mi mesilla de noche, y me toca las mejillas y la frente con el dorso de la mano para diagnosticarme una fiebre que no existe.

—Lucy… Lucy —me llama con dulzura—. ¿No se encuentra bien? ¿Se ha resfriado? ¿Tiene fiebre?

—No, yo… —Niego con la cabeza. Se me llenan los ojos de lágrimas.

Mira el montón de dibujos que tengo entre los brazos y, al ver que su expresión cambia cuando comprende lo que ocurre, se me encoge el estómago. Sin embargo, no hace ningún comentario, pregunta ni observación. Se limita a abrazarme mientras los sollozos sacuden mi cuerpo, que duele aun bajo sus reconfortantes brazos.

—Ay, Lucy, Lucy querida… —susurra para calmarme, y se queda conmigo hasta que por fin me abandono a un sueño inquieto.

Tardo tres días enteros en salir de la cama, aunque aún me siento frágil, tanto, que me da la impresión de que un viento fuerte podría tumbarme. Martha me ayuda a arreglarme mientras me miro en el espejo. Tengo los ojos rojos e hinchados, la cara demacrada y el pelo hecho una maraña que ella intenta peinar con cuidado y delicadeza.

—¿Se ha marchado? —pregunta cuando nuestras miradas se encuentran en el espejo—. Audrey, quiero decir.

Me estremezco al oír su nombre, pero me obligo a responder:

—Sí.

—¿Adónde ha ido?

—No deseo hablar de ello.

Se me rompe la voz. La herida, inevitablemente, ha vuelto a abrirse. Cierro los ojos con fuerza y, con mucho esfuerzo, hallo el valor. Martha me pone una mano cálida sobre los hombros y me da un suave apretón.

—Lucy, yo…

Niego con la cabeza y ella se calla. No insiste más. Yo tenía razón. El futuro no me tiene reservado nada más.

Con unos polvos, un poco de colorete y un bonito vestido, vuelvo a tener un aspecto casi humano o, al menos, a ofrecer una ilusión bastante creíble. Me recompongo, abandono la habitación y me dirijo a desayunar, seguida de cerca por el ama de llaves. Voy preparando qué decir durante el camino para lograr hablar con determinación. Una vez en el comedor, las palabras escapan de mis labios antes de que llegue a sentarme.

—Desearía adelantar mis nupcias con el señor Caldwell.

Todavía no hemos decidido una fecha, aunque se daba por hecho que la ceremonia tendría lugar al final del verano. Pero ¿ahora acaso importa? Lo mejor será terminar con ello cuanto antes para poder dejar este sitio atrás, como hizo Audrey.

Mi padre levanta la vista con sus pobladas cejas enarcadas en un gesto de sorpresa. Martha, que está detrás de él, se queda muy quieta, y la taza que tiene en las manos, que por lo demás son siempre firmes, tiembla.

Continúo decidida:

—Pasado mañana sería de mi agrado. Una boda discreta, en la iglesia del pueblo. —Me sirvo una taza de té y un poco de azúcar.

—Pasado ma…

—Como usted mismo dijo, el señor Caldwell está ansioso por desposarme —lo interrumpo, mientras doy un sorbo a la bebida—. Yo también lo estoy. ¡Y usted también! Soy consciente de que no tiene ningún interés en que me quede aquí por más tiempo, así que dejémonos de ceremonias. Si todos estamos de acuerdo, no veo qué sentido tendría esperar más.

Él asiente. Parece complacido, una expresión del todo desconocida para mí.

—Lo avisaré de inmediato.

Tomo mi desayuno con calma, pero se me nubla la vista. Mi padre llama al señor Thompson para enviar el mensaje y se empieza rápidamente con las diligencias necesarias para el vestido, las flores y las invitaciones, que serán para un selecto grupo de invitados. Mientras tanto, yo me quedo sentada en medio del ajetreo, que se convierte en un zumbido sordo.

Cuando mi padre se levanta para marcharse, por primera vez desde que era muy pequeña, pone una mano sobre mi hombro y me dedica algo similar a una sonrisa.

Librarse de mí parece ser un regalo de incalculable valor.

Hago caso omiso de las miradas inquisitivas de Martha; no quiero que mi recién hallada determinación se vea socavada por ninguna expresión suya.

Cuando por fin me levanto de la mesa, me dirijo a la biblioteca. Con los dientes apretados, enciendo un fuego, levanto el tablón y lanzo a las llamas un libro tras otro hasta que mi escondite está vacío. Hasta que ya no queda nada.

Me cruzo de brazos y contemplo el retrato de mi madre. Me clavo los dedos en los costados, hundiéndolos tanto como puedo en los espacios que separan mis costillas.

—Te equivocabas —le reprocho con los ojos llenos de lágrimas.

Durante todo este tiempo, durante todos estos años, deseé siempre enamorarme, aun cuando parecía imposible. Y todo por ella. Por lo que ella me había dicho. Y ojalá nunca lo hubiera deseado. Ojalá nunca hubiera sabido que podía sentir tanto, para, tal vez, haber podido conformarme con sentir tan poco.

35

AUDREY

9-10 de julio de 1812

Todavía me duelen los pies después de la maratón de hace cuatro días, cuando hui por el pueblo.

A medio camino me interceptó el mismísimo señor Shepherd. Bueno, Matthew: después de que me encontrase hecha un mar de lágrimas cuando me dirigía a la posada durante su paseo de la tarde, por fin hemos empezado a tutearnos. Me llevó a su casa y me dejó refugiarme en una de sus habitaciones de invitados. Desde entonces he estado llorando y gimoteando por la vivienda envuelta en un chal, como un fantasma victoriano.

Por suerte, todavía no ha llegado todo el personal que trabajará en ella, así que no destruiré su reputación y la de Lucy en un mismo mes.

Mi objetivo es quedarme en esta habitación y esperar los días que me quedan hasta que la moneda de veinticinco centavos decida teletransportarme —o no—, pero poco después del mediodía de mi segundo día aquí oigo unas voces y unas risas en la entrada y la curiosidad puede conmigo. Refunfuñando como un viejo que se queja de los niños que le ensucian el patio de casa, salgo de la cama, me pongo un vestido sin preocuparme del montón de capas que debería llevar debajo y me acerco de puntillas al pasamanos de la escalera. Cuando me asomo, veo dos rostros expectantes que me miran.

Uno es el de Matthew, por supuesto. Pero a su lado está nada menos que el coronel Alexander Finch en persona.

Me saluda con la mano y gimo.

—¡Yo también me alegro de verte! —exclama, con una reverencia exagerada. Yo reprimo una pequeña sonrisa. Apoyo los codos en el pasamanos y la barbilla en las manos.

—¿Qué haces aquí?

—A Shepherd se le ha ocurrido que quizá te hiciera bien ver una cara amiga.

—Bueno… —Fulmino a Matthew con la mirada y él me mira avergonzado—. Pues Shepherd se equivoca.

—Es una pena —responde Alexander encogiéndose de hombros. Levanta una caja envuelta en una tela y me mira de reojo—. Y yo que había traído galletas recién horneadas del obrador…

No ha terminado la frase y ya estoy corriendo escaleras abajo para quitarle la caja de las manos.

—Está bien —le digo mientras le doy unas palmaditas en el hombro—. Te puedes quedar.

Entramos en el salón a tomar el té. Yo me siento en el sofá y Matthew y Alexander en las butacas. Intento mordisquear los bordes de una galleta y no fijarme en que los dos me miran expectantes; al final, sin embargo, me resulta imposible ignorarlos, como cuando Cooper me suplica que le dé comida durante la cena.

Exhalo un largo suspiro.

—¿Qué pasa?

—Es que… pareces un poco… —empieza a decir Matthew, pero Alexander le pone una mano en el hombro para pararlo.

—¿Y si digo algo tan absurdo que tal vez sea cierto? —pregunta.

Suspiro y me apoyo en el respaldo del sofá.

—Tengo una idea mejor. ¿Y si empiezo yo?

Asiente con la cabeza y me hace un gesto para que hable.

—Vengo de dentro de doscientos años en el futuro.

Los dos se me quedan mirando, mudos, durante unos quince o veinte segundos. Luego estallan en carcajadas; Matthew se dobla hacia delante y Alexander se seca lágrimas de risa de los ojos.

—En fin, ¡veo que no has perdido el sentido del humor! —exclama el segundo, pero lo silencio levantando un dedo; acto seguido subo a buscar mi ridículo, que está al lado de mi cama. Al volver, me encuentro con dos rostros muy confundidos.

—Mirad.

Vuelco su contenido en la mesa, delante de ellos, revelando el teléfono móvil y la cartera. Los dos se inclinan hacia delante para inspeccionar la extraña pantalla y la lente de la cámara, un billete de cinco dólares arrugado, mi carnet con una fotografía y mi carnet de la biblioteca. Cogen el billete, rascan la foto del carnet y dan unos golpecitos sobre el cristal.

Al final, Alexander mira a Matthew con las cejas oscuras enarcadas.

—En fin... Eso explicaría lo del baile.

Un momento... ¿qué?

—Lo mismo estaba pensando yo —confiesa Matthew, dando unos golpecitos con mi móvil contra la palma de su mano. Ambos se apoyan en los respaldos de sus butacas, charlando como si yo no estuviera aquí—. Además, a veces dice cosas que...

—Que no tienen ningún sentido.

—¡Exacto! Al principio pensaba que en América la sociedad debía de ser extraordinariamente distinta, pero ayer por la mañana...

—Bueno, ¡ya está bien! —protesto. Me levanto para quitarles mis posesiones. No estoy de humor para que se metan conmigo después de la semana —no, ¡semanas!— que he pasado—. Ya lo pillo. No soy precisamente una experta en pasar desapercibida.

Los dos se echan a reír, pero entonces Matthew frunce el ceño y da un trago largo y lento de su taza de té, como si estuviese reflexionando.

—Si no te importa que te lo pregunte... ¿Cómo llegaste hasta aquí?

—Un anciano que viene a la tienda de mis padres me dijo no sé qué sobre que me escondía del amor y bueno... la vida me lanzó una moneda, y ¡puf! —Chasqueo los dedos—. Aparecí en el campo de casa de Lucy.

Aprieto los dientes sin querer al pronunciar su nombre.

Necesito otra galleta.

—Qué interesante —comenta Alexander mordiéndose el labio mientras alargo la mano hacia la caja.

Lo señalo con la galleta.

—Así que me parece que, por absurdo que fuera lo que ibas a decir, no puede superar esto.

Niega con la cabeza.

—No te falta razón, pero... Matthew me ha contado que has estado llorando, tumbada por todas partes, mirando con tristeza por la ventana...

Madre mía, no veas cómo me está pintando. Casi puedo oír a mi madre diciendo algo parecido cuando Charlie me dejó. Le hago un gesto para que continúe.

—Creo... —Se detiene y carraspea. Se mueve nervioso en su asiento—. Creo que tienes el corazón roto.

El enorme bocado de galleta se me atasca en la garganta. Toso, doy un buen trago de té y lo miro con los ojos húmedos entornados en cuanto el oxígeno vuelve a llegarme a los pulmones.

—Sí, claro. —Resoplo—. Eres tan mal bailarín que…

—No creo que te lo haya roto yo.

Me cruzo de brazos. Noto un cosquilleo en el estómago.

—Crees que porque Shepherd me dejó de lado para ir a beber absenta…

—Ni tampoco Matthew.

Miro a este último, que se encoge de hombros con un gesto melancólico, pero también como diciéndome que a veces las cosas pasan.

—Muy bien. —Me inclino hacia delante y enarco una ceja—. Entonces ¿quién me lo ha roto?

Él imita mi gesto y se inclina también hacia delante.

—Lucy.

¿Dónde están Martha y sus sales de amoniaco cuando las necesitas?

—¿Lucy? ¿Yo? Pero qué… —Suelto una carcajada e intento salvarme el culo fingiendo que es lo más absurdo que he oído en toda mi vida, pero, por cómo me miran, es evidente que no cuela.

Dejo de fingir y exhalo un largo suspiro.

—Y si tuviera sentimientos románticos por ella, ¿no os parecería… aberrante?

Matthew se ríe por la nariz.

—En absoluto. Fui a un colegio exclusivamente masculino.

Miro a Alexander, que me dedica una sonrisilla.

—Y yo he viajado mucho, muchísimo.

—Bueno, pues no todo el mundo piensa igual. De hecho, según Lucy, esa no es en absoluto la opinión mayoritaria. —Pongo las manos sobre mi regazo. Ellos asienten, dándome la razón.

—¿Acaso te rechazó? —pregunta Alexander.

—No exactamente. —Cierro los ojos con fuerza y las imágenes de esa noche se suceden en mi mente. Están ahí cada vez que cierro los párpados, cada vez que permito que mi mente divague, por mucho que intente no pensar en ella. Veo el rostro de Lucy iluminado por el resplandor de un rayo, su piel bajo las puntas de mis dedos, la forma de su cuerpo bajo las sábanas.

Supongo que, en todo caso, fui yo quien la rechazó a ella cuando me marché. Pero tuve que hacerlo.

—Su padre me dijo que debía marcharme, que el señor Caldwell insistía. Que mi sola presencia, por asociación, bastaría para arruinarle la vida. Y, de todos modos, no habría funcionado. Fue una estupidez pensar que era posible. —Alzo la voz; la frustración que hace ya semanas que siento ha tomado las riendas—. Porque, claro, ¿aquí? ¿Ahora? ¿Qué vida podríamos tener? ¿Y quién soy yo para pedirle algo así?

Matthew baja la vista con el ceño fruncido.

—¿No te parece que esa decisión le corresponde tomarla a Lucy?

Me quedo paralizada. No me esperaba esa respuesta.

Porque tiene razón. He tomado la decisión por ella.

Igual que el señor Sinclair y el señor Caldwell.

—Pero ni siquiera sé si voy a seguir aquí mucho más —repongo—. Cuando se me acabe el tiempo, es posible que vuelva a 2023 sin ella. Por no hablar de que está comprometida. Dentro de unos meses será una mujer casada.

—Mañana —dice Alexander.

—¿Qué?

—Se casará con el señor Caldwell mañana al mediodía. En la capilla del pueblo.

Me empiezan a pitar los oídos mientras intento asimilar lo que me acaba de decir.

No puede ser cierto. ¿Mañana? ¿Se casa mañana?

Me pongo de pie tambaleándome y ellos hacen lo mismo, mirándome con preocupación. Alexander se acerca a mí y

Matthew empieza a decir mi nombre, pero niego con la cabeza y se interrumpe, igual que Alexander, cuya mano se queda suspendida entre los dos.

—Lo siento, necesito…

Salgo caminando de forma mecánica de la habitación, guiada por mis piernas. No soy capaz de mirarlos. No soporto ver la pena en sus ojos.

Con cada paso que doy, siento una ira profunda y apremiante que empieza a burbujear en mi interior, una frustración que me asfixia, porque no puedo hacer nada.

No puedo arreglar esta situación. No puedo impedir ese matrimonio y salvarnos a las dos. No puedo confesarle lo mucho que la amo. Ya no.

Y lo peor de todo es que me daba tanto miedo el riesgo que le robé su última oportunidad de correr uno, de elegir algo por sí misma.

Con un sollozo desesperado, rebusco entre las sábanas hasta encontrar la moneda que me trajo hasta aquí. Aprieto el metal frío con los dedos y luego lo miro, observando cómo refleja la luz del atardecer. En el centro resplandece el número uno.

Mañana es mi último día.

Mañana es el último día de Lucy.

Y lo único que puedo hacer es esperar a que se nos acabe el tiempo.

Paso la noche dando vueltas en la cama. Meto la cabeza bajo la almohada y pienso en Lucy, que estará frente al altar en unas pocas horas, al lado del señor Caldwell. Y no solo por culpa de él y de su padre.

Ahora también por culpa mía.

Al final, gimo, tiro la almohada y salgo de la cama. Me froto los ojos y me visto poco a poco. El sol todavía está muy bajo, pero me pregunto cuánto falta para que pase algo, para que el tiempo que marca la moneda de veinticinco centavos llegue a su fin.

Bajo al salón y encuentro a Matthew allí, hablando con un caballero que está ocupándose del fuego de la chimenea de espaldas a mí.

—Ah, Audrey —me saluda mientras se pone de pie. Señala al hombre y añade—: Permite que te presente a mi nuevo mayordomo, el señor Montgo...

36

LUCY

10 de julio de 1812

Hoy es el día de mi boda.

Se podría pensar que esas palabras vendrían acompañadas de una enorme dicha, de un cosquilleo nervioso, de una gran emoción…

Sé que una vez soñé que así sería, pero lo único que me evocan ahora es un horror tan profundo, tan enterrado en los huesos, que me duelen. Al menos la fecha la he elegido yo.

Miro por la ventana del carruaje y me muerdo el interior de la mejilla para luchar contra las lágrimas inoportunas que asoman a mis ojos. Justo cuando creo que he logrado recomponerme, Martha alarga un brazo desde el asiento de enfrente, me coge de la mano y me empuja peligrosamente al abismo que me convertirá en un mar de lágrimas.

—Lucy, no se me pasa por alto que hay algo que la preocupa —susurra. Es evidente. Como si no estuviéramos de camino a la tienda de la señorita Burton para que haga los últimos arreglos al vestido de novia que luciré en menos de cuatro horas, cuando esté en el altar junto al señor Caldwell.

Como si mi pura existencia, mi pecho, mis piernas, las puntas de mis dedos, incluso, no me dolieran solo con pensar en ella.

—Me encuentro bien, Martha, de veras —respondo lo más alegremente que puedo. Le aprieto la mano y me obligo a dibujar una sonrisa mientras entramos en la ciudad. Las calles están mucho más llenas de vida por la mañana que por la tarde, mucho más calurosa.

—Yo… —empieza a decir—. El señor Caldwell, este matrimonio… Sé que no es lo que usted desea y… Y ¡lo siento tanto…! Su madre no querría verla así. No querría que se viera obligada a aceptar el mismo destino que ella. Ojalá pudiera…

—Pero mi madre no está, ¿no? Y ¿acaso es asunto tuyo? —le espeto.

Aparto la mano, pero me siento culpable de inmediato al ver que baja la vista y retira la mano de nuevo a su regazo. Esta mujer me ha cuidado durante toda mi vida, fue mi apoyo tras la muerte de mi madre y se quedó conmigo cuando ni yo lo hubiera hecho. Estuvo al lado de mi madre en el día de su boda y ahora está aquí, contemplando cómo su hija sigue sus pasos e intentando protegerme, aunque no pueda.

No soy mejor que mi padre.

—Perdóname, Martha, yo… —Se me rompe la voz, traicionándome al fin.

Ella se limita a asentir con la cabeza y me da unos golpecitos en la pierna; un gesto comprensivo.

Unos minutos después me encuentro frente a un espejo, aturdida, mientras la señorita Burton tira y aprieta del vestido de novia que una vez fue de mi madre, mientras la piel se me eriza bajo la prenda de estilo francés de color blanco roto. Su asistente, que está a su lado, toma nota con ahínco para coger el dobladillo de las mangas y las faldas, para entallar las caderas y la cintura.

Mi padre, cuya corta estatura evidentemente he heredado, debe de haber pagado una pequeña fortuna para que las modistas efectúen tan ardua tarea en tan poco tiempo.

La señorita Burton da unos golpecitos en mis brazos extendidos y los bajo hasta que rozo con los dedos la tela maldita que pronto marcará el inicio de un segundo matrimonio infeliz.

—¡Y pensar que hace solo un mes la estaba ayudando a elegir un vestido para atraer la atención del señor Caldwell! —comenta la modista, mientras se llevan el vestido para llevar a cabo los arreglos y yo me cubro con un chal—. ¡Y ahora una boda! Diría que atrajo usted su atención con creces, señorita Sinclair.

Le dedico una sonrisa educada y ella abre desorbitadamente los ojos, emocionada; sin embargo, yo solo puedo pensar en lo mucho que ha cambiado todo en un mes. En lo mucho que he cambiado yo.

—Ah, ¡ahora me acuerdo del vestido que encargó! —añade, haciendo un gesto a una de sus ayudantes, que se va a buscarlo a toda prisa—. Se lo iba a mandar a Radcliffe esta misma semana, pero supongo que ahora tendré que mandarlo a casa del señor Caldwell.

En cuanto lo veo, con sus sedas lilas y su absoluta perfección, me echo a reír a carcajadas. Este vestido absurdo, que pensaba que podría simbolizar un pequeño acto de rebeldía, un recordatorio de algo que pude elegir… ¡Qué necia fui! A buen seguro ahora quedará para siempre guardado en mi nuevo armario. No quiero tal recordatorio.

La señorita Burton frunce el ceño, confundida. Niego con la cabeza y me enjugo una lágrima.

—Mis disculpas, señorita Burton —respondo, mientras intento recobrar la compostura—. No sé qué me ha pasado. Muchas gracias. Es precioso, de veras.

Y lo es.

Es precioso, absurdo y patético.

Martha les hace un gesto para que se lo lleven y nos quedamos a solas, a la espera de que terminen con los arreglos.

Al cabo de unos instantes, saca una bolsita verde esmeralda de su ridículo y dice:

—Sé que intentará impedir que le diga esto, Lucy, pero usted me importa muchísimo, y su madre me importaba demasiado, como para no hacerlo. —Me quedo en silencio y asiento, alentándola a continuar—. Cuando me enamoré de mi Samuel, el mundo entero se volvió más luminoso. Porque estaba totalmente prendada de él, pero también porque al estar a su lado, al ser amada, sentí que yo misma me comprendía mejor que en años. Y ver la persona en la que me había convertido y aquella en la que me podía convertir era... emocionante. —Me dedica una tímida sonrisa de mejillas sonrosadas—. La he cuidado durante toda su vida, Lucy. La he visto crecer y convertirse en la joven hermosa que es hoy, pero también he visto cómo su luz se apagaba, cómo cambiaba. La he visto convertirse en una sombra de la muchacha feliz, llena de vida y de opiniones que fue una vez. ¿Recuerda aquel día que su padre tenía una cena de negocios con las empresas textiles? No tendría usted más de seis años. —Se ríe, y niega con la cabeza—. Él le mandó hacer un vestido con telas de aquellas empresas, y aquella tarde se perdió con él puesto. La buscamos durante horas y acabó regresando justo después de que sonara la campana de la cena, ¡cubierta de barro y con el vestido hecho jirones!

—Padre estaba furioso —apunto recordando su rostro, con los ojos llameantes y la nariz arrugada. Creo que jamás he vuelto a verlo tan enfadado.

—Y, aun así, usted se sentó a la mesa, cogió su tenedor y dijo que pensaba que era mejor comprobar la calidad del producto antes de que se llegase a ningún acuerdo comercial. ¡Todos los presentes prorrumpieron en carcajadas! Su padre no, por supuesto, pero sí todos los demás. Su madre y yo nos la llevamos para ponerle ropa limpia, riendo sin parar, pero, Lucy... ¡justo a eso me refiero!

—Después de aquello no me permitieron salir de la casa en un mes —comento. Ese día mi padre logró llegar a un acuerdo, pero yo sufrí las consecuencias de todos modos. Eso es lo que recuerdo de casi todas las decisiones que he tomado: sus consecuencias.

—Durante los últimos años me ha resultado muy duro ver cómo esa muchacha se veía obligada a desaparecer. Y cuando ella llegó, con cada día que pasaba, vi cómo algunas partes de usted florecían nuevamente, así como partes nuevas que nunca antes había visto.

Aprieto las manos con fuerza ante la verdad que albergan sus palabras, pero no puedo dejarme llevar por ellas.

—Bueno, pero Audrey ya no está —repongo, secándome a toda prisa una lágrima inoportuna que rueda por mi mejilla.

Cuando Martha responde, su voz es poco más alta que un susurro:

—Pero usted sí, ¿no es así? Usted sigue aquí, Lucy.

Abre la bolsita verde esmeralda que sostiene y saca un collar poco a poco.

Me quedo sin respiración.

No es cualquier collar.

Es una cadenita de oro con un colgante, una perla en forma de lágrima.

Es el collar de mi madre, el que luce en su retrato.

Con cuidado, me aparta el pelo, me coloca la cadena fría sobre el cuello y me la abrocha. Alzo una mano y acaricio por fin la perla.

—No acalle esas partes de su ser. Sea la persona que era cuando su madre estaba aquí. Cuando Audrey estaba aquí. Aunque ya no estén. Aunque deba desposarse, Lucy, porque ese es su verdadero espíritu.

Y sus palabras me empujan a desear.

Desear que me bastara con coger ese vestido lila, salir huyendo de esta tienda, decirle que no al señor Caldwell y no volver a ver a mi padre nunca más.

Pero ni siquiera sé hacia dónde huiría. ¿Hacia una nota deslizada bajo mi puerta en la que se leía «lo siento»? ¿Hacia una chica que tal vez ya está doscientos años más lejos, en el futuro? ¿A sentir, esperar y desear otra vez solo para que todo se desvanezca en la nada y yo quede en peor estado que nunca?

Antes de que logre llegar a una conclusión, la señorita Burton vuelve con el vestido arreglado y me lo presenta como si fuese la respuesta a mi pregunta muda.

—¿Preparada? —dice.

Asiento y me pinto una sonrisa en la cara.

Por mucho que me conmueva el consejo de Martha, no deja de ser fútil. No puedo hacer más que lucir el vestido de novia de mi madre, ahora mío, y fingir que no he cambiado nada.

37

AUDREY

10 de julio de 1812

¡El señor Montgomery!

El hombre se vuelve y me encuentro a unos ojos verdes que conozco muy bien. Los mismos que me saludaban con un gesto cuando venía a recoger su café y su periódico, o que contemplaban las hojas de mi cuaderno de dibujo para no perderse ni un solo detalle o que me miraban con atención cuando le contaba alguna historia.

Matthew no ha terminado siquiera de pronunciar su nombre y yo ya estoy cruzando la sala como una exhalación, sin saber muy bien si voy a darle un abrazo o un empujón. Pero, antes de que me decida, Matthew se interpone entre nosotros y me sujeta mientras yo pataleo y muevo brazos y puños a mil kilómetros por hora, como un personaje de dibujos animados. Suelto una retahíla de palabras desordenadas como: «No me puedo creer que me mandara a 1812», «Es lo peor» y «¿Cómo narices lo hizo?».

—¡Audrey! —exclama Matthew cuando por fin me he calmado un poco, pero mi mirada oscila sin parar entre el señor Montgomery y él. Me pone las manos en los hombros y pregunta—: ¿Qué ocurre exactamente?

Señalo al hombre que está junto a la chimenea.

—¡Es él! ¡El tipo que me mandó aquí!

Entorna los ojos y se vuelve para mirar al señor Montgomery, que enarca una ceja poblada y, con ademán tímido y algo avergonzado, lo saluda con la mano.

Matthew me suelta, se vuelve para dejarme pasar y me hace un gesto para que continúe.

—Después de ti.

Sin embargo, me quedo ahí plantada, frente a ese anciano diminuto que me lanzó una moneda de veinticinco centavos y me mandó doscientos años atrás para que me rompieran el corazón de nuevo y, esta vez, sin contar con el apoyo de mi familia o de mi perro.

—¿Por qué… —empiezo a decir—. Por qué me ha enviado aquí?

Exhala un largo suspiro y frunce el ceño mientras deja la tenaza para la lumbre en su sitio.

—No decido exactamente dónde aterrizas, Audrey. Eso le corresponde al universo.

—¿El universo? —Resoplo. Estoy indignada.

—Bueno… Puede que haya algo que me inspire, claro… Una señal, como a mí me gusta llamarlo. Como una foto, por ejemplo, o un país. No obstante, los detalles, el lugar donde más te necesitan y donde tú más necesitas estar… eso está fuera de mi alcance.

—Bueno, entonces si el universo se equivoca y no encuentro el amor… ¿Qué pasa cuando se acaba el tiempo? —Me da un vuelco el corazón. Bajo la voz y me inclino hacia delante—. ¿Implosionaré o algo así?

Suelta una fuerte carcajada, lo que es buena señal. Siempre es preferible no implosionar.

—Claro que no —contesta. Se sienta en el sofá y da unos golpecitos a su lado para que me siente—. Vuelves a casa y ya está.

Vuelvo a casa y ya está. Así de sencillo. Siento el impulso de reprocharle que si me lo hubiese dicho no habría complicado tanto las cosas, pero lo reprimo en favor de otra pregunta. Una pregunta mucho más importante:

—Pero, entonces ¿para qué habrá servido?

—¿Para qué crees tú?

Exhalo un largo suspiro y miro a mi alrededor. Matthew se ha marchado. Supongo que no quiere estar implicado si la conversación va por el mal camino. Me siento despacio al lado del señor Montgomery y contemplo cómo las llamas crepitan en la chimenea. Recuerdo nuestra última conversación y todo lo que ha pasado durante estas cortas semanas.

He llenado un cuaderno de dibujo por primera vez en meses. He vuelto a hallar la inspiración. Dejé atrás la seguridad que me proporcionaba la tiendecita de mis padres, y aunque la he echado de menos, a ella y a los demás, aquí también he encontrado cosas y gente que quiero. He aceptado mi sexualidad. En resumen, si no fuese porque me han roto el corazón, ha sido una aventura trepidante.

Y, de repente, todo tiene sentido.

«El corazón también se te hace trizas cuando no te arriesgas, porque lo único que tienes asegurado así es perderte cosas. Y no me refiero solo al amor».

No se trataba únicamente de encontrar el amor o el arte. Me he encontrado a mí misma. He aprendido que mis capacidades artísticas no dependen del amor ni del desamor, sino de mí, de creer en mí lo suficiente para acercar un lápiz a la página en blanco aunque el dibujo no quede perfecto. Me he arriesgado dentro y fuera de la página, a sabiendas de que probablemente acabaría herida, pero... He disfrutado de lo bueno y también me he enfrentado a las consecuencias.

Con la excepción del mayor riesgo de todos...

Lucy.

Y en este momento lo veo tan claro… La respuesta a mi pregunta es obvia.

«Donde más te necesitan».

El universo me mandó junto a Lucy porque ella me necesitaba tanto como yo a ella.

—¿Y si… sí me he enamorado? —pregunto, mirándolo a los ojos—. ¿Me quedaré aquí atrapada para siempre con esa persona?

Él se inclina hacia delante y sonríe. Se le arrugan las comisuras de los párpados.

—No tiene por qué ser así. No si las dos personas quieren algo diferente. No si son lo bastante valientes para pedírselo al universo.

Madre mía.

Eso significa que… si Lucy también quiere, podríamos volver juntas a mi presente. Hay una fisura, una escapatoria.

No tiene por qué casarse con el señor Caldwell.

Puede componer música, ir a la universidad; hacer lo que le dé la gana.

Puede… estar conmigo.

Si soy lo bastante valiente.

Y ahora lo soy. Después de las últimas semanas, después de este viaje increíble, soy lo bastante valiente para pedírselo. Para arriesgarme con la esperanza de que me elija a mí, pero, sobre todo, de que se elija a sí misma. Creo que ella también tiene el coraje necesario, y jamás debí haber dudado de ella.

—Audrey, que te rompan el corazón una vez no significa que te lo vayan a volver a romper. En todo caso, debes conocer a la persona equivocada para saber a ciencia cierta cuál es la correcta —asevera, mirándome del mismo modo que cuando me lanzó a través del tiempo y el espacio—. Pero ni siquiera el amor verdadero está libre de dolor y de riesgo, y no por ello es algo de lo que haya que salir huyendo o que haya que dejar atrás. Da miedo, y puede ser inesperado, pero cuando lo logras… No dejes que nadie, ni siquiera tus miedos ni el tiempo mismo, te lo arrebate. Como con todo lo demás, lo único que puedes hacer es lanzarte y confiar, esperar, que haya alguien al otro lado para cogerte, igual que tú, y ser lo bastante fuerte para sobrevivir si no es así. Pero si es la persona adecuada… estará.

Es todo lo que necesitaba oír.

Eso y que no voy a implosionar.

Corro escaleras arriba y oigo al señor Montgomery reír y decir:

—¡Nos vemos en casa!

Me pongo las Converse y la ropa con la que llegué con la esperanza de que el universo se lo tome como una señal de que quiero volver a casa, y además junto a Lucy. Me meto el teléfono y la cartera en el bolsillo y agarro la moneda con fuerza mientras corro hacia la puerta principal. Matthew está allí, apoyado en la pared con una sonrisa traviesa.

—Ya he mandado llamar al carruaje.

Me tiende un bolso de cuero marrón y se encoge de hombros.

—Llévate las galletas. —Echo un vistazo en el interior y las veo envueltas en una corbata azul—. Para que te acuerdes de nosotros.

Lo abrazo con los ojos llenos de lágrimas, agradecida de contar con este señorito remilgado que me ha demostrado que el Príncipe Encantador también podía tener un lado salvaje… y que puede resultar ser un muy buen amigo si cambias un poquito la historia.

Pero, después de hoy, nunca más volveré a verlo.

—Me muero de ganas de buscarte en el futuro y ver quién es la afortunada que se casa contigo —murmuro—. Te echaré de menos.

—Lo mismo digo —contesta, abrazándome con fuerza.

Lo miro una última vez y me marcho. El carruaje se dirige a Radcliffe a toda velocidad. Mientras pasamos volando por los campos, los contemplo con la cara pegada al cristal. Veo el camino a la ciudad, donde conocí a Alexander, los campos en los que Lucy me encontró, los establos donde se forjó mi amistad con James y mi relación de amor-odio con Moby, y el estanque donde me bañé con Matthew.

Al llegar, bajo del carruaje casi antes de que se detenga e irrumpo en la casa gritando su nombre. Subo las escaleras y corro a su habitación, seguida del señor Thompson, que me pide que pare.

—Lucy, lo siento… —digo al entrar, pero me quedo paralizada al ver que la cama está pulcramente hecha y el tocador, vacío.

Acaricio el edredón con las puntas de los dedos y me paro en seco al ver las hojas de mi cuaderno de dibujo en su mesilla de noche. Algunas están dobladas y arrugadas. Las recojo, pero las suelto en cuanto oigo que la puerta se abre.

Me doy la vuelta y me encuentro con el padre de Lucy, con los ojos azules que echan chispas y el rostro lleno de ira. El señor Thompson está detrás de él.

—¿Se puede saber qué hace aquí? —pregunta, mientras meto los dibujos en la bolsa.

—¿Que qué hago aquí? —Me cruzo de brazos con aire desafiante—. He venido a salvar a Lucy. De usted y de este despropósito de boda.

Entorna los ojos y hace una mueca.

—Supe desde el primer momento en que la vi que nos traería problemas, y el señor Caldwell confirmó mis sospechas. ¡Y ahora esto!

—Y yo supe desde el primer momento en que lo vi a usted que no se merecía tener una hija como Lucy. Y es una pena que no tenga ni idea de cómo es, porque se ha pasado años obligándola a esconder todas las partes más maravillosas de sí misma, su carácter afectuoso, divertido y aventurero. Se merece algo mucho mejor que usted. Mucho mejor que todo esto.

Paso junto a él gritando su nombre con la esperanza de que me oiga.

—¡Lucy!

—No está aquí —contesta su padre agarrándome del brazo.

—Pues entonces iré a la iglesia —replico, soltándome—. Haré lo que…

Me paro en seco en el pasillo al ver que el señor Thompson ha traído refuerzos: dos hombres corpulentos me cogen de los brazos. El señor Sinclair suelta una carcajada y golpea el suelo con su bastón.

—¿De veras cree que permitiría que pusiera en peligro esta boda? ¿El futuro de Lucy?

—¡No finja que le importa su futuro!

—Bien está —accede con una carcajada—. Mi futuro, pues. La posición social que está en juego, los negocios que vendrán cuando los Sinclair y los Caldwell pertenezcan a una misma familia. —Mira a los dos hombres y les hace un gesto con la cabeza—. Atadla en la biblioteca.

Mientras me llevan y yo me retuerzo desesperadamente para intentar desembarazarme de ellos, lo veo alisarse la chaqueta y sonreír para sí. Mira su reloj de bolsillo y lo cierra.

—Y ahora, si me disculpa, señorita Cameron, mi hija va a casarse con el hombre más rico del condado.

Suelto un grito de frustración cuando los hombres me arrastran por el pasillo de retratos en dirección a la biblioteca. Intento clavar los pies al suelo y liberarme, sin embargo, no lo consigo. Me tiran en una silla junto a la ventana e intento levantarme y escapar, pero uno de ellos me sujeta y el otro me ata las manos detrás de la espalda y los tobillos en las patas de la silla.

—Vamos —les digo para intentar convencerlos—. Seguro que a vosotros tampoco os cae muy bien. ¿No podéis...?

Uno de ellos, un tipo de aspecto rudo con grueso pelo castaño y barba de varios días, me fulmina con la mirada y tira de las cuerdas. Luego él y su compinche salen de la biblioteca.

En fin, supongo que no.

—¡Ayuda! —chillo al ver que cierran la puerta con llave. Me retuerzo contra las cuerdas que me tienen atrapada, haciéndome daño en los brazos.

Pero ¿de verdad esta es mi vida? De repente mi pequeña historia de amor como sacada de *Los Bridgerton* se ha convertido en un thriller ambientado en el Período Regencia. Miro por la ventana mientras me pregunto si podría sobrevivir a una caída desde una segunda planta y rodar hasta la iglesia.

Lo dudo.

Tengo la frente cubierta de sudor. Casi puedo sentir cómo se me agota el tiempo. Con cada latido de mi corazón, el reloj se acerca cada vez más al final.

Dentro de poco estará casada.

Dentro de poco me habré marchado.

Suelto otro gemido de frustración y tiro de las cuerdas. La silla se balancea hasta caerse de lado, así que me doy un buen golpe contra el tablón bajo el que Lucy esconde sus libros. Me alivia un poco no atravesar el suelo, pero me golpeo la cabeza y un dolor agudo irradia por mi frente con tanta fuerza que he de morderme el labio para no echarme a llorar. De todos modos no me rindo: recorro la pared con la mirada, buscando algo que me ayude, cualquier cosa, pero lo único que hay es un retrato.

Un momento...

Pongo unos ojos como platos al fijarme en la mujer de cabello dorado y cálidos ojos castaños que luce un vestido verde salvia y una delicada cadena de oro.

No es la primera vez que la veo, ni a ella ni este retrato. Y no fue al pasar por aquí en mi primer día con Lucy.

Fue el día que el señor Montgomery me mandó aquí: es uno de los retratos que estaba mirando mientras buscaba la inspiración.

Y ahora, tirada en el suelo, estudiando esas facciones tan familiares, ese mismo cabello dorado, la misma nariz delicada y los labios gruesos, todo cobra sentido.

La madre de Lucy.

No sé si será magia, ciencia, o cosa del universo, como fuera que lo llamase el señor Montgomery, pero no ha sido casualidad.

Ella me trajo aquí.

Por Lucy.

Ella siempre quiso que su hija conociera el amor, el amor verdadero, y aquí estoy yo.

Así que he de confiar en que tanto ella como el universo sigan de mi lado.

Lucho contra las cuerdas con las fuerzas renovadas. Juraría que oigo el repicar de las campanas de la iglesia en la distancia, pero no pierdo la esperanza de llegar hasta Lucy antes de que sea demasiado tarde.

Por el bien de las dos.

38

LUCY

10 de julio de 1812

Levanto la vista para contemplar el techo ornamentado mientras los invitados entran en la iglesia. No quiero bajar la vista y ver al señor Caldwell esperando en el altar, ni a mi padre, que está más feliz de lo que lo he visto en años, intercambiando cortesías con los invitados que van llegando.

Quizá si sigo mirando los intricados grabados de las columnas, los ribetes dorados y los patrones circulares, todo desaparezca.

—Lucy —dice una voz familiar.

Suena casi sorprendida de verme, aunque sea el día de mi boda. Bajo la vista a regañadientes y me encuentro con Alexander y el señor Shepherd. Deslizo la mano en la de mi primo. Los dos miran a su alrededor como si estuviesen buscando a alguien.

—¿Acaso Audrey no...? —empieza a decir el señor Shepherd, mirándome a los ojos de pronto.

El corazón está a punto de salírseme del pecho.

—Acaso Audrey no, ¿qué?

—Antes ha salido de casa de Matthew para... —Alexander frunce el ceño y se interrumpe—. Daba por hecho que sentías lo mismo.

—¡Lucy! —Oigo la voz impaciente de mi padre detrás de mí. Me vuelvo para mirarlo, aunque me pitan los oídos—. Es la hora.

Y, en efecto, empieza a sonar la música nupcial. Suelto a Alexander en cuanto mi padre me coge del brazo para llevarme hacia el altar. Tengo el cuerpo entumecido.

«Daba por hecho que sentías lo mismo».

Ha venido a buscarme. O ellos creen que ha venido a buscarme.

Y eso significa…

Pero antes de que termine de dar forma al pensamiento, antes siquiera de que me dé cuenta de dónde estoy, me encuentro frente al señor Caldwell. Lo miro a él, a mi padre; luego a Martha, que está en la segunda fila, y después a Alexander y Matthew, que siguen plantados en la entrada de la iglesia.

—Estamos aquí reunidos… —empieza a decir el sacerdote, pero su voz se convierte en un zumbido.

De repente, comprendo que he de tomar una decisión.

Durante mucho tiempo estuve resignada a este infeliz destino y, cuando no fue así, no obtuve más que dolor. Recuerdo el despertar en el que encontré las hojas del cuaderno de dibujo junto a la puerta, sin rastro de Audrey. Los últimos días he sentido que me partían el cuerpo en dos, y todo por ella.

Pero entonces pienso en lo que me ha dicho Martha en la tienda de la señorita Burton y en las palabras de Audrey aquella noche, mientras la lluvia caía sobre nosotras.

¿Qué quiero? ¿Qué siento? ¿Sería capaz de vivir conmigo misma si no intentase aprovechar esta ínfima oportunidad, aunque sea tal vez lo más arriesgado que haya hecho en esta vida?

—Si alguno de los presentes conoce alguna razón por la que esta pareja no deba ser unida en matrimonio, que hable ahora o calle para siempre —oigo decir al sacerdote, y lo miro a los ojos.

El momento de elegir ha llegado.

Y pronuncio las palabras casi de inmediato:

—Yo me opongo.

La iglesia entera se queda en silencio.

—Un momento —dice el señor Caldwell con el rostro deformado—. ¿Acaba de…?

Mi padre aparece junto a nosotros en un abrir y cerrar de ojos. Suelta una carcajada forzada.

—No sabe lo que hace, ella…

Alzo una mano y me acaricio el collar de mi madre. Me da fuerzas.

—Sé perfectamente lo que hago —le espeto, mirándolo a los ojos—. Me elijo a mí. —Le dedico una pequeña sonrisa, una despedida que no se merece—. No se preocupe. No volverá a verme nunca.

Me dispongo a correr hacia la puerta de la iglesia para ir a buscar a Audrey antes de que sea demasiado tarde, pero mi padre me agarra del brazo y tira de mí. Veo que Alexander se acerca para auxiliarme, pero Martha es más rápida. Le pone su latita de sales de amoniaco bajo la nariz, sobresaltándolo lo suficiente para que yo me zafe de él.

—¡Corre, Lucy! —grita alguien.

Es Grace. La miro a los ojos, y luego a Martha, e intento transmitirles un adiós mudo. Son dos de las pocas personas que han hecho que mi vida sea soportable. Y entonces… Lo hago. Salgo corriendo mientras suelto una carcajada inesperada y cruzo las puertas de la iglesia, con Alexander y el señor Shepherd pisándome los talones.

Los tres bajamos corriendo los escalones y Matthew silba y grita:

—¡Coge mi caballo! —Un semental negro azabache mucho más grande que Henry aparece ante mí de improviso, preparado—. Debe de estar en Radcliffe todavía.

Con su ayuda, me subo a horcajadas en lugar de sentarme de lado. Se me rasga el vestido, pero no podría importarme menos. Cojo las riendas, preparada para empezar a cabalgar, y entonces ambos me sorprenden subiendo en el caballo de Alexander. Mi primo me sonríe ampliamente y dice:

—Vamos a por ella. —Matthew lo coge de la cintura, una imagen que sé que a Audrey le parecería espectacularmente graciosa.

Solo espero llegar a tiempo de contárselo. Clavamos los talones en los costados de las monturas y cruzamos la ciudad al galope. La gente se aparta de nuestro camino de un brinco; algunas personas chillan asustadas, pero tenemos el camino despejado. Varios rostros conmocionados alzan la vista para mirar a la mujer vestida de novia que pasa galopando a horcajadas. Es un escándalo.

Mientras recorremos volando el camino serpenteante que lleva a Radcliffe, con las poderosas patas del caballo moviéndose a toda velocidad debajo de mí y el viento azotando mi pelo suelto, me siento verdaderamente libre por vez primera. He tomado una decisión por mí misma, me lleve adonde me lleve.

Albergo la esperanza de que seamos felices para siempre, si logro llegar hasta Audrey antes de que se le agote el tiempo.

Aprieto los dientes y azoto al caballo con las riendas cuando Radcliffe asoma en el horizonte. Cruzamos los campos hasta que la hierba por fin da paso al camino de gravilla, que cruje ruidosamente bajo los cascos.

Entonces me lanzo del caballo casi antes de que se detenga, subo corriendo los escalones y entro, seguida de Matthew y Alexander.

—¡Audrey! —grito en la casa vacía. Espero atenta para oír su respuesta, pero no llega—. ¡Audrey!

—¿Señorita Sinclair? —me llama por fin una voz. Para mi sorpresa, James aparece por el pasillo con una horca de los establos.

—¡Santo cielo! —exclama Alexander. James baja la horca de inmediato, pero, al mismo tiempo, Matthew extiende un brazo y me empuja para colocarme detrás de ellos.

—He visto llegar el carruaje del señor Shepherd hace un rato —explica James antes de que Matthew le atice un puñetazo—. He visto a Audrey entrar en la casa, pero no ha salido, así que he empezado a sospechar.

—¿Sabes dónde está? —pregunto.

Él niega con la cabeza.

Miro a la segunda planta y me agarro del pasamanos para subir las escaleras. El corazón me late desbocado. Matthew, Alexander y James me siguen.

—¡Audrey! —grito—. ¿Estás ahí?

El miedo me eriza la piel, me presiona el pecho. ¿He llegado demasiado tarde? ¿Se habrá marchado ya?

—¡Aud…!

Me interrumpo al oírla. ¡Es su voz! ¡Grita mi nombre!

—¡¡Lucy!!

Echo a correr por el pasillo y doblo la esquina. Su voz se oye más alta con cada paso que doy.

—¿Audrey?

—¡Estoy aquí! —chilla.

Oigo su voz amortiguada tras la puerta de la biblioteca. Intento abrirla, pero está cerrada con llave.

—¡Estoy atada! No puedo…

—¿No hay una llave? —pregunta Alexander, mientras James empuja la puerta para tratar de abrirla.

—Es posible que el señor Thompson tenga una. Puedo ir a buscarlo.

—¿Y si usamos la horca? —sugiere Matthew.

¡Ya he tenido suficiente! Cojo carrerilla y embisto la puerta una vez, dos, tres, hasta que por fin logro tirarla abajo. Matthew suelta un chillido de sorpresa al ver que la madera se rompe y las astillas saltan a mi alrededor.

Audrey, que está tirada en el suelo, atada a una silla y con un corte en la frente, pone unos ojos como platos.

—¿Acabas… acabas de tirar la puerta abajo?

Cojo un abrecartas del escritorio.

—Sí —contesto, arrodillándome a su lado para cortar la cuerda.

—¡Mi heroína! —exclama con esa sonrisa cálida tan suya.

La ayudo a sentarse hasta que las dos quedamos cara a cara, mirándonos. Y así es como me siento: como si yo, Lucy Sinclair, fuese la heroína de mi propia novela romántica. Por fin.

Oigo a Alexander sorberse la nariz. Cuando me vuelvo, Matthew le está dando un pañuelo y James les hace gestos para que nos dejen a solas. Poco después, sus pasos se alejan pasillo abajo.

—Te fuiste —le digo, alargando una mano poco a poco para acariciarle la frente. Suena a pregunta, y ella me la coge con fuerza como si ese gesto fuese la respuesta.

—Lo siento. —Le brillan los ojos—. Tu padre me exigió que me marchase y me dijo que si me quedaba sería una amenaza para tu reputación y… Me aterrorizaba destrozarte la vida, Lucy, pero no te dejé elegir lo que tú querías, lo que tú estabas dispuesta a arriesgar. Y ni siquiera te di toda la información que necesitabas para tomar esa decisión. Así que… He de decirte una cosa. —Respira hondo y me coge la mano con más fuerza—. Te amo.

El corazón me da un vuelco al oír esas palabras que tanto he esperado en voz alta, por vez primera.

—Pero no tengo lo que corresponde a diez mil al año en 2023, ni una casa gigante con un estanque, una biblioteca y un mayordomo que te lo haga todo. Todavía voy al instituto, vivo en un piso de dos habitaciones en Pittsburgh con mis padres y trabajo en una tiendecita que apenas nos proporciona un sueldo para llegar a final de mes a cambio de café y bolsas de patatas —me aclara con una carcajada—. Pero todos nos queremos y nos apoyamos, y sé que a ti también te querrán. —Abre la otra mano para mostrarme la moneda de veinticinco centavos. Las dos la miramos—. No estoy diciendo que vayamos a estar juntas para siempre, aunque espero que sí, pero… —Me mira a los ojos y esboza una tímida sonrisa—. Lo que digo es que te quiero más que a nada, y que siempre podrás contar conmigo, estemos juntas o no. Y que, si me eliges a mí, si te eliges a ti misma, no tenemos que quedarnos aquí. Creo que si somos lo bastante valientes para intentarlo, podremos irnos… juntas.

Me quedo sin respiración.

Puedo marcharme de Radcliffe. Puedo dejar a mi padre atrás, y al señor Caldwell. Puedo construir una vida para mí en la que pueda tocar el piano, bailar algo llamado Whitney Houston, viajar adonde me plazca en una cosa que atraviesa el cielo y montar a caballo todo lo rápido que pueda.

Y puedo estar con Audrey. Estar con ella de verdad.

Alargo las manos y acaricio la cara de la chica que apareció para poner el mundo que conocía del revés.

—Quizá en otra vida, si no te hubiera conocido, podría haberme casado con el señor Caldwell y fingir que todo iba bien —susurro, negando con la cabeza y con el ceño fruncido—. Pero eso fue antes de ti, Audrey. Antes de que supiera lo que es el amor, el amor verdadero. Antes de que lo cambiaras todo. No quiero volver atrás nunca.

Me atrae hacia sí y cuando nuestros labios se tocan con suavidad, es como si el tiempo se detuviera. Es todo lo que mi madre me decía y mucho más. Es como todas las historias de amor que he leído juntas. Aunque las haya quemado, aunque ya no quede nada de ellas, la mía ha ocupado su lugar. Nos fundimos la una con la otra hasta que ya no sé dónde termina ella y dónde empiezo yo.

Todo lo demás se desvanece hasta que oigo el sonido de una moneda caer al suelo y de repente...

Todo se vuelve negro.

39

AUDREY

22 de abril de 2023

Alguien me da unos golpecitos en la pierna. Una vez. Dos.

Poco a poco abro los ojos con cuidado para protegerlos de la brillante luz del sol, y me encuentro con que quien me está tocando el muslo es nada menos que el señor Montgomery. Se detiene en cuanto ve que he recuperado la conciencia, aunque esos ojos verdes traviesos que hay bajo las pobladas cejas blancas siguen fijos en mí.

—Parece que has aterrizado bien —comenta, con una risita mientras me enseña una moneda de veinticinco centavos. El metal resplandece bajo la luz del sol.

—Pues no mucho —protesto. Me duele la cabeza, y no me ayuda que alguien esté tocando la bocina justo en mi...

Un momento.

Me incorporo de golpe con los ojos muy abiertos, asaltada por los recuerdos.

La biblioteca.

La moneda.

El beso.

Todo se ha vuelto negro.

Y esta bocina debe de significar que... estoy aquí. Que por fin estoy en casa.

Las vistas, las calles y los olores familiares me asaltan. Pero ¿y Lucy? Siento que se me va a salir el corazón por la boca. Miro a mi alrededor de forma frenética.

Lo primero que veo es el dobladillo de su vestido de novia, pero eso me basta para confirmar que está aquí, ¡aquí!, a mi lado. Se incorpora con unos ojos como platos, contemplando el año 2023 y mi rinconcito de Pittsburgh. Mira los coches de colores que pasan a toda velocidad, los enormes edificios y las señales de la carretera; y también el ruido, mucho más alto y agobiante que en Radcliffe, Whitton Park o la ciudad por la que paseábamos.

Alargo la mano con cuidado hasta acariciar su palma con las puntas de los dedos, los entrelazo con los míos y aprieto con suavidad. Solo entonces se vuelve para mirarme y esos ojos azules se clavan en los míos, igual que el día que me encontró en el campo.

Antes de que me encontrase también de muchas otras formas.

—Bienvenida al futuro —le digo con voz ronca, la consecuencia de haber estado pidiendo socorro hace doscientos años en una silla volcada en la biblioteca de su familia. Ella, en lugar de hacerme los millones de preguntas que deben de estar brotando en su mente, me agarra de la camiseta y me da un beso. En cuanto nuestros labios se tocan, un calor se me irradia por todo el cuerpo y...

—Vale, vale, ya tendréis tiempo para eso —nos interrumpe el señor Montgomery, mientras me da un golpecito en el hombro con el bastón.

Lo fulmino con la mirada, pero entonces comprendo lo sucedido y mi expresión se suaviza inevitablemente.

—Me... me sorprende lo que le voy a decir, pero... gracias.

—Bah. —Hace un gesto con la mano como quitándole importancia—. Tómatelo como un regalo de graduación.

—¿Un regalo de graduación? —Resoplo, mientras me acaricio la frente, que vuelve a estar magullada—. Tengo la sensación de que después de perderme todos los exámenes finales y el último mes de clase, voy a tener que esperar un poco para recibir ese diploma.

—O quizá el tiempo en el presente ha pasado de una forma un poco distinta… —contesta el anciano.

Se saca un periódico enrollado de debajo del brazo y nos lo lanza. Lo miro con los ojos muy abiertos mientras Lucy se acerca para leer la fecha que aparece bajo la cabecera:

—22 de abril de 2023 —lee.

Yo me quedo boquiabierta.

Este periódico se lo he vendido yo.

—¿Qué? ¿No ha pasado nada de tiempo? Pero eso significa que…

—Que todavía tienes tiempo de terminar tu portfolio, si quieres —responde, encogiéndose de hombros.

Recoge la bolsa de cuero que hay junto a nosotros con el bastón. Dentro están las galletas envueltas en la corbata de Matthew… y hojas y hojas de mis dibujos.

Dibujos que demuestran lo mucho que he cambiado, que cuentan una historia. Dibujos en los que estoy yo, mi estilo, mi visión, y no la visión que debería tener según otra persona. En ellos están mis sentimientos por Lucy, y también los de ella por mí. Estoy yo físicamente, en cierto modo. Es exactamente la clase de arte que quiero hacer, la que me apasiona.

Alargo una mano y, sonriendo para mí misma, cojo la bolsa.

Ahora sé que si logro entrar, soy capaz de ir a una escuela de arte. Soy capaz de irme de Pittsburgh sin dejar a mis padres y todo lo demás atrás. Soy capaz de correr riesgos si confío en mí misma. Salga como salga, confío en que… en que todo irá bien, aunque no sea como yo espero. Puede que vaya incluso mejor. Como esta vez.

—Eso si no preferís ir de viaje por la senda de Oregón... ¿O la Europa medieval, quizá? —sugiere.

—No, no, creo que preferimos no pillar la peste —contesto, mientras me pongo de pie y me sacudo la ropa—. Creo que es mejor que nos quedemos a ver qué nos ofrece el año dos mis veintitrés.

Me vuelvo y le tiendo una mano a Lucy para ayudarla a levantarse. Mientras recorremos la calle caminando, observo cómo contempla todo lo que la rodea, aferrada con fuerza a mi brazo. Es el choque cultural de su vida.

Sé muy bien cómo se siente.

Algunas personas miran como va vestida con curiosidad, y ella los observa de la misma forma. Faldas cortas, piercings en la nariz, vaqueros rasgados, ropa interior a la vista, pelo rosa... Es todo muy distinto de lo que ella conoce.

Por fin llegamos a un escaparate que me resulta familiar. Se me llenan los ojos de lágrimas, y aunque no veo la hora de ver a mis padres de nuevo, antes me vuelvo hacia Lucy y la miro con atención.

—¿Estás bien? —pregunto, preocupada por si todo esto es demasiado para ella, por si piensa que ha cometido el peor error de su vida. Sin embargo, sonríe y contesta:

—Mejor que nunca.

Señalo el cartel descolorido en el que se lee El Rincón de Cameron en gruesas letras rojas.

—Mi casa. —Es lo único que acierto a decir: una palabra que he echado de menos, que he anhelado. Una palabra que temía no volver a sentir, ni a tener.

Abro la puerta con el familiar sonido de las campanillas y ambas entramos de la mano en el futuro. Mejor dicho... el presente. Ahora es el presente.

Pero es también nuestro futuro.

Mi vida y la vida de Lucy, de ahora en adelante, serán lo que nosotras decidamos que sean.

En cuanto entramos, mi madre chilla y se abalanza sobre mí para darme un abrazo.

—¡Mi niña! ¿Dónde estabas? ¡Pensaba que te habían secuestrado! ¡No había nadie en la caja registradora! ¡La tienda vacía! ¿Y te has dado otro golpe en la cabeza? —Me aprieta las mejillas—. ¿Qué voy a hacer contigo? ¡Vas a acabar con menos neuronas que tu padre!

—¡Mamá! —gimo apartando la cara, aunque ya estoy llorando—. Te he echado de menos.

—Pero si solo has estado fuera… —Veo que mira nuestras manos entrelazadas. Luego se fija en el vestido de novia de Lucy para, por fin, mirar su cara.

Lucy me aprieta la mano. Está nerviosa.

—Esta es Lucy —anuncio. Levanto nuestras manos y añado—. Es mi… esto… mi novia.

Yo también estoy nerviosa. Nunca les había presentado a una novia, y lo cierto es que nunca creí que lo haría. No creí que permitiría que esa parte de mí saliera a la luz.

Pero aquí estoy. Me he ido durante lo que para mi madre ha sido un rato y he vuelto de la mano de una chica que tiene pinta de haber salido de una secta.

—Viene de 1812 —aclaro, encogiéndome de hombros.

Supongo que no me creerá, pero ya le explicaré luego que no es ninguna broma. Con regalo de graduación o sin él, el señor Montgomery me lo debe. Tendrá que ayudarme a explicárselo. Por extraño que parezca, mi madre ni siquiera parpadea. No se echa a reír. Se limita a sonreír de oreja a oreja. Lucy está paralizada, supongo que debatiéndose entre inclinar la cabeza o no, pero al final le tiende una mano como si se acabase de acordar del día que fuimos a tomar el té a casa de Grace.

—Es un placer conocerla.

Casi antes de que termine de hablar, mi madre ignora su mano y le da un abrazo.

—¡Lucy, cariño! Madre mía, ¡es un placer!

—Mira quién ha vuelto de comer —comenta una voz en el otro extremo de la tienda. Mi padre dobla la esquina con Coop, que, no sé cómo, pero es aún más mono de lo que recordaba. Se nos acerca corriendo y empieza a dar vueltas alrededor de nuestros pies, contento y emocionado. Mi padre viene detrás.

Le doy un fuerte abrazo y él me da unas palmaditas en la espalda. Luego se apoya en el mostrador con una expresión confundida. Contempla el atuendo de Lucy, pero entonces parece que comprende lo que ha pasado. ¿Por qué están tan tranquilos?

—Bueno —dice con una amable sonrisa—. ¿Y tú de dónde sales?

—Viene de 1812 —contesta mi madre apoyándose en el mostrador, al lado de él. Doy por hecho que me está siguiendo la broma, pero cuando la puerta se abre y entra el señor Montgomery, le dice—: Me alegro de que por fin se haya atrevido a salir de la ciudad, pero ¿a 1812 doce, señor Montgomery? —Me señala la frente—. ¡Y nos la ha devuelto magullada!

—Es un arañacito de nada —replica él, sonriente.

Un momento.

Miro a la una y luego al otro.

—¿Sabéis que el señor Montgomery puede…?

—Pues claro —responde mi padre—. Nos mandó al París de mil novecientos cuando ibas al colegio porque estábamos peleándonos por una tontería… una de las recetas familiares de tu madre.

—¿El *boeuf bourguignon*?

Él asiente.

—Había pasado de generación en generación y una de las líneas estaba borrosa. Los veinticinco días de felicidad que pasamos buscándola nos ayudaron a entender que no estábamos allí para encontrar la receta, sino para descubrir qué queríamos hacer con nuestra vida. Qué hacer con la tienda… y con nosotros. —Mi padre se echa a reír. Mi madre le da un cachete en el hombro, pero tampoco puede reprimir la sonrisa—. Hasta conocí a los bisabuelos de tu madre, créetelo. Tenían una tiendecita en un callejón.

—Así es como descubrí que yo también llevaba en la sangre lo de trabajar con tu padre en la tienda y ayudarlo a construir esta comunidad. Me ayudó a encontrar la valentía necesaria para dejar mi trabajo de enfermera. Lou, ¡y pensar que nosotros volvimos con la ropa puesta y un par de recuerdos! —exclama, señalando a Lucy con la cabeza—. ¡Esta se ha traído una novia!

—Sí, pero al menos a vosotros os dijo que volveríais al cabo de veinticinco días —protesto, señalando al señor Montgomery—. ¡Yo pensaba que iba a implosionar, o algo así!

Todos se echan a reír a carcajadas. Incluso Lucy suelta una risita.

—¿Implosionar? ¿Pensabas que ibas a…? —Mi padre niega con la cabeza y se seca los ojos. Luego mira a mi madre y los dos vuelven a echarse a reír.

Me cruzo de brazos, pero se me escapa una sonrisa cuando fijo los ojos en Lucy. Acaricia la cabeza de Cooper y mira a su alrededor, contemplando las estanterías, las luces y el montón de congeladores que zumban, llenos de bebidas de vivos colores.

—Vale, pero ¿cómo es posible que usted…? —Miro al señor Montgomery.

—Es un efecto secundario de estar atrapado en la mina de carbón de Maple Creek cuando era niño, con nada más que una moneda de veinticinco centavos y una fiambrera de hojalata. Deseaba estar en cualquier parte menos allí y, de algún modo, me desperté en medio de una justa en el siglo XIV, donde estuve veinticinco días y conocí a mi mejor amigo, Nicholas. Volvió conmigo. —Adopta una expresión nostálgica—. Un hombre muy majo. Se licenció en Historia en la Universidad de Carnegie Mellon. Ahora vive en Braddock. Le gustaba ser escudero tanto como a mí trabajar en la mina. —Se encoge de hombros, dejando el recuerdo atrás—. En cualquier caso, me costó algunos años descubrir cómo hacerlo, y otros cuantos entender que siempre estaba relacionado con ayudar a alguien, como me ayudó a mí aquel deseo en la mina. Tiene que ver con encontrar el amor verdadero, encontrarse a uno mismo, superar una mala racha… Aunque he de decir que no siempre va todo sobre ruedas. A mi hermano le arrancó un brazo un tigre dientes de sable, pero encontró a su primera mujer, así que… unas veces pierdes y otras ganas.

—Le arrancó un brazo un ¿qué? —pregunta Lucy.

—Voy a servirme un poco más de café antes de irme. Hoy juegan los Pirates —anuncia el señor Montgomery, y va detrás del mostrador a servirse como si no acabase de soltarnos una bomba.

Los demás nos quedamos en silencio, mirándonos, hasta que mi padre se encoge de hombros y coge la bolsa de cuero que llevo colgado del hombro.

—Esto… Lucy tendrá que quedarse con nosotros —digo, mientras él va a colocar el cartel de cerrado.

—¡Pues claro! —contesta mamá, acariciando el brazo de Lucy para tranquilizarla.

—Pero ¡nada de dormir en la misma cama! O sofá o… saco de dormir —añade mi padre, mientras nos despedimos del señor Montgomery y nos dirigimos hacia las escaleras—. Creo que en el armario hay uno. Úsalo tú, Audrey. Diría que esta chica se merece algunas de las comodidades de la vida moderna.

Lucy se ríe y me mira con complicidad. Sé que ella también está pensando en todas las noches que compartimos la misma cama en Radcliffe.

Al perderme una vez más en esos ojos azules que se clavaron en los míos en medio de un campo, hace doscientos años, me siento repentinamente agradecida por todo lo que ha pasado y emocionada por lo que está por venir, ya sea una escuela de arte, un viaje o ayudar a Lucy a encontrar su sitio, igual que ella me ayudó en su época. Ahora mismo, todo me parece posible.

Ella me aprieta la mano y sé que lo mejor de todo será tenerla a mi lado.

Epílogo

LUCY

Un mes después

—¡Mamá! —protesta Audrey desde los escalones que dan al apartamento.

—¡No! ¡Vete a molestar a tu padre! ¡Todavía no está lista!

Echo un vistazo desde la cocina, donde la señora Lowry me está rizando el pelo con un artilugio llamado rizador y atisbo la melena castaña de Audrey por encima del hombro del señor Cameron. Lo cierto es que este método es mucho más rápido que los papeles con los que Martha me lo rizaba en Radcliffe.

Martha…

Noto una punzada en el pecho al pensar en ella, al permitir que mi mente viaje a una de las pocas cosas que echo de menos de 1812. Mientras tanto, la señora Cameron le dice a Audrey lo guapa que está para su baile de fin de curso y le cierra la puerta en las narices hasta que yo también esté lista.

De todos modos, debo admitir que los rizadores son una nimiedad al lado de todo lo interesante que 2023 tiene que ofrecer.

Hasta ahora, me gustan los vaqueros, Barnes & Noble y *Stranger Things*. Montar en bicicleta me divierte más incluso que montar a caballo, así como ver películas por la noche. Me

307

gustan los Big Macs de McDonalds, pero no esos Sprites llenos de burbujas. Me impactaron aún más que Audrey las sales de amoniaco de Martha.

Y lo más importante: me encantan todas aquellas cosas que jamás creí posibles, cosas con las que ni siquiera me habría atrevido a soñar, como trabajar con Audrey las mañanas de los fines de semana en la caja registradora, robarnos besos cuando las campanillas suenan porque alguien se va y la tienda se queda vacía, o tocar en un «bolo» en el bar de esta misma calle. Todavía estoy aprendiendo la música de este siglo, pero el señor Cameron repartió los panfletos que hizo la señora Cameron a todos los clientes de la tienda para invitarlos.

Lo mejor de todo es que puedo decir cómo me siento y hacer muchísimas otras cosas, que me siento apoyada y, sobre todo, querida.

—¡Listo! —exclama la señora Lowry.

Cierro el libro para sacarme el graduado escolar que debería estar leyendo y lo pongo junto a la carta de admisión de RISD que recibió Audrey. Los dibujos que trajo de 1812 inclinaron la balanza a su favor, pero ha decidido que no empezará este otoño. Se va a tomar un año sabático para que exploremos el mundo moderno juntas y ayudarme a ponerme al día. Estará conmigo cuando le tire con suavidad de la camiseta cuando no entienda algo o necesite que me tranquilice o me eche una mano, como hacía yo con ella en los bailes, las cenas o el té de la tarde, y yo estaré con ella cuando empiece a extrañar su hogar.

Y, cuando lleguemos a Inglaterra, podemos buscar a nuestros viejos amigos en los libros de historia y ver qué aventuras les deparó el destino.

—¡Oh, Lucy! —exclama la señora Cameron cuando me pongo de pie.

Las dos me abrochan mi nuevo vestido lila, del mismo color que el que compré en la tienda de la señorita Burton, pero muy distinto. Es largo y vaporoso como el suyo, pero este brilla y tiene unos tirantes muy finos y un escote en forma de pico que enseña mucha más piel de la que a mi padre le habría parecido apropiada.

Y no podría gustarme más.

Me miro en el espejo del recibidor. Lo que veo encaja con lo que siento: me siento yo misma, no esa cáscara vacía que veía en los espejos de Radcliffe.

—¡Vamos a hacer fotos! —propone la señora Cameron. Sonríe mientras bajo los escalones de madera con un par de zapatos de tacón excesivamente incómodos. Doscientos años han hecho poco por mejorar el diseño, pero estoy ansiosa por ver a Audrey.

Doblo la esquina... y ahí está.

Está tan guapa que me olvido de cómo respirar. Me recuerda a la noche del baile, una noche que creí que representaría el fin de mi vida pero que resultó ser el principio.

Con las mejillas sonrosadas, alargo una mano para acariciarle un mechón de pelo castaño, que lleva semirrecogido, antes de mirar cómo le queda el vestido negro de cuello de barco.

—Estás muy buena —le digo, y las dos compartimos una sonrisa cómplice.

—Y tú. Tengo, eh... esto para ti.

Me tiende un corsage, un ramillete de flores para la muñeca, una rosa blanca rodeada de flores del mismo lila que mi vestido. Me lo pone mientras la señora Cameron nos empuja hacia fuera para hacernos fotos al atardecer.

Esa es una de las cosas del futuro a las que sigo sin acostumbrarme. Me resulta muy incómodo que me fotografíen, quedarme ahí plantada, sonriendo, posando de un modo u otro. Y, a diferencia de un retrato, puedes salir mal muchas veces antes de lograr la buena. Y nunca me siento yo misma. Quizá esté anticuada, pero prefiero los dibujos de Audrey.

Por suerte, ella me da un beso rápido que hace que me relaje lo suficiente para salir bien al menos en una. Luego, mientras el señor Cameron nos lleva a su instituto, sonrío al ver que la pone de fondo de pantalla de su teléfono.

Mientras subimos las escaleras hacia la puerta en la que se lee Gimnasio, la cojo de la mano, nerviosa.

—Es un poco distinto de un baile en casa del señor Hawkins —me dice, poniendo voz a mis pensamientos. Entorno los ojos frente a las luces para contemplar a los estudiantes que bailan, las serpentinas blancas (que se parecen sospechosamente al papel higiénico) y las mesas redondas cubiertas de manteles—. Pero, a la vez, es más o menos lo mismo.

Buscamos un lugar donde dejar nuestros ridículos de Kate Spade y ella señala un grupo de amigos que charlan vestidos de sus mejores galas, parejas tímidas y nerviosas por haber ido al baile con la persona que les gusta y otras considerablemente más seguras que se muestran mucho más... cómodas con su intimidad mientras se esconden en los pasillos.

Y tiene razón. Es muchos aspectos, es lo mismo.

Pero hay muchísimo ruido y la música casi hace temblar el suelo de madera brillante.

Aquí siempre hay ruido.

Noto un golpecito en el costado y Audrey me tiende una cajita en la que se lee: auriculares. La abre y me pone dos óvalos naranjas en los oídos que amortiguan el ruido al instante sin hacerlo desaparecer por completo. Le sonrío agradecida y ella me acaricia la mejilla.

Se inclina hacia mí y me pregunta:

—¿Quieres bailar?

Miro las figuras que se mecen. Sus movimientos son muy... particulares.

—Esta vez soy yo la que no conoce los pasos.

Ella se echa a reír y me besa, aquí en medio, en público.

Nadie nos presta atención. Su olor familiar me anega igual que aquella mañana lluviosa en Radcliffe, y que en la biblioteca, cuando la rescaté. Su boca sabe al chicle Trident que ya he aprendido a mascar sin tragármelo. La sensación que me provocan sus manos sobre la piel ya no es nueva, pero sigue siendo igual de emocionante, sigue haciéndome sentir que se abre un sinfín de posibilidades.

Cuando me aparto, rozo su nariz con la mía con suavidad. En los labios de Audrey danza una sonrisa cuando me dice:

—Ya nos las arreglaremos juntas.

Y eso hacemos.

AGRADECIMIENTOS

¡Mi quinto libro! La verdad es que es un poco surrealista estar escribiendo estas palabras, y puedo decir sin ningún tipo de duda que no habría llegado hasta aquí sin el apoyo, la ayuda y el trabajo duro de mucha gente.

En primer lugar, muchísimas gracias a mi increíble editora, Alexa Pastor. Ha sido un privilegio trabajar contigo en CINCO libros. ¡Por muchos más!

A Justin Chande y el maravilloso equipo de Simon & Schuster, que han cuidado muchísimo los libros durante estos años.

A mi agente, Emily van Beek, que es sin duda alguna la mejor. Todos los días me siento muy agradecida de que mis historias estén en tus manos.

Gracias a Sydney Meve y al resto del equipo de Folio Jr.

A mis amigos y mi familia, a mamá, Ed, Judy, Mike, Luke y Aimee. Espero que un día podamos organizar unas vacaciones que, por algún milagro, no coincidan con las revisiones de un libro. Por muchos juegos de mesa, viajes al lago y por un granero lo bastante gigante para contener todas las aspiraciones de Mike.

A BookTok, por apoyar a dos madres de veintimuchos años. Vuestra perspectiva y amor por los libros han tenido un gran efecto en mí y me siento muy agradecida por la comunidad que hemos creado.

Y, para acabar, gracias a Alyson y Poppy. Todo lo que hago es por vosotras. Os quiero.

Este libro se terminó de imprimir
en el mes de noviembre de 2023.